ミステリー・オーバードーズ

白井智之

Mystery Overdose

光文社

ミステリー・オーバードーズ

白井智之

Mystery Overdose

装幀　bookwall
装画　浅野いにお
図版　デザイン・プレイス・デマンド

Contents　目次

グルメ探偵が消えた

Mystery Overdose

1

「アレックス・ワトキンス氏の消息をご存じですか？」

ロンドン警視庁のエドガー警部は、十六年ぶりの再会を喜ぶこともなく、人形のように光のない瞳でこちらを見据えた。

「知りません。彼の身に何か？」

「同居していた母親とともに、四月十五日から行方《ゆくえ》が分からなくなっています」

わたしは耳を疑った。アレックスはともにイートンのパブリックスクールに通い、ケンブリッジ大学のセント・ジョンズ・カレッジで学んだ友人だ。彼の探偵事務所で助手として働いていたこともある。

「アレックス氏がトラブルに見舞われていたという話は聞いていませんか？」

「久しく没交渉だったもので」

「最後に連絡を取ったのはいつでしょう」

「十六年前です。小説家の仕事が忙しくなって、わたしから助手を辞めたいと申し出たんです」

「それきり一度も連絡を取っていないのですか？　以前のあなたたちは代えがたい親友のように見えましたが」

ごまかそうとしたところを的確に突いてくる。エドガー警部はロンドン警視庁が誇る敏腕刑事で、かつてはアレックスのライバルと囃《はや》し立てられたこともあった。わたしも探偵の助手だった頃、殺人現場で何度か顔を合わせている。

「わたしたちが疎遠になったのは寿司職人のせいなんです」

少し迷ってから、正直に事情を明かした。

「寿司」警部の目玉が明後日《あさって》を向く。「ロールですか」

「握りです。一九九四年にブライトンで料理人が殺された事件を覚えていますか？　あの事件の犯人はわたしの恋人でした。アレックスはわたしたちの関係を知りながら真実を暴《あば》いたんです。この事件がきっかけになって、わたしとアレックスの間には見えない壁ができてしまいました」

エドガー警部は頷《うなず》いた。初耳だったようにも、すべて知っていたようにも見えた。

「思い出したことがあれば、ロンドン警視庁までご連絡ください」

警部は帽子を取り、芝居がかった仕草で頭を下げた。

アレックスが消えた。後にわたしは、この事件によって胃が千切れるほどの苦しみを味わうことになるのだが、当時はそんなことを知る由もなく、しばし古い友人に思いを馳《は》せただけだった。


アレックス・ワトキンスはグルメ探偵と呼ばれている。

かのシャーロック・ホームズとジョン・H・ワトスン博士がそうだったように、かつてのアレックスとわたしは友情という絆《きずな》で結ばれていた。彼がケンブリッジ大学在学中にその才能を開花させて以来、わたしは友人の活躍を見守り、手助けし、記録してきた。

だが現実の友情はフィクションのそれよりも遥《はる》かに壊れやすい。十六年前の寿司職人丸焼き事件が、わたしたちの輝かしい関係を過去に変えてしまったのだ。

一九九四年の冬、低い雲が垂れ込めた金曜日の夜更け。ブライトンのロンドン・ロード駅から北へ半マイル、線路にほど近いスプリングフィールド通りで、バンガローが全焼する火事が起きた。暖炉は使われた形跡がなく、リビングに置かれた祭壇の焼損《しょうそん》がもっとも激しかったことから、出火原因は祭壇の火の不始末と見られた。

バンガローにはイツツバシ・ジローという日本人が一人で住んでいた。ジロー氏は寿司職人で、ブランズウィック街の寿司店〈タナバタ〉で寿司を握っていた。和食は健康に良いと言う日本好きを黙らせるビヤ樽のような巨漢で、職人らしい偏屈な性格で知られていた。寡黙《かもく》なわけではなく、むしろ女性差別的な言動が目立っていたらしい。地元誌の取材に「女に寿司は握れない」と答えて抗議されたこともある。ジロー氏は二人の従業員を雇っていたが、トニー・トッドとは金曜日の夜に店で酒を飲んだり自宅へ招いて日本料理を振る舞ったりしていたのに対し、ベバリー・サンとは店で口を利《き》くこともまれだった。

焼け跡では念入りな捜索が行われたが、ジロー氏の遺体は見つからなかった。手荷物や靴も見当たらなかったため、ジロー氏は燃え盛るバンガローから逃走し、どこかへ身を隠したものと思われた。サセックス警察は現場周辺で聞き込みを行い、防犯カメラの映像を解析したが、ジロー氏の足取りは摑《つか》めなかった。

火災から四日後、警察はバンガローを設計したウィリアム・C・ウィリアムソン氏を訪ね、バンガローに秘密の地下室があることを知った。消防当局は焼損物に埋もれた隠し扉を発見し、焼け崩れた地下室からジロー氏の遺体を引き摺《ず》り出した。全身に火傷《やけど》を負っていたが程度は軽く、死因は一酸化炭素中毒と判明した。

若干の不手際はあったものの、捜査は一《ひと》区切りとなった。ブライトン市民は火災の全貌が判明したことに安堵《あんど》し、不注意な日本人の死を悼《いた》んだ。ただ一人、グルメ探偵を除いては。

遺体発見の二日後、アレックスはわたしをウェストミンスターの事務所へ呼び出した。

当時のわたしは『サンドウィッチ卿の死』『スコーンはどこへ消えた』『魚のフライと人間のから揚げ』の三つの連載を抱えていた。目の回るような忙しさで、まれに都合がついたときにだけ気晴らしも兼ねてアレックスの仕事に手を貸していた。その日も朝までに書き上げなければならない原稿があったのだが、電話越しのアレックスの言葉に妙なものものしさを感じ、編集者に「お腹《なか》を壊した」と嘘《うそ》を吐《つ》いてアレックスの事務所へ足を運んだ。

応接室に入ると、空になった皿がテーブルを埋め尽くしていた。

人は誰しも、己《おのれ》の才能を引き出すささやかな習慣を持っている。コーヒーを淹《い》れたり、チョコレートを食べたり、ストレッチをしたり、レコードをかけたりといったものだ。アレックスの場合、それは大きな胃袋に食事を詰《つ》め込むことだった。

「ティム。ぼくはとても苦しい」

その日の事務所は、まるで豪華な食事会が終わった後のようだった。

「大食漢のきみがそんなことを言うなんて珍しいね。よほど難事件だったのか」

「きみに寿司職人が殺された事件の真相を語らなければならないからだ」

こんもりと膨《ふく》らんだ太鼓腹とは対照的に、重苦しい口調で言った。

「ブライトンの火災のことかい？　あれは殺人事件だったのか？」

「ジロー氏が自らの不注意で命を落としたのだとすると、どうしても説明のつかないことがある。遺体は靴を履いていなかったんだ」

「死んだのは日本人だろう。日本人はいつも家で靴を脱いでるじゃないか」

わたしは能天気に反論した。

「確かにそうだ。でも地上の焼け跡からも靴は見つかっていない。靴が煙のように消えたのでないとすれば、ジロー氏を殺害した犯人が遺体の靴を脱がせ、現場から持ち去ったことになる」

「なぜそんなことを？」

「火災が鎮火し、捜査が一段落したところで、犯人は遺体を焼け跡の地下室へ運び込んだ。そこで日本人のジロー氏が屋内で靴を履いていてはおかしいことに気づいたんだ。地下室以外は消防当局の調査が済んでいるから、こっそりと靴を忍ばせておくわけにもいかない。犯人はやむをえず靴を持ち帰った」

「バンガローが炎上したとき、ジロー氏は地下室にいなかったのか？」

「そうだ。ジロー氏は金曜日の営業終了後、店でよく酒を飲んでいた。事件当夜も同じだ。犯人はスプリングフィールド通りでバンガローが燃えているのを見て、ブランズウィック街の店で泥酔しているジロー氏を火事で死んだように見せかけて殺そうと考えたんだ」

「ジロー氏が帰宅していなかったのなら、なぜバンガローのリビングから火が出たんだ？」

「仏教の祭壇では、線香と呼ばれる細く長いお香が焚《た》かれる。通常は三十分ほどで燃え尽きるが、状態が悪いと火がくすぶり続けることがある。日本から取り寄せた新聞によると、線香が四十時間燃え続けた例もあるそうだ。ジロー氏は火災当日の朝、線香に火を点《つ》け、祭壇に祈りを捧げた。この線香が夜更けまでくすぶり続けた後、何らかの振動——おそらくロンドン・ロード駅を通る列車の揺れによって倒れ、クッションに火が燃え移ったんだ。

犯人はこの火事を利用した。犯人は〈タナバタ〉に忍び込むと、泥酔したジロー氏を厨房《ちゅうぼう》へ運び、そこをビニール袋で密閉した。そしてガスコンロの火を最大にして不完全燃焼を起こし、ジロー氏を一酸化炭素中毒で殺害した」

「被害者は全身に火傷を負っていたはずだ。店を丸ごと燃やさないとそんな遺体はできないぞ」

「遺体は厨房にあるんだ。焼けばいい」

「〈タナバタ〉には豚の回転式丸焼き機でもあるのか？　ジロー氏の大きな身体《からだ》をガスコンロでまんべんなく焼くのは無理だよ」

「きみは炙《あぶ》り寿司が嫌いだったかな」

その瞬間、わたしは息ができなくなった。

「寿司職人が手持ちのガスバーナーでネタを炙るのを見たことがあるだろう。火事と比べれば玩具《おもちゃ》みたいな火だが、温度は最大で一六〇〇度に達する。小規模な火災の炎を上回る威力だ。犯人は手持ちのバーナーでジロー氏の全身を隈《くま》なく焼いた。そして数日後、消防当局の調査が一段落したところで、焼け跡に忍び込み、地下室に遺体を置いて行ったんだ」

信じたくないのに、煤《すす》にまみれて地下へ潜《もぐ》り込む犯人の姿が脳裏に浮かんだ。

「犯人はジロー氏が金曜日の夜に店で酒を飲むことを知っていて、かつ錠を壊さずに店に忍び込むことができた人物だ。〈タナバタ〉の二人の従業員のどちらかだろう。加えて、犯人はジロー氏のバンガローに地下室があることを知っていた。ジロー氏は女性蔑視の傾向があり、自宅へ招いたのはトニーだけだった。ジロー氏を殺したのは彼で間違いない」

わたしは十年間の経験から、自分にアレックスの推理に反論できるほどの才能がないことを知っていた。

「警察は殺人事件とは思っていないんだろう？　わたしたちの友情に免じて、真相は伏せてくれないか」

「ぼくはこれ以上、秘密を抱えることはできない。明日の朝、エドガー警部に連絡するつもりだ」

アレックスは苦い顔で言った。

わたしの恋人が逮捕されたのは翌日のことだった。トニーは警察の取り調べで、ジロー氏の殺害を認めた。トニーはロンドンの寿司店でジロー氏と出会い、寿司職人になれると信じて〈タナバタ〉で働き始めた。だがいくら働いても買い出しや洗い物をさせられるばかりで、ジロー氏は寿司の握り方を教えようとしない。トニーはジロー氏に騙《だま》されたと思い、憎しみを募らせた。そんな折り、スプリングフィールド通りのバンガローが炎上しているのを見かけ、ジロー氏の殺害を思い立ったという。たった一つの事件で、わたしは友人と恋人を同時に失ったのだった。

2

その日はチャリング・クロスのレストラン〈パラディゾ・ゴローゾ〉で編集者との会食だった。新作について意見を交わし、午後九時に店の前で別れる。編集者が調子の良い空世辞ばかり口にするせいで食事が楽しめず、一人でコヴェントガーデンのパブ〈壁の穴〉に入った。

オン・ザ・ロックでウィスキーを注文し、カウンターに腰を下ろす。顔を上げると、アレックス・ワトキンスの見慣れた丸顔があった。

More eat, More smart. もっと食べて、賢くなろう。

若者の過度なダイエットを戒《いまし》める、保健省のキャンペーンポスターだ。アレックスがたくさん食べて賢く育ったことに異論はないが、見るからに脳卒中予備軍の男をキャンペーンに起用したのは役所なりのジョークだろうか。

アレックスが消えて三カ月が経《た》つという。彼はどこにいるのか。数え切れないほどの事件に首を突っ込んでいたから、彼を良く思わない人間に命を狙《ねら》われたのかもしれない。母親が一緒に姿を消したことも不穏な想像を煽《あお》る。

グラスを片手に考えあぐねていると、店の奥から尖《とが》った声が飛んできた。

「お前、ラスティじゃないか？」

フロアに充満していた話し声がやんだ。陽気なフィドルの音色だけがスピーカーから響いている。

壁に掛かった鏡ごしに店の奥を見ると、四十過ぎの男が老人に声を荒《あら》らげていた。男は精悍《せいかん》な顔立ちで、盛り上がった肩は巨大な瓜《うり》のようだ。それでいて左の脚だけが異様に細かった。義足だろうか。

「そのタトゥーを忘れるわけがねえ。おれだよ。C&K開発のクラウスだよ」

詰め寄られた老人は、星条旗柄のベースボールキャップを目深《まぶか》にかぶって、ダブリンのパイプをふかしていた。テーブルにはビールジョッキとポテトフライ。向かいに腰掛けた二人の若者は子分だろうか。

「二年前、ダーバン港からボツワナへ食糧を輸送しようとして、お前に警護を頼んだんだ。それなのにお前はおれの貨物と義足を奪って、おれを夜道に捨てた。おれはホテルにたどりつくまでに、車に三回撥《は》ねられ、ギャングに五回襲われ、変質者に二回レイプされた」

男は胴間声《どうまごえ》を張り上げ、老人のキャップを叩《たた》き落とした。

「表に出ろ。殺してやる。一度しか殺せないのが残念だ」

「愉快な話は好きだが、その話には興味がない」

老人は顔も上げずに答える。男が老人の首を摑もうとした瞬間、若い二人組が男を乱暴に押し倒した。一人が男に馬乗りになり、もう一人が義足でない方の膝を踏んで、足首を手前に引く。板の割れるような音。甲高《かんだか》い悲鳴。泣きながら「やめて」と繰り返す男を、二人は店の外へ放り出した。

客たちは息を呑《の》んで、道路に転がった男を眺《なが》めていた。車が一台、クラクションを鳴らして通り過ぎる。

老人はその隙《すき》に、床に落ちたキャップを拾った。顔にベイクドビーンズのようなタトゥーが無数に彫り込まれている。

わたしはその顔に見覚えがあった。

なぜこの老人がロンドンにいるのか。もしや彼がアレックスを攫《さら》ったのか。そうだとすれば、次に狙われるのはわたしか、友人のサイーフだ。

老人はキャップをかぶり直し、何もなかったようにパイプをふかしている。

わたしは子分たちが戻る前に、そそくさと店を後にした。


翌日、わたしは友人と急な約束を取り付け、ケンブリッジ大学のセント・ジョンズ・カレッジを訪ねた。

サイーフ・ティワーリーは大学の同級生の一人だ。インドの貴族階層の出身で、入学時に英国へ移住した。十七世紀インド文化の研究で博士号を取得し、現在は母校の教壇に立っている。アレックスと疎遠になってからも、サイーフとは細々と交友が続いていた。

「ぼくのところにも警察が来たよ。まるで足取りが摑めていないみたいだね」サイーフは声、表情、身振り、すべてを使ってアレックスへの深憂《しんゆう》を表現した。「スムージーを作ろう」

「アレックスと最後に会ったのはいつだ？」

「半年前かな。ボウズ・パークにできたインド料理屋へ行ったんだ」

「アレックスは何かに怯《おび》えていなかったか？」

「ほうれん草とにんじん、どっちが好き？」

「いつも通りだったよ。アレックスと縁を切ったのを後悔してるの？」

「そうじゃない。コヴェントガーデンのパブでホルヘを見かけたんだ」

グラスを選ぶ手が止まった。

「……汚れたホルヘ？」

それがわたしたちの知る老人の名前だった。義足の男はラスティと呼んでいたが、どちらが本名かは分からない。

わたしたちがザンビアでホルヘと出会ったのは、今から二十七年前、一九八三年の夏のことだった。ことの始まりは、ロンドンに拠点を置く国際協力団体、ハンガー・リリーフ・アクション（HRA）でインターンを始めたことだ。HRAはアフリカや南アジアの食糧難を改善するため、政府系機関への提言や現地での収入創出支援に取り組んでいた。わたしとアレックスとサイーフの三人は、長期休暇のたびにアフリカへ足を運び、食物栽培の技能を広めるプログラムに参加した。

わたしたちは情熱的にHRAの活動に取り組んだが、一年が過ぎた頃から物足りなさを感じるようになった。食糧が投機の対象となった国際市場では、経済力のない国が安定的に食糧を確保するのは難しい。旱魃《かんばつ》や内戦が起きれば、たちまち数百万人が飢餓《きが》に苦しむことになる。痩《や》せ細った子どもたちを目にするたび、わたしたちは無力感に打ちひしがれ、終わりの見えない活動に苛立《いらだ》ちを募らせた。

そんなとき、サイーフが二人に持ちかけたのが、MP供給所の設立だった。

メチル化プラリドキシム（MP）は「飢餓の特効薬」と呼ばれる薬剤だ。六十年代半ばにタリウム中毒の解毒剤《げどくざい》として開発されたが、その後の臨床試験により、レプチンの放出機序を逆転させる効能が見つかった。

レプチンは満腹中枢を刺激し食欲を抑制するホルモンだ。通常は血糖値が上がった際に放出される。だがMPを摂取すると、脂肪細胞が変異をきたし、血糖値が上がった際にレプチンが抑制され、下がった際にレプチンが放出されるようになる。空腹時に満腹感を、満腹時に空腹感を感じるようになるのだ。

七十年代の欧米では大量のMPが市場に出回り、多くの若い女性がMP中毒に陥《おちい》った。栄養失調から死に至るケースが相次ぎ、八十年代初頭には各国で使用が禁止された。だがエジプトと南アフリカ共和国を除くアフリカ諸国は、未だにMPを禁止していない。乾燥地帯を中心に高額で取り引きされ、マフィアや過激派組織の資金源になっているという。

「飢餓の特効薬」という俗称により誤解されがちだが、MPに栄養失調を改善する効果はない。飢餓感を掻《か》き消し、満腹感を感じさせる、ある種の幻覚剤のようなものだ。投与するとすぐに効能が現れるが、十時間から十五時間ほどで元に戻ってしまう。それでも食糧を得る当てのない人々にとって、MPが夢の薬であることに変わりはなかった。

「インドの化学工場で廃棄されるMPを個人輸入すれば、MPを無料で供給できる。たとえ束の間のまやかしだとしても、子どもたちを苦しみから救えるんだ」

そう訴えるサイーフの目は、大麻でも吸ったように赤く輝いていた。

実際のところ、アフリカ諸国がMPを禁止していない以上、その気になれば誰でもMPを輸入することができる。ただ、やろうとしないだけなのだ。国連や各種団体がMPを推奨すれば、食糧難民を救えない事実を認めることになる。彼らのつまらない意地が、現地の子どもたちから癒《いや》しを奪っているのだ。

わたしたちはケンブリッジ大学を一年間休学して、MP供給所の設立に奔走した。

HRAの手は借りず、あくまで個人的な活動という形を取らなければならない。サイーフはチェンナイの化学工業会社に自腹で保証金を支払い、毎月、注射五千回分のMPを譲り受ける契約を結んだ。わたしとアレックスは運輸会社を探し、ザンビア南部州の診療所だった建物を改修して、供給所を立ち上げる準備を整えた。

現地の人々の反応はさまざまだった。大半の人たちはMPが手に入ることを喜んでいたが、話がうますぎると思ったのか、疑いの目を向ける者もいた。宿泊先には「嘘だったらただではおかない」という脅迫の手紙が届いた。

開所日が近づくと、わたしたちの腕には穴が増えていった。三人とも医学生ではなかったため、注射針を刺す練習が必要だったのだ。MPは通常の注射器でも投与できるが、効能を持続させるには三十分ほどかけて点滴注射を行い、血中濃度を高める必要がある。ルサカから十台の点滴装置が届くと、わたしたちは独学で操作方法を学んだ。

だが努力が実を結ぶことはなかった。

そのときのことは断片的にしか覚えていない。顔にベイクドビーンズのようなタトゥーを彫った男が、何かを叫びながら供給所に乗り込んできたのだ。わたしは部屋の隅で腰を抜かしていた。次々と上がる悲鳴のせいで男の声が聞き取れない。彼の仲間らしい男たちがこちらに武器を向ける。わたしは必死に腰を上げ、供給所から逃げ出そうとしたのだが――。

次に覚えているのはロンドン大学病院の薄暗い病室だ。わたしは極度のストレスによる記憶障害と診断された。

アレックスとサイーフから彼らの正体を知らされたのは、退院後のことだった。

MPの提供を始めて六日目の朝、武装したギャングが供給所を襲撃したという。ギャングは供給所を占拠し、わたしたちを拘束した。MPが強奪されたのは言うまでもない。雇っていたボディガードは手も足も出なかった。

ギャングはわたしたちをアジトへ運んだ。ギャングを率いた男——汚れたホルへは、わたしたちが別のギャングに雇われ、MPを輸入したものと思い込んでいた。縄張りを荒らした不届き者の名前を聞き出そうと、ホルへはわたしたちを吊《つ》るし、尋問し、暴行した。食事はなく、わずかな水が与えられただけだった。アレックスもサイーフも死を覚悟したという。

拘束から五日目の夜、部屋に若い男が現れ、わたしたちの拘束を解いた。男はかつてHRAの技能プログラムに参加し、わたしたちの顔を覚えていたのだ。わたしたちは夜闇《やあん》に紛れてアジトから逃亡すると、二日かけてルサカへ移動し、這々《ほうほう》の体《てい》で大使館に駆け込んだのだった。

「ホルへはロンドンにいる」

「はちみつを持ってこよう」

わたしが〈壁の穴〉での出来事を説明すると、サイーフは指を鳴らして戸棚へ引き返した。二十七年前のことを話題にすると、サイーフは必ず話を逸《そ》らそうとする。ギャングに暴行されたことを覚えている分、恐怖もひとしおなのだろう。

「アレックスはホルへに攫われたのかもしれない」

「甘味は果実で十分という考えは捨てたんだ」

「次に襲われるのはわたしたちかもしれないよ」

サイーフは戸棚から手を離し、大きく息を吐いた。

「今さらホルへがぼくたちを懲《こ》らしめに来たっていうのか？　ぼくたちはギャングを攻撃したんじゃ

ない。薬を配ろうとしただけだ。ロンドンへ来たのは他に用事があったんだろう」

懸命に自分を納得させようとしているようだった。

「わたしもそう思う。だが警戒するに越したことはない」

「分かった。気を付けるよ」

サイーフは窓から広場を見下ろし、すぐに目を逸らした。学生たちの中に、招かれざる客が隠れているのではないか――そんな不安に駆られた自分を恥じているようだった。


「遅かったね」

最終列車で自宅へ帰ると、トニーがソファでテレビドラマを観ていた。しかめっ面のモーリー・チェイキンが召使を罵倒《ばとう》している。『グルメ探偵 ネロ・ウルフ』だ。リビングにはケチャップとニンニクの臭《にお》いが充満していた。

「取材が長引いてね」

わたしはとっさに嘘を吐いた。この家で寿司とアレックスの話題は禁物だ。トニーは無期拘禁刑の判決を受け、二年前に出所したばかりだった。

「先に休むよ。おやすみ」

トニーはわざとらしく目を擦《こす》りながら寝室へ向かった。隠し事でもあるのだろうか。

ふと嫌な想像が頭をよぎった。

アレックスの手柄で刑務所へ送られた犯罪者たちは、当然、彼を憎んでいるだろう。トニーも例外ではない。十六年前、わたしは恋人が寿司職人を殺したことに気づかなかった。もしも今、トニーがアレックスと母親をどこかに監禁していたら、自分はそれに気づくだろうか？

キッチンへ向かい、冷えた炭酸水を胃袋へ流し込んだ。ビタミン過多のスムージーを飲まされたせいか、くだらない考えばかり湧《わ》き出てくる。

トニーは変わった。過去を悔い、生涯を通して罪を償おうとしている。それに万一、心のどこかにアレックスへの憎しみが潜《ひそ》んでいたとしても、刑務所に入るのはうんざりだろう。次に人を殺せば、トニーは二度と外へ出られなくなってしまうのだ。

「――――」

ケチャップの付いた平皿を眺めていると、忌々《いまいま》しい記憶がもう一つ、脳の底から浮かんできた。

――ぼくはこれ以上、秘密を抱えることはできない。

十六年前、寿司職人丸焼き事件の真相を語り終えた後、アレックスが口にした台詞《せりふ》だ。

これ以上抱えられないというからには、彼はすでに重要な秘密を抱えていたことになる。アレックスは何らかの事件の真相を隠していた。犯人がそれを闇に葬るために、アレックスを襲ったとも考えられる。グルメ探偵の華々しい経歴には、じめじめとした暗い影があるのかもしれない。

薄暗い蛍光灯の下で、わたしは赤く汚れた皿を見つめた。


アレックス・ワトキンスが見つかったのは、その日の夜のことだった。

3

七月七日のロンドン警視庁の発表は、その日の英国市民の話題を独占した。

アレックスはテムズ川の河口近くの工業団地でトラックに撥ねられ、三十分後に死亡が確認された。

四月十五日に消息を絶ってから八十三日目の出来事だった。

「太った男が道に飛び出したんだ」

運転手はそう証言し、事件への関与を否定した。遺体は十四カ所の骨が折れ、肺が挫傷《ざしよう》し、直腸がごろんと飛び出していた。現場は文字通り血の海だった。

捜査員を驚かせたのは、遺体の異様な大きさだった。聖バーソロミュー病院の記録によると、アレックスの失踪当時の体重は二四〇ポンド（一〇九キログラム）。それが三カ月で推定四〇〇ポンド（一八一キログラム）にまで膨れ上がっていたのだ。

明くる七月八日には、さらに英国市民の興味を掻き立てる事実が報じられた。アレックスとともに行方不明になっていた母親のオリーブ・ワトキンスが保護されたのだ。健康状態は良好で、現在はロンドン大学病院で検査入院をしているという。

後に報道されたところによると、オリーブが失踪した経緯はこのようなものだった。

四月十五日の夜、メリルボーンの自宅でパイを焼いていると、見知らぬ女性が訪ねてきた。女性は英国情報局秘密情報部（MI6）のレティ・ワイズと名乗り、アレックスが重大な事件に巻き込まれていること、家族にも危険が及ぶ可能性があることを明かし、すぐに自宅を離れるよう促した。

オリーブは慌てて荷物をまとめ、レティの車でセーフティハウスへ向かった。運転中は目隠しをされていたが、メリルボーンから二時間ほどの距離だった。

オリーブが案内されたのは、シティホテルの一室のような小ぎれいな部屋だった。家具も上等なものが揃《そろ》っていたが、窓は厳重に塞《ふさ》がれ、天井にはドーム型の防犯カメラが設置されていた。

三日目の朝、アレックスからの手紙が届けられた。アレックスはレティと同じ説明を繰り返した後、事態が収束するまでセーフティハウスに留《とど》まるようにと綴《つづ》っていた。筆跡はアレックスのものに違いなかった。

それから約三カ月間、オリーブはこの施設で過ごした。朝昼晩の十分な食事に加え、いつでもティータイムを嗜《たしな》むことができた。DVDで映画を観たり、本を読んだりすることもできたが、テレビ番組を観たり、手紙を書いたりすることは認められなかった。

七月七日、レティから、アレックスが命を落としたこと、手続きが済み次第メリルボーンの自宅へ送還することが伝えられた。七月八日、オリーブはふたたび目隠しをされ、車で自宅へ送られた。自宅から半マイルほどの路地でレティと別れた後、巡回中の警察官に保護されたという。

わたしはすっかり仕事に身が入らなくなっていた。仮にホルへがアレックスを監禁したとすれば、次に狙われるのはわたしたちだ。

二十七年前、ギャングが供給所に乗り込んできたときの記憶が何度もよみがえった。自分たちに向けられたいくつもの銃口。渦巻くような悲鳴。ホルへは繰り返し何かを叫んでいた。肌に刻まれたタトゥーの一筋まで鮮明に覚えているのに、彼が何を言ったのか分からないのがもどかしかった。

七月八日の午後、大学の授業が終わる時間を見計らって、サイーフに電話をかけた。

「健康のためにスムージーを飲むという学生がいて呆《あき》れたよ。スムージーは旨《うま》いから飲むんだ。違うか？」

言葉とは裏腹に、サイーフの声はひどくくたびれていた。

「事件のことで頭が一杯のようだね」

「ホルへは事件とは無関係だと思う」

「なぜ言い切れる？」

「MI6がザンビアの片田舎のちんぴらを相手にするとは思えない」

「きみはオリーブさんを保護したのがMI6だと信じてるのか？」

大半の英国市民と同様、わたしはそれを疑っていた。MI6が家にやってきて、秘密の施設に匿《かくま》われるなどという出来事は、幼稚な妄想としか思えない。本当にスパイが関与していたのなら、こうして事件の情報が洩《も》れている時点でやり方がお粗末過ぎる。

「MI6かどうかは重要じゃない。どんな組織であれ、アレックスはその組織と協働していたんだ。あれしきの小悪党から身を守るのに、何某《なにがし》かの組織が動くとは思えない」

サイーフの言うことにも一理あった。おまけにオリーブは、三カ月もセーフティハウスに匿われていたのだ。

「じゃあ誰がアレックスを攫ったんだ。KGBか？」

「ないとは言い切れないな」

「それならホルへは何のためにロンドンへやってきたんだ」

「それなんだけど」サイーフはそこで声を低くした。「ロンドン芸術大学の先生から気になる話を聞いたんだ。やつの渡英目的が分かるかもしれない。詳しい情報が手に入ったらまた連絡するよ」

サイーフは気を持たせるように曖昧《あいまい》なことを言った。


遺体発見から七日後、メイフェアのセント・ジョージ教会でアレックスの葬儀が行われた。サイーフは予定があると言うので、わたしは一人で参列することにした。

教会に着くと、テレビクルーが敷地の外からカメラを向けていた。教会堂に集まった参列者は四十人ほど。セント・ジョンズ・カレッジの古い友人や、かつてライバルと呼ばれたエドガー警部の姿もあったが、大半は知らない顔だった。棺桶《かんおけ》は幅の広い特注品で、遺族の男性たちが運ぶのに苦労していた。

焼き場で火葬を済ませると、わたしたちはメイフェアのパブ〈蜂の家〉へ移動した。グルメ探偵の葬儀にふさわしく、テーブルには豪勢な食事が並んでいる。壁には“More eat, More smart.”のポスターが貼ってあった。

わたしはナッツスムージーを飲んで時間を潰《つぶ》すと、挨拶《あいさつ》の途切れたところを見計らって、オリーブ・ワトキンスに声を掛けた。

「小説家のティム・ファインズです。アレックスが事務所を開いてから八年ほど、助手をしていました」

オリーブは車椅子《いす》に腰掛けたまま、わたしの手を握った。療養のため現在も入院中だが、来週には退院の予定だという。失踪前の写真よりもかなり白髪《しらが》が薄くなっていたが、血色は悪くなかった。

「大変な目に遭《あ》われましたね」

「ありがとう。でもわたしは何不自由なく暮らしていただけなんです」

オリーブはぎこちなく笑った。誰よりも彼女が一連の出来事に戸惑っているようだ。

「新聞で読みましたよ。セーフティハウスでは好きな本を注文できたんだとか」

「ええ。アンティーク趣味の雑誌をたくさん買ってもらいましたし、『名探偵ポワロ』のDVDも揃えてもらいました」

オリーブは白い歯を見せる。自身を匿った自称MI6には好感を持っているようだ。そこでわたしの手のコップに目を留めると、ふいに眉を顰《ひそ》め、車椅子のタイヤを軋《きし》ませた。

「どうかしましたか」

「不思議なことを思い出したんです。わたし、ナッツスムージーが好きなんですが、レティにそれを言ったことはありません。でも五月の半ばくらいから、朝食にナッツスムージーが添えられるようになりました。しかも六月に入った頃から、量が少し増えたんです」

何かと思えば益体《やくたい》もない話だった。

組織が予《あらかじ》めオリーブの好物を把握していて、彼女を喜ばせようとメニューに加えた可能性も否定はできない。とはいえ、たまたま用意したスムージーが彼女の好物だったというのが実際のところだろう。

「刑事さんに教えてあげてください。何が役立つか分かりませんから」

わたしの投げやりな助言に、オリーブは「そうするわ」と微笑《ほほえ》んだ。

葬儀の翌日、「謎《なぞ》が解けた」とのたまうサイーフに呼び出され、セント・ジョンズ・カレッジを訪ねた。

「昨年の十二月。若い女性がサウス・イーリング駅近くの線路に飛び込んで自殺した」

サイーフはマンゴーとパッションフルーツのスムージーを一口啜《すす》ると、レザーケースから四枚の紙を取り出した。

一枚目は新聞の切り抜きだった。その事故は十二月七日の午後九時過ぎに起きたという。橋から飛び降りた女性は車輪に擂《す》り潰され、細切《こまぎ》れになってレールや列車の底面にこびり付いていた。身元を突き止める手掛かりがなく、行方不明者の情報もないことから、ロンドン警視庁の報道官は心当たりがあれば連絡してほしいと呼びかけていた。

「事故の後、現場にはこんなものが貼られていた」

二枚目は縮刷されたポスターだった。死亡者の服装がイラストで再現されている。垢抜《あかぬ》けないセーターとデニムパンツに丈の長いトレンチコート。靴はショートブーツ。首にマフラーを巻き、頭にはニット帽をかぶっている。

「個性のないファッションだな。安物の手袋を足せば二十歳《はたち》のわたしになりそうだ」

「ロンドン警視庁に連絡したくなったか？　その必要はない。事件の四日後、コートのポケットに入っていた学生カードから身元が判明した。布地が焼き付いて袋綴《と》じされていたのを捜査員が見つけたらしい。遺体はロンドン芸術大学の学生、アミナ・K・ムタリカ。彼女のプロフィールがこれだ」

三枚目は大学の入学書類だった。顔写真の下に個人情報が並んでいる。ロンドン芸術大学の職員から拝借したのだろう。

「アミナは南アフリカ出身の留学生で、セントラル・セント・マーチンズの基礎コースに在籍していた。身元保証人はラスティ・キバキ。ホルへが南アフリカで使っていた名前だ」

わたしは思わず膝を乗り出した。

「彼女はホルへとつながっていたのか」

「写真をよく見ろ。アミナはホルへの娘だ」

言われてみると、腫《は》れぼったい一重《ひとえ》瞼《まぶた》や厚い唇がホルへとよく似ていた。

「アミナは下宿に直筆の遺書を残していた。十月末、彼女はバーミンガムを旅行中、クラブでレイプドラッグを盛られ、不良たちにレイプされた。彼らはそのときの様子を撮影していて、ネットに映像をアップすると言って金銭を要求した。彼女の銀行口座には晩飯代も残っていなかったそうだ」

サイーフが最後の紙を捲《めく》る。ミロのヴィーナス像のデッサンだった。

「きみの落書きかい？」

「アミナが自殺した日に書いたものだ。午前中にデッサンの試験があったらしい。構図は未熟だけど質感の描き込みに力がある。基礎コースは難なく卒業できたはずだ。

ホルへがロンドンへやってきたのは、娘を死に追いやった犯人を突き止め、仇《あだ》を討つためだ。ザンビアのギャングには同害報復の思想がある。目には目を、レイプにはレイプをだ。ホルへは不良たちの尻を掘って列車の下敷きにするつもりだろう。彼らには悪いが、ぼくたちとは関係がない」

本当にそうだろうか？

わたしの頭に浮かんだのは、サイーフのものとは異なる推理だった。

アレックスはなぜ、一六〇ポンドも体重が増えていたのか。わたしの推理はこの疑問に説明を付けることができる。アミナの自殺と、アレックスの監禁。二つの事件は密接に関わっていたのだ。

「ぼくたちにできるのは、アミナの死を悼むことくらいだ」

サイーフが書類をレザーケースに仕舞う。視線の先には、バッキンガム宮殿を背にした若い女性の写真があった。

これ以上、彼を巻き込むことはできない。

「アボカドを凍らせてあるんだけど、どうかな」

わたしは頷いた。

「一杯もらうよ」


深夜一時、タクシーで自宅へ帰った。

トニーはソファで膝を組み、『ネロ・ウルフ』を観ていた。

「ティム。ぼくに内緒でどこへ行ってるんだ」

振り返らずに言う。心臓が波打った。

「取材だよ」

「今朝のニュースで、きみがアレックスの葬儀に参列してるのを見た」

トニーはテレビを消した。暗い画面に、泣き腫らした顔が映っていた。

「アレックスが死んだ事件を調べてるんだろ？　ぼくはもう昔のぼくじゃない。店長を殺したことは心から反省してる。それなのにどうして隠すんだ」

トニーの声が震えた。ほんの少しとはいえ、彼を疑った自分が恥ずかしくなった。

「ぼくは怖いんだ。ぼくには、きみしかいない。きみがいなくなったら――」

「すまなかった」

わたしはトニーの肩を抱き寄せた。

4

ロンドンは夕方から雨が降っていた。

コヴェントガーデンのパブ〈壁の穴〉でドライフルーツをつまみにウィスキーをちびちび飲んでいると、目当ての三人が現れ、奥のテーブル席に腰を下ろした。わたしは一息にグラスを空にして、彼らのもとへ向かった。

「ラスティ・キバキさんですね」

老人は黙り込んだまま、パイプに刻み煙草《たばこ》を詰めている。

「汚れたホルへと呼んだ方が良いでしょうか」

ベースボールキャップが傾き、濃褐色の瞳がこちらを向いた。

「きみは誰だ」

「小説家のティム・ファインズです」

ポケットで携帯電話が震える。編集者からの催促だろう。右手を入れ、電源を切った。

「二十七年前、あなたの縄張りでMPを配ろうとして、あなたに奪われた西洋人です」

老人の眉が持ち上がり、額のタトゥーが潰れた。子分が腰を浮かすのを、人差し指で制する。

「きみからものを奪ったことはないが、きみの顔には見覚えがある。何の用だね」

わたしは掌《てのひら》の汗を拭《ぬぐ》って、斜向かいの椅子に腰を下ろした。タトゥーに隠れていたが、老人の顔にはたくさんのケロイドや縫合痕があった。

「アレックス・ワトキンスを死に追いやったことを認め、自首してください」

老人は子分と視線を交わし、おかしそうに笑った。

「奇妙なことばかり言う男だ。おれが太った探偵を死なせた？　何のために？」

「あなたの娘をレイプした犯人を見つけるためです」

それがわたしの推理だった。

「わたしには優秀な刑事の知り合いがいます。あなたが自首するなら、彼らにあなたの娘の事件の再捜査を約束させます」

刻み煙草に火を点けようとした老人の手が止まった。

アレックスを憎む犯罪者は多い。だが彼の体重は三カ月で一六〇ポンド増加していた。犯人は彼を拘束し、強制的に太らせたのだ。犯人の狙いが彼を苦しめることなら、他に金も手間もかからない方法がたくさんあるはずだ。

なぜ犯人はアレックスに大量の食事を摂らせたのか。

彼がグルメ探偵だったからだ。

推理を働かせるとき、彼が大量の食事を摂ることはよく知られている。人は誰しも、自身の力を引き出すための習慣を持っている。アレックスの場合、それが食事だったのだ。

だが飢饉《ききん》地域で育った者にとって、この習慣は理解しがたいものだろう。

彼らにとって食糧とは、命を育むためのものだ。子どもの発育には十分な栄養が必要で、それがなければ体重が増えず、成長が遅れる。最悪の場合は命を落とすことになる。

これは肉体に限ったことではない。脳の発達にも十分な栄養が必要だ。食事があれば知性は育つ。食事がなければ知性は育たない。これが彼らの現実だ。知的障害や学習障害といった言葉を知らなくても、彼らはそれを肌感覚で学んでいただろう。

そんな環境で育った男が、娘の死の真相を探るため、ロンドンへやってきた。そこで彼は、かつて自分たちの縄張りを荒らした狼藉者《ろうぜきもの》が、グルメ探偵なる肩書きで活躍していることを知る。その男は大量の食事を摂ることで、並外れた才能を発揮するという。

あるいは街角に貼られた“More eat, More smart.”というポスターが彼を誤解させたのかもしれない。

食事を摂れば摂るほど、アレックスの知性は向上する。彼はそう思い込んだのだ。

彼は娘をレイプした犯人を見つけさせるため、グルメ探偵を拘束し、大量の食事を与え続けた。もちろんアレックスは、それが無意味なことだと訴えただろう。だが彼は聞く耳を持たなかった。

「仮にきみの想像が正しかったとして」

ホルへはオイルライターでテーブルを擦った。

「秘密情報部がしゃしゃり出たのはなぜだね。おれはこの国を敵に回すような悪事を働いた覚えはないぜ」

「そうでしょう。アレックスの母親、オリーブ・ワトキンスを隔離したのはMI6ではありません」

彼らはオリーブがナッツスムージーを好んでいることを知っていた。どれだけ情報収集力に優れた組織も、一般市民の食の好みまで把握しているとは思えない。

「オリーブを匿ったのはアレックスの友人か、彼の雇ったアルバイトだと思います」

もし自分が消息を絶ったときは、母親をセーフティハウスに連れて行ってほしい。アレックスは仲間にそう頼んでいたのだ。好きなメニューを伝えておいたのも料理好きのアレックスらしい。

隔離から三日目に渡されたという直筆の手紙は、アレックスが事前に書いておいたものだ。仲間にMI6と名乗らせたのも、母親に無駄な不安を抱かせないためだろう。彼女がその肩書きを信じ、警察にもそれを伝えたため、アレックスが国際的な策謀に巻き込まれたかのような誤解が生じたのだ。

「この街には探偵がたくさんいるんだな」

ホルへは毒気の抜けた調子で、刻み煙草に火を点けた。

「あなたの娘が描いたデッサンを見ました。わたしは美術に造詣がありませんが、友人は才能を感じたそうです。彼女の未来を奪った犯人は法に則《のっと》って処罰されるべきです。ロンドンの優秀な警察に任せてください」

「素晴らしいアイディアだ」

老人は子分に人差し指を振った。

「すべてが間違っている」

二人の子分が立ち上がり、左右からわたしを押さえ込んだ。足を折られた男の悲鳴がよみがえる。

首の裏を殴《なぐ》られ、全身の力が抜けた。気づけば膝を折り、左右の腕を後ろに回していた。

「初めに言った通り、おれはきみからものを奪ったことなどない」

それに、と老人は煙を吹く。

「ロンドンへ来たのは観光のためだ」

老人が指を払う。二人はわたしを引き摺って、店の外へ放り出した。

通行人が迷惑そうにこちらを見る。財布や携帯電話が歩道に散らばっていた。愛想笑いを浮かべて、それらを拾い集める。

ふと胸騒ぎがして、携帯電話の電源を入れた。

トニーからの不在着信がずらりと並ぶ。

メールも一通届いていた。

help

自宅へ帰ると、見知らぬ女がインターホンを鳴らしていた。

「この家の者です。どうしましたか」

女はわたしに気づくと、レインコートの内側から警察証を取り出した。

「不審者が家に押し入ろうとしていると五分前に通報がありました。でもご覧の通り、返事がありません。何かご存じですか」

わたしはドアの錠を外し、玄関に飛び込んだ。トニーの名前を呼ぶ。返事はない。パンの焦げる臭いがした。

廊下を抜けるとダイニングだった。食べかけのトーストにピーナッツバター。ティーカップから白い湯気が上っている。

カウンターの向こうから息を吞む音が聞こえた。キッチンに駆け込む。トニーが身を縮めて震えていた。

「もう大丈夫だ」

トニーは表情を和《なご》ませ、掌《てのひら》で頰《ほお》を拭った。

「何があった?」

抱き寄せようとしたトニーの口から、悲鳴が轟《とどろ》いた。

背後を振り返る。女が警棒を振り下ろし、世界が暗くなった。

5

アミナ・K・ムタリカは本を読んでいた。ローストターキーが描かれたペーパーバック。わたしのデビュー作『七面鳥殺人事件』だ。

「ミステリー小説って、読み終わるとすぐに忘れちゃうんです」

わたしも身に覚えがある。賛意を示したかったが喉《のど》から声が出なかった。

腹の様子がおかしい。ビュッフェの帰り道のような、息苦しさの混じった膨満感《ぼうまんかん》があった。

「読んでるときは面白くても、わたしの人生には役立たないですよね。だから忘れちゃうんだと思います。大事なことは自然と思い出しますから」

「あの」ようやく声が出た。「ここはどこですか」

窓のない部屋だった。わたしは冷たい鉄の椅子に座っている。手足を鉄線で縛《しば》られ、鼻には太いチューブが挿し込まれていた。

「わたしを知っていますか？」

アミナは本を閉じて顔を上げた。ホルへの面影があるのは顔だけで、身長は四・五フィート（一三七センチメートル）ほどしかなかった。

「ロンドン芸術大学のアミナさんでしょう。写真で見ました。列車に擂り潰されて亡くなったと聞きましたが、無事だったんですね」

「アレックスは偽装自殺だと気づいていましたよ」

アミナは平然と言った。アレックスを攫ったことを隠す気はないようだ。

「あなたも彼と同じ才能があれば、父の前で恥を掻かずに済んだでしょうね」

わたしがホルへに推理を披露《ひろう》したことも聞いているらしい。アミナが生きていると知っていたら、彼女を死なせた犯人を見つけるためにグルメ探偵を攫ったという推理は浮かんでもこなかっただろう。

「アレックスは新聞とポスターを見て、すぐにわたしが生きている可能性に気づいたそうです」

「現場も見ずに？　名探偵でもそれは無理でしょう」

「彼は死亡者の衣服に注目したんです。現場からトレンチコート、セーター、デニムパンツ、マフラー、ニット帽などが見つかりましたが、一つだけ見当たらないものがありました。手袋です」

ポスターに描かれた、死亡者の服装を再現したイラストを思い出す。

「コートに入っていた学生カードから推測された死亡者——アミナ・K・ムタリカ嬢は、自殺した日もロンドン芸術大学のカレッジを訪れていました。指がかじかむと鉛筆が持てなくなってしまいますから、冬場は手袋が欠かせません。デッサンの試験があるならなおさらです。ロンドン警視庁の捜査員が手袋を見落としたのでなければ、遺体は別人の可能性がある。アレックスはそう考えていました」

「手袋をしていないだけで、なぜ別人という話になるんです」

「犯人が指紋を潰した可能性が生じるからです。アミナ嬢の遺書や彼女が暮らした部屋を調べれば、すぐに彼女の指紋が見つかるでしょう。それを死体の指紋と照合すれば、死体が本当に彼女のものか分かってしまいます。列車が指を轢《ひ》いてくれれば良いのですが、線路に死体を投げ込むだけでうまく指が潰れる保証はありません。自殺を偽装するには遺書が欠かせませんし、下宿からすべての指紋を消し去るのも非現実的です。そこで犯人は、死体から指紋が採取できないように、あらかじめ指を潰しておくことにしたんです」

アミナは自分の人差し指を軽く叩いた。

「犯人は金槌《かなづち》などで指を潰すと、指紋が消えたことを確認して、手袋を嵌《は》めようとしました。ところが指の骨が変形し、手袋が嵌まらなくなってしまったんです。犯人はやむなく手袋を処分し、掌の出た死体を線路に投げ捨てました。これがアレックスの推理です」

わたしはくらくらしていた。手袋がないというだけでそんなことを考えるのはアレックスくらいだ。

「わたしがアレックスよりも劣っていることは分かりました。あなたの狙いは何ですか？」

「自分を自由にすること。そしてあなたの脳に焼き付くような記憶をつくることです。思い出せませんか。あなたは以前にもわたしと会ってるんです」

わたしは首を捻《ひね》った。サイーフに顔写真を見せられたのは覚えているが、対面するのは初めてのはずだ。

「サイン会でお会いしましたか。それともトニーの友人？　ひょっとしてサイーフの教え子？」

「やっぱりわたしたちのことは大事じゃなかったんですね。読み終わるとすぐに忘れてしまう、退屈なミステリー小説みたいに」

アミナは『七面鳥殺人事件』をバッグに仕舞うと、冷蔵庫の扉を開け、十リットルは入りそうなポリタンクを担ぎ出した。

「あなたは二十七年前、わたしの父がMPを強奪したと信じているそうですね」

またも妙なことを言う。ホルへもそれを否定していたのを思い出した。

「信じているのではなく、知っているんです。わたしは記憶の一部を失っていますが、あなたのお父さんが武装した仲間を連れて乗り込んできたことははっきり覚えています。いくつも悲鳴が上がって地獄のようでした」

「そこまで覚えているなら、真実にも気づきそうなものですけど」

アミナはわたしの正面にポリタンクを置いた。

「おかしいと思いませんか。わたしの父が供給所に乗り込んだとして、なぜそこにいた人たちが悲鳴を上げるんです？」

その言葉を理解した瞬間、わたしの頭は真っ白になった。

あのときわたしは供給所の中にいた。乗り込んできたホルへの声を掻き消すほどの悲鳴が轟いていたとすれば、それが発せられたのは建物の中だ。MPを投与してもらおうと外で待っていた人たちではなく、点滴装置でMPを投与されている最中の人たちが叫んでいたことになる。MPの効能はすぐに現れるから、彼らは生まれて初めて味わう満腹感に陶然《とうぜん》としていたはずだ。ギャングがやってきたくらいで悲鳴を上げるとは思えない。

ではあの声は何だったのか。ホルへが乗り込んできたこととは別に、泣き叫ばずにはいられないような事件が起きていたのか。

「本当のことを教えましょう」

アミナはポリタンクに腰掛け、ポケットから携帯電話を取り出した。

「あなたたちがMPを譲り受けようとしたチェンナイの化学工業会社は、工場すら持たないダミー会社でした。到着予定日を過ぎてもMPは届かなかったんです」

違う。そんなはずがない。

「供給所の開所日、たくさんの母親が子どもを連れて集まりました。このとき素直に謝罪すれば良かったんです。でもあなたたちは臆病でした。『嘘だったらただではおかない』と脅されていたこともあり、実情がばれたら殺されると思ったんでしょう。あなたたちは、MPは届いていると言い張ったんです」

「でたらめなことを言うんじゃない」

「あと少し待てばMPは到着する。そう信じたあなたたちは、子どもを供給所に閉じ込めました。予定通り投与を行っているが、その様子は公開できない。母親たちにそう嘘を吐いて、急場を凌《しの》ごうとしたんです」

「もうやめてくれ」

アミナが携帯電話をこちらに向ける。

画面には黄ばんだ写真が映っていた。コンクリート打ちっ放しの小部屋に、痩せ衰えた子どもたちが押し込まれている。床の引っ掻き傷に見覚えがあった。

「これがあなたを信じた子どもたちです。わたしたちは飢餓の苦しさから解放されると信じて供給所へやってきました。もちろん食糧はありません。わたしたちは家族と引き離され、暗い部屋の中で、一人また一人と死んでいきました。三日目に五人、四日目に七人、五日目には八人。死者は二十人に上りました」

喉の奥から嘔吐《えず》きが込み上げる。唇を噛《か》んでそれを堪《こら》えた。

「子どもが戻らないことを不審に思った母親たちは、わたしの父に相談しました。父はならず者ですが、人々の尊敬を集めていました。父が手荒なやり方で食糧を調達してくるおかげで生き延びられた子どもが大勢いたからです。話を聞いた父は、仲間を連れて供給所へ乗り込みました。でもそこにあったのは、折り重なった子どもたちの死体でした」

二十七年前の悲鳴が、確かに鼓膜を揺らした。子どもを失った悲しみ。無慈悲な神への苛立ち。そしてわたしたちへの怒り。それは供給所へ入ってきた母親たちの悲鳴だった。

「あなたたちはその期《ご》に及んでもなお、自分たちは詐欺《さぎ》の被害者だと訴えました。父はことの真偽を質《ただ》すため、三人をアジトへ運びました。でもあなたたちはそこを抜け出し、母国へ逃げ帰りました」

そしてアレックスとサイーフは、記憶障害を起こしたわたしに、事実とは異なる経緯を教えたのだ。

——ぼくはこれ以上、秘密を抱えることはできない。

寿司職人殺しを告発した後、アレックスはそう口にした。彼は二十人の子どもを餓死させた過去を隠し、その重さに耐え続けていたのだ。

サイーフも同じだ。わたしが二十七年前のことを話そうとすると、彼は必ず話題を逸らした。わたしが真実を思い出してしまうのが怖かったのだ。

「償いの機会をくれませんか」

「言い忘れましたが、わたしたちが拘束したのはあなただけではありません」

アミナは携帯電話を操作し、ふたたびわたしに向けた。ホテルの一室を斜め上から撮影した映像が映っている。ローテーブルを挟んで男女が話し合っていた。

「トニー？」手首に鉄線が食い込んだ。「何をしてる。あの女は誰だ」

「今回の名前はアリア、肩書きは特殊偵察連隊の捜査官です。あなたが国際テロ組織に拉致《らち》されたため、情報漏洩《ろうえい》を防ぐため一時的に拘束したことになっています。あなたには後日、この設定を裏付ける手紙を書いてもらいます」

「トニーを巻き込むな。彼は関係ないだろ」

「わたしたちがパートナーに危害を加えることはありません」

アミナは携帯電話をポケットに仕舞った。

「この部屋のルールを説明します。あなたは二人目ですが、ルールは三人とも同じです。

その一。あなたは毎日、朝晩に３００ミリグラムのMPを投与される。

その二。あなたは毎日、体重の６％に相当するナッツスムージーを与えられる。このスムージーには1グラム当たり20マイクログラムのタリウムが含まれる」

「タリウム？」

わたしは説明を遮《さえぎ》った。タリウムは猛毒だ。致死量は分からないが、毎日摂取し続けたらただでは済まない。

いや、そうではない。MPは本来、タリウムの解毒剤だ。同時に摂取すれば、タリウムを体外に排出し、中毒を防ぐことができる。だが――。

「その三。ナッツスムージーのうち、あなたが飲み残した分は、パートナーの翌朝の食事に提供される」

全身の力が抜けた。アミナの狙いが分かったのだ。

トニーを守りたければ、毎日、体重の６％相当のスムージーを飲み干さなければならない。体重が１５０ポンド（68キログラム）ならスムージーは９ポンド（４キログラム）だ。MPの作用によって、わたしは満腹時に空腹感を覚えるようになっている。大量のスムージーを飲み続けたら、餓死するのと変わらないほどの飢餓感に襲われるはずだ。

「目には目を、飢えには飢えを、です」

アミナがほくそ笑んだ。

非道の限りを尽くした極悪人に、すべての被害者と同じ苦しみを与えることはできない。たとえ死刑を執行したとしても、その人物が死の苦しみを味わうのは一度だけ。いつかの義足の男の言葉を借りるなら、人は一度しか殺せないのだ。

だがこの方法なら、一人の人間に、すべての被害者の苦しみを与えることができる。

「監禁から三日で五人、四日で七人、五日で八人が亡くなりました。彼らが死に至るまで苦しんだ時間を合計すると、3×5＋4×7＋5×8＝83となります」

アレックスが消えてから、トラックに撥ねられて死亡するまでの日数と同じだ。

「これから八十三日間、あなたには餓死し続けてもらいます」

アミナは立ち上がると、ポリタンクの蓋《ふた》を開け、わたしの鼻へ挿し込まれたチューブの反対側を垂らした。泥沼のように泡立っているのは大量のナッツスムージーだ。

「すみません。何でもします。やめてください」

「手元のレバーを引くとスムージーが食道へ直接流れます」

アミナは肘《ひじ》掛《か》けに取り付けられたレバーを倒した。ぼこぼことポリタンクから音が鳴り、チューブが右から左へ土色に染まっていく。鼻に痛みが走った直後、腹の奥に重たい感触が広がった。

「アレックスは母親を守り抜きました。オリーブさんには脱毛の症状が見られましたが、医師もタリウム中毒と気づかないほど軽いものでした。あなたも恋人を守れますよ」

アミナはレバーを戻し、ハンカチで指を拭《ふ》いた。

「おいあばずれ。調子に乗るな。腸を引き摺り出すぞ」

アミナは目を丸くした。

「おれには優秀な刑事の知り合いがいる。ここが見つかるのは時間の問題だ」

「どこにいるかも分からない人間を助けに来るほど、世界は暇じゃないんですよ」

アミナは憐《あわ》れむような笑みを浮かべると、乾いた靴音を鳴らして部屋を出て行った。

わたしは大声でアミナを罵《ののし》った。縛られた手足を揺らし、子どものように泣き叫んだ。喉が嗄《か》れても叫び続けていると息ができなくなった。老人のように咳《せ》き込み、必死に深呼吸をした。

ふと気づくと、腹に横たわっていた膨満感がなくなっていた。

げろがげり、げりがげろ

1

人生でもっとも悲しいことの一つは、かつて恋をした女性をアダルトビデオで目にすることである。ましてや売れない企画女優となれば悲しみはひとしおで、居ても立ってもいられず、犬ころならキャンキャン吠《ほ》えて走り出すような気分になる。

十一月一日、午前十一時。代々木《よよぎ》公園の西の交差点。コンビニの向かいに停車した、一見何の変哲もない小型トラックのコンテナ。

「今日はよろしくお願いします」

女優が頭を下げ、傷んだ前髪を耳に掛けたとき、おれは彼女に見覚えがあることに気づいた。

セミロングのベージュ髪。つり上がった目。尖《とが》った鼻。厚い唇。昨日の晩に親知らずを抜いたような下膨《しもぶく》れ顔。愛嬌《あいきょう》はあるが色気はない。醜女《しこめ》ではないが美人でもない。こんな女、どこで見たのだろう。

「予定通り十一時半開始で。詳しい段取りはあいつに聞いて」

監督の渡鹿野《わたかの》正《ただし》はおれを指して言うと、女優を控室に案内して、録音の鶴本《つるもと》杏《きょう》子《こ》とコンテナを出て行った。男優役をスカウトするのだ。

おれはノートパソコンを開き、事前に事務所から届いたタレント資料に目を通した。枢木《くるるぎ》くるみ。28歳。マゴットプロモーション所属の企画女優。身長155。B84、W58、H85。Dカップ。年間三十本ほどの作品に出演しており、渡鹿野監督の作品では二年前に『妹の治療費を稼ぐためにAV出演を決めたブスを生でハメたおす』と『アナル大相撲2017　五月場所』に出ている。NGはアナルとスカトロ。二年前は平気だったアナルがNGになった理由を想像すると、何とも言えない気分になる。

おれは気持ちを切り替え、ノックをして控室に入った。

「ADの廣田《ひろた》です」

控室という聞こえは良いが、コンテナの前方を板で仕切って、化粧台とロッカーを置いただけの小さな部屋だ。くるみは化粧台に足を載せて、膝の痣《あざ》にコンシーラーを塗りたくっていた。薄汚れたポーチには紙パックの紅茶と魚肉ソーセージが入っている。そんな食事で撮影を乗り切れるのだろうか。

「企画書は見てますよね。あと台本読んどいてもらえれば基本オーケーです。メイクさんいないんで、十分前までに良い感じにしといてください。便所は出てすぐのコンビニにあります」

「分かりました」

「あと、念のため年齢確認させてください。免許証か保険証ありますか。本当、念のためなんで」

「はい」

相槌《あいづち》が返ってくるまでに、わずかな間《ま》があった。緊張しているのではない。何かに気づいたが、それを口にしようか迷って、結局飲み込んだ――そんな間だった。ひょっとして彼女もおれを知っているのだろうか。

おれが渡鹿野監督の撮影チームに入ったのは一年前のこと。当然、二年前の現場には参加していない。地元の格安ソープかヘルスで抱いた女だろうか。

「……ひろぽん？」

くるみが値踏みするように目を細める。ひろぽんといえば、おれが小学生の頃の渾名《あだな》だ。

「あたし、荻島春香《おぎしまはるか》」

ポーチから取り出した運転免許証のコピーにも同じ名前があった。その四文字が呼び水になって、走馬燈のように記憶がよみがえる。

荻島春香。子どもの頃、所沢《ところざわ》の同じ団地に住んでいた幼なじみだ。年齢が同じで、どちらの家も親がめったに帰ってこなかったので、おれと春香、それに春香の妹の夏希《なつき》と三人でよく遊んだ。夜のビデオ屋に忍び込んだり、工場の跡地を探検したり。二匹の野良犬を捕まえて戦わせたこともある。街中《まちなか》で拾い集めた小銭で買ったコンビニのおでんは美味《おい》しかった。

やんちゃで肝《きも》の据わった春香とは対照的に、妹の夏希は病気がちで、口数も少なかった。春香は心配になるほどの妹思いで、自分は骨を折っても高熱を出してもけろりとしているくせに、夏希が転んだりもどしたりすると目の色を変えておれの家に飛んできた。

中学校に入って少しした頃から、おれは春香とあまり喋《しゃべ》らなくなった。ありがちな話だ。おれが一年の秋で学校へ行かなくなってからは、顔を合わせることもめったになくなった。

心の距離が遠くなるほど、おれは春香が好きになった。もっと匂いが嗅《か》ぎたかった。小学生の頃と同じように遊びたかった。近くのコンビニや路上で姿を見ることはあったのに、気恥ずかしくて声を掛けられなかった。

中学三年の春。別れは唐突にやってきた。春香の家族が大宮《おおみや》へ引っ越すことになったのだ。母親が新世界信仰会《しんせかいしんこうかい》という宗教に入れ込んで、修行のために施設へ入ることになったのである。

引っ越しの前日、春香と夏希が挨拶《あいさつ》にきた。おれは子どもみたいに不貞腐《ふてくさ》れていて、言いたいことはたくさんあったのに、ただの隣人みたいな挨拶をしただけだった。

春香と出会うのはそれ以来、実に十三年ぶりだ。

今日まで何をしてた？　夏希は元気？　新世界信仰会は？　なんでＡＶ女優に？　十三年前と同じようにたくさんの言葉が頭に浮かんだが、口を衝《つ》いて出たのは短い言葉だった。

「久しぶりだな」

春香が唇の端を吊《つ》り上げる。ひどく卑屈な、媚《こ》びへつらうような笑みだった。やっぱり別人だったら良かったのに。がちゃがちゃした前歯は、あの頃の少女と同じだった。

「撮影、がんばれよ」

なぜか後ろめたくなって、逃げるように控室を出た。


おれは一年前から小規模な映像制作プロダクションで働いている。看板レーベルの〈ライカ・ボノボ〉は、ＡＶ監督の渡鹿野正が立ち上げた独立系ブランドだ。

渡鹿野正はＡＶ界の鬼才としてその名を知られている。小学生のときから家庭用ビデオカメラでＡＶを撮っていたとか、妹の葬儀会場に女優を連れ込んでハメ撮りしたとか、宇宙初のＡＶを撮るためにアメリカの民間宇宙ベンチャーと契約したとか、虚実入り交じった多くの逸話を持っている。

世間からは大層な変わり者と思われているようだが、イメージに反して実物は常識人の部類に入る。ＡＶ監督として特筆すべきは、徹底した演出のこだわりにある。どんなに馬鹿げた企画でも、キャスティング、ロケーション、カメラワーク、演技指導、編集に至るまで、一切の妥協を許さない。

渡鹿野の品質へのこだわりが生んだ発明の一つが、女優とのインセンティブ契約だ。そもそもＡＶの出来栄えは、女優の意気込みに大きく左右される。そこで渡鹿野は、固定の出演料に上乗せして作品売上の３〜５％を女優に支払うよう、制作会社と事務所で契約を結ぶのだ。売れた分だけ成果報酬が支払われるから、女優も意欲を持って撮影に臨めるというわけである。

〈ライカ・ボノボ〉のスタッフは、監督兼カメラマンの渡鹿野正、録音の鶴本杏子、それにADの廣田宏《ひろし》、つまりおれの三人。バイトのスタッフや事務所のマネージャーが現場に来ることもあるが、大半の撮影はこの三人でこなしている。

今回の作品は『格差社会に負けるな！　増税に喘《あえ》ぐサラリーマンを夢のペイペイ美女がセックスポイント還元で負担軽減スペシャル2』。増税に苦しむ街角のサラリーマンをスカウトし、小型トラック〈パンバニーシャ号〉のコンテナに設《しつら》えた簡易スタジオで女優との絡みを撮影するという企画だ。十月一日の消費増税と同時に公開した第一弾が話題になり、配信サイトの月間ランキングでトップ10入りの快挙を達成。満を持して第二弾の制作が決定したのである。

「特上の素人《しろうと》を捕まえたぜ。廣田、説明よろしく」

コンテナ後方のドアが開いて、渡鹿野と鶴本、それに貧相なおっさんが入ってきた。日焼けした禿《は》げ頭に重たげな瞼《まぶた》、ボロボロの肌に無精髭《ぶしょうひげ》、皺《しわ》だらけのシャツに太鼓腹。サラリーマンというよりその日暮らしの中年フリーターという感じだ。そもそもまともなサラリーマンが平日の真っ昼間にAVに出るはずがないのだが。

渡鹿野はこの手の冗談じみた企画でも、プロの男優ではなく本物の素人を起用する。契約で揉《も》めたり、性病を移されたりする恐れもあるが、それしきのことで芋《いも》を引く男ではない。

「お名前は？」

「山根力《やまねつとむ》です」

おれはおっさんをスタジオの隅に座らせ、出演同意書にサインをさせた。渡鹿野と鶴本はその隙にカメラテストに入る。

そうして迎えた、十一時三十五分。

「スリー、ツー、ワン、スタート」

渡鹿野の掛け声で撮影が始まった。

まずはソファに座った山根に、渡鹿野がカメラを担いでインタビューをする。「消費増税どうですか」「節約も大変ですよねえ」「それじゃ風俗も行けないでしょう」「AVも安くないですよ」「溜《た》まってるんじゃないですか」うんぬん。山根は不安が九割、期待が一割くらいの表情で、しきりに下腹部や内股《うちまた》を擦《さす》っている。

一通り質問が済んだところで渡鹿野が指で合図を出す。おれは控室の春香を手招きする。

「こんにちは、くるみです」

季節外れの白ビキニを着た春香が手を振って登場し、山根の隣に腰を下ろす。山根は汗も掻《か》いていないのにハンカチで額を拭《ぬぐ》うと、

「あの、すみません」

なぜかおれを見て言った。渡鹿野が舌打ちして録画を止める。

「ADは見るなと言っただろ」

「ごめんなさい。あの、お腹が痛くなっちゃったんですけど」

号泣寸前の子どもみたいな声だった。

「仕事中だろ。大人なんだから我慢しろよ」

「はい。すみません」

渡鹿野はすぐに撮影を再開する。春香は「溜まってますねえ」と言いながらおっぱいを出し、山根の股間《こかん》をまさぐる。いつかのおれが見たら泣いてマスをかく光景だ。

春香が山根のブリーフを脱がせ、半勃《はんだ》ちのイチモツを咥《くわ》えようとした、そのとき。

「ごめんなさい！」

山根が弾《はじ》かれたように立ち上がり、スタジオの隅のティッシュ箱に手を伸ばした。糞《くそ》だ。糞が出るのだ。

おれはとっさにカーペットを引っ張った。渡鹿野は自ら造り上げた〈パンバニーシャ号〉に尋常ならぬ愛着を持っている。スタッフでも中に入れるのは撮影時だけ。通常、機材車はＡＤが運転するものだが、おれは〈パンバニーシャ号〉のハンドルに触れたこともない。そんな愛車を糞まみれにしたら、山根は首を折られるはずだ。

「あああっ」

案の定。山根の尻の穴からにゅるにゅると糞が出てきた。どこか懐かしい臭《にお》いが漂《ただよ》う。

「ファックファックファックファック！」

渡鹿野はカメラを置いて、山根の横っ面《つら》をぶん殴《なぐ》った。

山根は毬《まり》のように転がって壁に激突。なおも肛門からは細切《こまぎ》れの糞が出てくる。職業柄、糞を見る機会がないわけではないが、こんな不意打ちを食らったのは初めてだ。いつも冷静な鶴本も唇を嚙《か》んで笑いを堪《こら》えていた。

「てめえ、どうしてくれんだよ」

渡鹿野が地団太《じだんだ》を踏む。山根を蹴飛《けと》ばそうにも、大小の糞が邪魔して近寄れないのだ。当の山根はようやく糞が出尽くしたようで、前後から尻を隠して気まずそうに膝立ちをしていた。

「掃除して撮り直すしかないでしょ」

鶴本が控室からトイレットペーパーとウェットシートを持ってくる。さいわい糞はカーペットに触れることなく、床の木板に鎮座していた。

渡鹿野が壁の時計を見る。針は十一時五十分を指していた。

「一時までに元通りにしろ。お前が洩《も》らしたんだからお前がやれ。女優は控室で待機。廣田、お前はこいつを見張ってろ」

「あたしは？」

鶴本が肩を竦《すく》める。

「一緒に来い。ファミレスで飯でも奢《おご》ってやる」

渡鹿野は暑そうにジャケットを脱ぎ捨てると、鶴本を連れて〈パンバニーシャ号〉を出て行った。


近くの小学校から十二時のチャイムが聞こえる。おれは自分が空腹であることに感心した。目の前に糞があっても腹は減るのだ。

山根はウェットシートを捩《ね》じって紙縒《こよ》りを作り、床板の隙間に入った糞をほじくっている。このおっさんに逃げ出す度胸があるとは思えない。

「めしを買ってくる。そこにいろよ」

おれはコンテナ後方のドアから〈パンバニーシャ号〉を出ると、後ろ手にドアを閉めた。ガチャンと錠の掛かる音。ドアがオートロック式になっているのは、間違っても部外者が入ってこられないようにするためだ。

横断歩道を渡り、向かいのコンビニ〈ホカホカライフ〉へ足を運んだ。「秋のおでん&たい焼きセール実施中！」と一文字ずつ印刷した紙が貼ってある。ドアを開けると香ばしい薫りが充満していた。そういえば春香も腹を空《す》かしているはずだ。魚肉ソーセージだけではもたないだろう。

おれは迷った挙句《あげく》、おでんを二人分買って〈パンバニーシャ号〉へ戻った。腹ばいになった山根が怯《おび》えた目でこちらを見る。おれは山根を無視して、控室のドアをノックした。

「これ、昼めし」

春香は白ビキニにダッフルコートを羽織って、パイプ椅子《いす》に座っていた。

「どうもすみません」

他人行儀にお辞儀をする。おれがおでんを渡すと、容器の中身を見て息を止めた。

「こんにゃく、好きだろ」

「うん。ありがとう」

遠慮がちに口角を上げる。

水を打ったような沈黙。またしてもおれが言葉に詰《つ》まっていると、

「夏希が重症筋無力症って病気でさ。治療にお金が要るの」

思考を読んだみたいに、春香が口を開いた。

おれは驚くのと同時に、どこか安堵《あんど》していた。やはり春香は変わっていない。妹のためなら、彼女は苦労を惜しまないのだ。

「安心した。子どもの頃、アイドルになりたいって言ってただろ。それでAV女優になったのかと思ったよ」

「何それ。いつの話？」

春香が苦笑する。

「新世界信仰会は？」

「やめた。新世界への祈りが足りないとか、いい加減なことしか言わないから」

「お母さんも？」

「あの人はまだ信じてる。馬鹿だよね」

春香は寒さに耐えるように、コートの襟《えり》を合わせ、

「ねえ。お願いがあるんだけど」

「何？」

「午後の撮影、ひろぽんは来ないで」

真っすぐにおれを見据える。あの頃と同じ、射貫《いぬ》くような目だった。

「無理だよ」

おれにも生活がある。仕事を投げ出すわけにはいかない。

「そうだよね。ごめんなさい」

春香はふたたび顔を伏せた。

おれは息苦しくなって、控室を出た。山根がちょこんと正座をして、指の臭いを嗅いでいる。ぱんぱんに膨らんだゴミ袋が六つ。どれもトイレットペーパーとウェットシートが詰まっている。

「あのう、掃除終わりました」

山根が指を隠して、作り笑いをする。床板の継ぎ目まで目を凝《こ》らしてみたが、糞は跡形もなくなっていた。

「ばれないように〈ホカホカライフ〉の裏にゴミを捨ててこい」

おれは山根にコンテナのカードキーを渡した。これだけ多いと一度では運び切れない。往復のたびに錠を開けてやるのも面倒だ。山根は五回くらい頷《うなず》いてから、ゴミ袋を抱えて〈パンバニーシャ号〉を出て行った。

カーペットの位置を直し、消臭剤を十回くらいシュッシュする。おでんを食べようと思ったが、つ

いさっきまで糞があった場所で食事を摂《と》るのは気が引けた。糞があったときは気にならなかったのに、不思議なものだ。

おれはコンテナを出て、歩道のベンチに腰を下ろした。空には人間の腸みたいな妙な雲が浮かんでいる。

春香には冷たいことを言ってしまったが、おれも初恋の相手と汚いおっさんのセックスが見たいわけではなかった。なんとか午後の撮影を中止にできないだろうか。山根がもうひと踏ん張りしてくれたら良いのだが、あいにく腸は空っぽだろう。

牛すじの刺さった串を片手に物思いに耽《ふけ》っていると、

「ごめんください」

見知らぬおばちゃんに声を掛けられた。黒目が大きく、おちょぼ口が河豚《ふぐ》に似ている。

「時計が壊れてしまって。時刻を教えてくれませんか」

年齢は四十過ぎくらいか。いまどき携帯電話を持っていないとは珍しい。

おれはおばちゃんにスマホのロック画面を見せた。十二時十分。おばちゃんは「どうもすみません」と頭を下げて、歩道を進んでいく。

ふと思い立って、スマホで「枢木くるみ」と検索してみた。Amazonやアダルト系のまとめサイトに並んで、Twitterのアカウントが表示される。フォロワーは二百人ほど。一分前の十二時九分に「スタッフさんがおでん買ってくれた！　おいしい！」というコメントと、あんぐりと開いた口にこんにゃくを入れようとしている写真を投稿していた。

春香にとって、おれはスタッフさんなのか。親友とは言わないまでも、幼なじみとか友人とか書いてくれても良かったのに。

おれは馬鹿げた感傷を振り払うと、スマホをポケットに仕舞い、牛すじに食らい付いた。

甲高《かんだか》いクラクションに続いて、キキィと金属の軋《きし》むような音が聞こえた。

顔を上げると、さっきのおばちゃんが交差点の真ん中で足を止め、腸に似た雲を眺めていた。鼠《ねずみ》色《いろ》のワゴンが数十メートル先に迫っている。あのおばちゃん、やはり頭のネジが緩んでいるらしい。

「おい、逃げろ！」

叫んでもおばちゃんは動かない。ワゴンが数メートル手前でハンドルを切り、ブロックを飛び越えて歩道に突っ込み――こちらへ迫ってくる。

ベンチから立ち上がったときにはもう間に合わなかった。鈍い衝突音とともに身体《からだ》が撥《は》ね飛ばされ、放物線を描いてアスファルトへと落ちていく。

死ぬ。一秒前までは予想だにしなかったことだが、気づいたときには手遅れだった。人生を回顧する暇もなさそうだ。

さすがにADが死んだら撮影は中止だろうか。いや、渡鹿野なら箔《はく》が付いたと喜んで、平然と撮影を続けるかもしれない。まあ、死ぬならどっちでもいい。

おれは瞼を閉じ、衝撃に身を任せた。

自分が悍《おぞ》ましい異世界へと迷い込むことになるとは、このときのおれは知る由《よし》もなかった。

2

「お兄ちゃん、大丈夫？」

くぐもった声が聞こえる。

瞼を開けると、おばちゃんが顔を覗《のぞ》き込んでいた。あんたのせいでワゴンに撥ねられたというのに、能天気なやつだ。おれを撥ねたワゴンは見当たらなかった。

「大丈夫」

おれは手をついて身体を起こした。首を捻《ひね》って全身を見回す。打ちどころが良かったのだろう、右手に擦《かす》り傷があるくらいで大きな怪我《けが》はなさそうだ。立ち止まっていた他の通行人も、おれが無事なのを見て歩き始める。

スマホを見ると、時刻は十二時二十八分。十五分ほど気を失っていたらしい。

右手の甲がひりひりと痛む。控室に絆創膏《ばんそうこう》があったはずだ。ダウンジャケットの汚れを払って立ち上がり、〈パンバニーシャ号〉へ向かう。

ポケットに手を入れる。カードキーがない。一瞬、血の気が引いたが、すぐに山根に貸していたのを思い出した。

ドアをノックすると、数秒でドアが開いた。

「鍵、返せ」

山根がドアを押さえ、無言でカードキーを差し出す。ひどく顔色が悪い。

この男はおれが失神しているのに気づかなかったのか。いや、おれを助けるより「ゴミを捨ててこい」という言い付けを優先したのだろう。腹が立ったが、おっさんを質《ただ》している場合でもない。スタジオを横切って、控室のドアを開けた。

「――――」

おれは死ぬまでこのときの衝撃を忘れないだろう。

クンニか背面騎乗位の途中みたいに、春香が両脚をM字にかっ開いていた。ビキニは膝まで下がっていて、あそこが丸出しだ。

春香は左手にプラスチックの容器、右手に割り箸を持って、こんにゃくを肛門に突っ込んでいた。

おれは反射的に扉を閉めた。母親と愛人のセックスを覗いたときと同じ、動物的な本能だった。

春香はだいぶマニアックでアブノーマルな性的嗜好《しこう》を持っているらしい。AV女優も人間なのだし、どんな行為を嗜もうと一向にかまわないのだが、せっかくの美味しいおでんを尻に入れるのはいかがなものか。黴菌《ばいきん》を付けて食べるのが趣味なのか。

ぐらぐらと天井が揺れた。地震ではない、目眩《めまい》だ。身体が火照《ほて》り、腹の底から嘔吐《えず》きが込み上げてくる。やはり打ちどころが悪かったのだろうか。

おれは〈パンバニーシャ号〉を出ると、歩道の植え込みに身体を半分突っ込んで、吐いた。腸管がのたうちまわり、胃液がしつこく喉へ押し寄せてくる。

「ご、ごめんなさい！」

ふいにドアが開き、コンテナから山根が飛び出してきた。額に脂汗が滲《にじ》んでいる。どうやらまたもよおしたらしい。

山根は決死の形相でおれを押しのけると、頭《こうべ》を垂れ、おえええっと叫んで口から黒いものを吐いた。

思わず植え込みを覗き込む。

山根の口から落ちたのはげろではなく、糞だった。

糞は尻から出るものと相場は決まっている。なぜこのおっさんは口から糞を出したのか。いや、春香も肛門にこんにゃくを突っ込んでいた。ということは、まさか――。

おれは〈ホカホカライフ〉へ駆け込むと、コーヒーマシンに並んだおばちゃんの肩を叩《たた》いた。

「あんた、飯はどこから食う？」

おばちゃんが振り向く。さっきの河豚に似たおばちゃんだった。

「頭か？　それとも尻か？」

「なんでそんなこと聞くんです」

「いいから教えてくれ」

おばちゃんは目をしばたたかせ、幼児の質問に答えるような顔をした。

「そりゃまあ、お尻から食べますけど」

やはりそうだ。

今、おれがいるのは、おれが生まれた世界ではない。

おれは企画のネタ出しのために読んだとある小説を思い出した。高学歴の童貞が交通事故で死ぬのだが、どういうわけか剣と魔法の世界に転生《てんせい》する。主人公は物理や化学の知識を駆使して、仲間を増やし、魔王と対決するのである。

どうやらおれも異世界へ転生してしまったらしい。口と肛門が逆転した、だいぶマニアックでアブノーマルな異世界に。ここでは尻でものを食べ、口から糞を出すのが当然の摂理《せつり》なのだ。

全身の血の気が引いていく感覚。ひどく気分が悪い。

慌てて便所に駆け込んだところで、段差につまずいた。たたらを踏んで前のめりに倒れ、頭のてっぺんを手洗い器に打ち付ける。

おれはそのまま意識を失った。


気が付くと病院のベッドの上だった。

窓の外の景色に見覚えがある。池尻大橋《いけじりおおはし》駅の北口、事務所のすぐ近くの大学病院だ。

枕元のデジタル時計を見る。十一月二日、午後四時。丸一日、眠っていたことになる。

小便がしたい。おれはベッドを下りると、点滴スタンドを押して病室を出た。案内板を頼りに廊下を進み、男子便所に入る。

見慣れた小便器の代わりに、半球形の陶器が胸の高さに並んでいた。これでは背伸びをしても小便が入らない。

おれが立ち尽くしていると、マンボウみたいな面長《おもなが》のおっさんが便所に入ってきた。白衣を着ているから医師だろう。

手を洗うふりをしながら、さりげなくおっさんを見る。おっさんは背を屈《かが》めて、すぼめた唇からおしっこを噴き出した。

熱に浮かされたような気分で便所を出る。入院患者用のラウンジだった。電話をかけたり本を読んだりしている者もいるが、大半の患者は何もせずに陽光を浴びている。

少年が乗った車椅子が、おれの点滴スタンドにぶつかった。少年は山女魚《やまめ》の稚魚みたいな顔をしている。おれが愛想笑いをすると、少年は化け物でも見たように目を丸くした。

「それ、歯？」

少年がおれの顔に手を伸ばす。ぽかんと開いた少年の口には、歯がなかった。

なるほど。この世界の人間は尻の穴でものを食うから、口に歯が要らないのだ。どいつもこいつも口が小さく、魚みたいな顔をしているのはそういうわけか。

ふとラウンジを見回すと、入院患者が揃《そろ》っておれの顔を見ていた。ゴンドラにぶら下がった窓掃除の兄ちゃんまでこちらを見ている。動物園の猿になった気分だ。おれは口を閉じて、そそくさとラウンジを出た。

病室に戻ると、医師と看護師、それにスーツの男が二人待ちかまえていた。

「ああ、良かった。廣田さん、困りますよ。勝手に歩き回らないでください」

医師の泥鰌《どじょう》が小言《こごと》を言う。

「もう大丈夫だ。退院させてくれ」

「その前に話を聞かせてもらいましょう」

スーツの太刀魚《たちうお》が胸から警察手帳を取り出した。もう一人の鰰《はたはた》がおれの背後へ移動する。

「おれを撥ねたのは鼠色のワゴンだ。後は何も覚えてない」

「いえ。わたしたちは轢《ひ》き逃げ事件の捜査に来たのではありません」

鰰刑事が冷え切った声で言う。どういうことだ。

「落ち着いて聞いてください」太刀魚刑事はコホンと咳払《せきばら》いをした。「タレントの枢木くるみさんこと、荻島春香さんが殺されました」


太刀魚刑事の説明をまとめるとこのようになる。

春香は〈パンバニーシャ号〉の控室で首を絞められて死んでいた。凶器はSM用のベルト。控室のロッカーにあったもので、死体発見時も首に巻き付いたままになっていた。

死体を見つけたのは渡鹿野と鶴本の二人だ。十三時十分、ファミレス〈ダーマーズキッチン〉から〈パンバニーシャ号〉へ戻り、控室で春香が死んでいるのを発見した。二人は警察に通報した後、周囲を探し回り、〈ホカホカライフ〉で雑誌を立ち読みしていた山根と、便所に倒れたおれを見つけた。

死亡推定時刻は十二時から十三時までの一時間。さらに司法解剖で消化管の内容物を調べた結果、胃から消化途中のこんにゃくが見つかった。摂食後の経過時間は十五分から二十分ほど。ワゴンに撥ねられたおれが目を覚ましたのが十二時二十八分、こんにゃくを尻に突っ込む春香を見たのはその直後——十二時三十分ごろのことだから、彼女は十二時四十五分から五十分の間に死んだことになる。おれがコンビニの便所ですっころんで気を失っている間に、春香は何者かに殺されてしまったのだ。

凶器のベルトからは、春香、渡鹿野、鶴本、それにおれの指紋が検出された。春香の指紋は、首を絞められ、喉《のど》を掻《か》き毟《むし》ったときに付いたものだろう。〈ライカ・ボノボ〉のスタッフの三人は、過去の撮影でもベルトに触れているから、指紋が付いているのは当然だ。撮影に関与した者の中では山根の指紋だけが検出されなかったが、昨日の撮影ではベルトを使っていないから、これも当然である。

〈パンバニーシャ号〉のコンテナのドアはオートロック式の錠が掛かっていて、カードキーがなければ開けられない。撮影関係者の中でカードキーを持っていたのは、渡鹿野とおれの二人だけ。おれは一度、山根にキーを貸したが、春香が生きているうちに返却させた。必然的に、おれと渡鹿野の二人が有力な容疑者ということになる。

渡鹿野は十一時五十分に山根に激怒して〈パンバニーシャ号〉を出ると、十二時から十三時までたっぷり一時間、ファミレス〈ダーマーズキッチン〉で鶴本と昼食を摂っていた。〈ダーマーズキッチン〉は住宅街を抜けた先にあり、〈パンバニーシャ号〉からは約八百メートル、大人が歩いて十分ほどの距離がある。渡鹿野は一度だけ、煙草《たばこ》を吸うために店の外へ出たが、それ以外は席を離れていない。入り口に設置された防犯カメラには、二人が証言通りの時刻に出入りする姿が写っていた。

一方のおれはというと、十二時半過ぎに気を失ってから十三時十五分に発見されるまで、アリバイがなかった。運の悪いことに〈ホカホカライフ〉の防犯カメラは一週間前から故障しており、おれの映像は残っていない。警察は店員や常連客に聞き込みを行ったが、おれが便所に倒れているのを見た者はいなかったという。

ちなみに脱糞《だつぷん》オヤジの山根はというと、取り調べ中にパニックになり、過呼吸を起こして搬送されたため、現在までまともな話が聞けていない。十二時三十分に便意をもよおして外へ出たところ、オートロックが掛かってコンテナに戻れなくなってしまい、仕方なく〈ホカホカライフ〉で雑誌を読んで時間を潰《つぶ》していた、というのが推測される足取りだ。

「春香さんが殺された時刻、トラックの近くにおり、かつカードキーを持っていたのはあなただけです。それでも容疑を認めないとおっしゃる？」

太刀魚刑事がおれを問い詰める。目覚めるなりトラブルに巻き込まれるのは異世界転生ものでは王道の展開だが、いきなり殺人の疑いをかけられるとはパンチがきつい。おれと春香が幼なじみだと知られたら、ますます面倒なことになりそうだ。

「頭が割れるように痛い。また今度にしてくれ。取り調べ中に死んだら責任問題だぜ」

おれは顔中の筋肉を思い切り歪《ゆが》ませて、ベッドに倒れた。尻でも蹴られるかと思ったが、二人の刑事は「また伺《うかが》います」と言い残して病室を出て行った。

どうせ見張られているのだろう。無実を証明しなければ早晩、警察に捕まってしまう。

ベッドの上で悶々《もんもん》としていると、コツコツと窓を叩く音が聞こえた。顔を上げて、ベッドから転げ落ちそうになる。ゴンドラに乗った窓掃除の兄ちゃんが、カーテンの隙間から手を振っていた。

「何見てんだ。通報するぞ」

兄ちゃんは唇を閉じたまま、人差し指を頭上に向けた。上に来い、ということだろうか。

おれは病室を出ると、点滴スタンドを押してエレベーターに乗り込んだ。案の定、ラウンジで新聞紙を広げていた男が後をつけてくる。鰤刑事だ。

入院病棟は七階建てらしい。おれは六階でエレベーターを降りると、点滴針を引っこ抜き、点滴スタンドをドアに挟んでから、階段で屋上へ向かった。

スチールドアを開ける。窓掃除の兄ちゃんが手すりの向こうに立っていた。

「あなたを助けます。ここに乗ってください」

兄ちゃんがゴンドラの縁《ふち》を叩く。

「あんた、誰？」

「説明は後です。急いで」

事情がさっぱり分からないが、この機会を逃《のが》す手はない。おれは手すりを乗り越え、ゴンドラの底に身を横たえた。

兄ちゃんが昇降機を操作し、ゴンドラがゆっくりと下降し始める。その直後、鰤刑事が屋上へ駆け込んでくる足音が聞こえた。

「お前、おれを知ってるのか？」

「知りません」

兄ちゃんは首を下げておれを見ると、口をぱかっと開いた。

「ぼくは春日部《かすかべ》。十年前、ぼくもこの世界に飛ばされてきたんです」

右奥に一つだけ、黄ばんだ歯が生えていた。

＊

蝉《せみ》が騒々しく鳴いている。

夏休みも今日で折り返しだ。蝉は一週間で死ぬと聞いたのに、まるで鳴き止《や》む気配がない。

汗と脂《やに》とカップ麺《めん》の臭いが染み付いた団地の一室。畳に転がって漫画を読んでいると、蝉の声に交じって女の悲鳴が聞こえた。奇怪な電子音に乗せて、狂ったように幼児語が反復される。ただでさえ蝉の声でおかしくなりそうなのに、こんな前衛音楽を聴かされたら血管が破裂してしまいそうだ。

おれは部屋を出て、廊下を左に進んだ。案の定、音は301号室から洩れている。

「おい、何してんだ」

ドアを叩いても返事がない。ノブを捻るとドアが開いた。春香が身を反らして、両手をバタバタ振っている。脳味噌《のうみそ》が茹《ゆ》で上がって、いよいよ駄目になったのだろうか。

「うるせえ！」

声を張り上げると、春香はようやくおれに気づいて、テレビの音量を下げた。

部屋にいるのは春香だけだった。夏希は外で遊んでいるのだろう。母さんは妙な宗教に入れ込んでいて、めったに帰ってこない。

「何してんだよ」

「ダンスの練習」春香は芝居がかった仕草で振り返る。「あたし、ミニモニ。に入ることにしたの。サインもらうなら今のうちだよ」

「お前じゃイチジクガールズも入れないだろ」

おれは思い付く限りの皮肉を言った。イチジクガールズというのは埼玉のローカルCMでたまに見かける三流アイドルで、ダイエット広告のbeforeばかり集めたようなひどいビジュアルをしていた。プロデューサーはイチジクさんという白塗りのローカルタレントで、出会うと不幸になる怪人物として子どもたちの間で名を馳《は》せていた。

「ミニモニ。くらい人気なら何でもいいよ」

「夏希に何かあったのか」

「は？　違うけど」

声が硬くなった。分かりやすいやつだ。

これまでも春香は、妹の求めに応じて無謀な挑戦を重ねてきた。発明家になるためにゴミを集めたり、名探偵になるために怪しいおっさんを尾行したり、アメリカ人になるために英語の本を読もうとしたり。奇行の原因は夏希と決まっている。春香は頭が良くて、学級委員にも選ばれるようなタイプなのに、妹のためとなると急に見境がなくなるのだ。

四年前。おれと春香が五歳、夏希がまだおしめを着けていた頃。夏希が意識を失い、救急車で病院へ搬送される事件が起きた。春香が転寝《うたたね》していた隙に、夏希がねりけしを喉に詰まらせたのだ。救急隊員がすぐにねりけしを取り除いたおかげで夏希は一命を取り留めた。だがこの日を境に、春香は別の人間に変わってしまった。

命は弱い。人は簡単に死ぬ。妹を守れるのは自分しかいない。そう覚悟を決めたのだろう。それからというもの、春香は妹のためならどんな理不尽も受け入れ、どんな苦労も厭《いと》わなくなった。

「友だちがみんなでミニモニ。のコンサートに行くのに、夏希だけ誘われなかったとか。どうせそんな話だろ」

おれが茶化すと、春香はテレビのあいぼんと同じポーズをした。

「あたし、本気だからね。ミニモニ。みたいな人気者になったところを夏希に見せたいの」

「夏希はミニモニ。が好きなんだ。お前がアイドルになっても喜ばないだろ」

「ひろぽんこそ、ひとんちのことに首突っ込まないでくれる」

あまりに真剣な顔で言うので、おれは自分が人でなしになったような、居心地の悪い気分になった。

3

十一月二日、午後八時。おれはゴンドラ兄ちゃんこと春日部に連れられ、北千住《きたせんじゅ》の定食屋〈トロ食堂〉を訪れた。

「からあげ弁当二つ」

てっきり店で食っていくのかと思いきや、春日部は弁当を注文した。

「どこで食うんだ」

「ぼくの家ですよ。それとも廣田さんだけここで食べますか？」

春日部が悪戯《いたずら》っぽい笑みを浮かべて、店内に目を向ける。つられて座敷を見ると、おっさんたちが足を開いて、とんかつや生姜《しょうが》焼きをせっせと尻の穴に突っ込んでいた。ズボンの底にチャックがついていて、イチモツを隠したまま尻の穴だけを出せるようになっている。

ここに突然、口で飯を食う人間が現れたら、定食屋が見世物小屋になってしまうだろう。

「やめておくよ」

うっかりハードな凌辱《りょうじょく》もののビデオを見たような胸の悪い気分で、扉を押し、外の空気を吸い込んだ。

十五分後。春日部が暮らすアパートの六畳間で、おれはからあげ弁当を頬張っていた。

「異世界より並行世界といった方が良いでしょうね。ほとんどの事象はもとの世界と同じですが、一部だけが決定的に異なっています。この世界の場合、口と肛門の役割が逆転しているんです」

春日部は水を得た魚のようにぺらぺらと語り続ける。年齢は二十代半ばだろう。太い眉。赤らんだ肌。顔中のにきび。ひょろりと細い体軀《たいく》。童貞役の男優みたいだ。

口の中に奥歯が一つしか生えていないのは、この世界で怪しまれずに生きるため、他の歯を引っこ抜いたからだという。彼は十年間、仲間との出会いを待ち侘《わ》びていたのだ。

「外見に目立った違いはありません。ただこっちの人間は肛門が摂食器官です。歯や舌も肛門にありますが、呼吸の機能がないので声は出ません」

春日部は書棚から『みんなのからだずかん』を取り出し、冒頭のページを開いた。可愛《かわい》らしいタッチのイラストで、右半身が素っ裸、左半身が内臓まる出しの少年が描かれている。春日部は少年の股間を指した。

「ここで取り込んだ食物が腸管の蠕動《ぜんどう》で持ち上げられ、頭まで運ばれます」

指先が腹から胸、そして顔へ移動していく。

「口が彼らの排泄《はいせつ》器官です。食道、尿道、気道、みんな口とつながってます。喉のところに弁があって、うんこやおしっこをするとき以外は食道と尿道を塞《ふさ》いでいます」

「舌がないのにどうやって喋るんだ」

「歯と舌の代わりに大きな襞《ひだ》と弁があって、肺から出た空気を振動させてるんです」

春日部が真ん中あたりのページを開く。横顔の断面のイラストで、舌の代わりにポリープのような膨らみが描いてあった。

「つまりこの世界はげろがげりってことだな」

「そう。げろがげり、げりがげろです。彼らとの違いはそれだけ。鼻や生殖器などの位置に変わりはありません」

「もっとましな世界に転生したかったな。なんでよりによって糞を吐く世界なんだ」

「臍《へそ》で茶を沸かす世界より良いと思いますよ」

春日部はわははと笑う。十年も経《た》つと前向きになるらしい。

「並行世界ってことは、この世界にはおれやお前がもう一人いるのか？」

「いません。ぼくがこの世界に来たとき、こっちのぼくが生活していた痕跡はあちこちにありましたが、肝心のぼくはどこにもいませんでした。あっちからAさんがやってくると、入れ替わるようにこっちのAさんがあっちに飛ばされるみたいです」

この世界のおれは、今ごろ口に歯が生えた人間を見て腰を抜かしているということか。

「あっちの世界とこっちの世界は、どれくらい違ってるんだ。腹ん中以外、みんな同じなのか」

「いえ。慎重に観察していると、ときどき微妙なずれに気づきます。友だちの滑舌《かつぜつ》、ご近所さんの髪型、スーパーの看板の色、定食のお新香の味付け。違いはいろいろです。身体の差が影響していそうなものもありますが、大抵《たいてい》はよく分かりません」

風が吹けば桶屋《おけや》が儲《もう》かると言うように、腸が引っくり返った影響がどこに現れるかは分からないのだろう。

「じゃあ、こっちで死んでる女が、向こうじゃ生きてる可能性もゼロじゃないんだな」

おれが膝を乗り出すと、春日部はわずかに言い淀《よど》んでから、

「家族、親戚、友人、芸能人、政治家、スポーツ選手――あらゆる人を調べましたが、死んだはずの人間が生きていたことも、その逆もありませんでした」

「世界は広い。お前が見つけてないだけだろ」

「ぼくの小学校の同級生に米田《よねだ》くんという子がいました。早食いが得意だったんですけど、十歳のと

き、給食のパンを気管に詰まらせて死んじゃったんですよ。でもこっちに来て気づいたんです。こっちの世界の人間は、ご飯を食べるのと息を吸うのが別の器官ですから、誤嚥《ごえん》は起こらないんじゃないかって」

「生きてたのか？」

思わず声がでかくなる。春日部は首を振った。

「調べてみると、こっちの米田くんも同じ日に命を落としてました。アイスの食べ過ぎで夜中にお腹を壊して、下痢便を喉に詰まらせたそうです」

「もっとひどいじゃねえか」

「でも考えてみてください。あっちの世界で死んでいる人が、こっちの世界では生きている。こんなずれがあちこちで積み重なれば、世界はどんどん様子が変わってしまいます。十年もすれば別世界ですよ。ところが現実はそうなっていない。これは想像ですが、二つの世界がずれ過ぎないように、両者の間でずれを補正する力が働いてるんじゃないかと思います」

こっちの春香が死んでいるのに、あっちの春香は生きている。そんなずれは起こらないということか。おれはニンニク臭いため息を吐《つ》いた。

春日部がふと視線を上げる。テレビではＮＨＫニュースが流れていた。

「タレントの枢木くるみさんを殺害した容疑で、警視庁は映像制作会社勤務の廣田宏容疑者を指名手配しました」

くたびれた男の顔写真が大写しになる。他の連中と同じで、こっちのおれも顎《あご》が小さい。

「誓って言うが、おれは枢木くるみを殺してない。こっちの世界で目を覚ましたら、なぜかくるみが死んでて、おれが疑われてたんだ」

「信じますよ。こ、ん、な目に遭っ、た、ら、人、な、ん、か殺、し、て、る場合、じ、ゃ、な、い、で、す、か、ら」

春日部は真面目《まじめ》な顔でほっぺのにきびを潰した。

「刑事の話を聞いた限り、やつらがおれを疑うのも仕方ない状況だ。おれが冤罪《えんざい》を晴らすには、真犯人を警察に突き出すしかない」

「協力しましょう。せっかく見つけた友だちが捕まったら困りますし。ぼくも枢木くるみを殺したやつは許せないですから。怪しいのは渡鹿野監督ですか？」

春日部はさらりと言ってのける。

「通ぶるなよ。枢木くるみなんて無名の女優、知らねえくせに」

「知ってますよ。てか、男なら誰でも知ってます」

春日部は思春期の中学生みたいに頬を染めると、スマホを操作し、「枢木くるみ」の検索結果をこちらに向けた。

おれは目を疑った。「超人気セクシー女優」「アイドルとしても活躍」「海外でも根強い人気」「著名人も涙」枢木くるみには到底釣り合わないフレーズが並んでいる。本人のSNSには死を悼《いた》むコメントが大量に書き込まれていた。

出演作のサンプル画像を見ると、こちらのくるみの人気の理由が分かった。元の世界のくるみは、親知らずを抜いた直後のような、色気もヘチマもない下膨れ顔をしていた。一方、こちらのくるみは歯がない分、顎がすっきりして、顔が二回り小さく見える。それだけの違いなのに、つり目や高い鼻も相まって浮世離れした美人に見えた。

「有志のファンが追悼イベントを企画してるみたいです。大半のネット民は、早く犯人を死刑にしろって息巻いてますけど」

おれは日本中の男を敵に回していたらしい。

「で、どうして渡鹿野が怪しいと思うんだ?」

「そりゃ監督には動機がありますから」

春日部は訳知り顔でコップの水を飲み干した。

「動機?」

「知らないんですか。渡鹿野監督はタレント事務所とぐるになって、枢木くるみの妹をAVデビューさせようとしてたんですよ」

4

西川口《にしかわぐち》駅の東口から二百メートルほど離れた繁華街の雑居ビルに、鶴本杏子が行きつけのノミ屋がある。

「女性が出てきました」

春日部が声を弾ませる。十一月三日、午後十一時。おれと春日部はビルの斜向かいの喫茶店で、鶴本杏子が出てくるのを待っていた。

鶴本は四十代半ばで、技術スタッフとしてはベテランの域に入る。専門は録音と音声編集。渡鹿野からの信頼も厚いが、相棒というほどべったりではない。摑《つか》みどころのない性格で、おれやアルバイトのスタッフとも程よい距離感を保っている。

春香が殺された時刻、渡鹿野は鶴本とファミレス〈ダーマーズキッチン〉にいた。渡鹿野が春香を殺した犯人だとすれば、鶴本が嘘《うそ》の供述をしているか、渡鹿野が何らかの方法で鶴本を欺《あざむ》いたことになる。いずれにせよ、真相を暴《あば》くには彼女の話を聞く必要があった。

「あいつだ。行ってくる」

おれはキャップを深くかぶり、黒縁《くろぶち》の伊達眼鏡《だてめがね》を掛けて喫茶店を出た。さいわい鼻から下は造作《ぞうさく》が変わっているから、目元を隠しておけば通報されまいという算段だ。おれは人波を掻き分け、背後から鶴本に声を掛けた。

「廣田です。そのまま振り返らないで、歩きながら話を聞いてください」

鶴本は一ミリの迷いもなく振り向いた。

「きみ、指名手配されたんじゃないの」

おれが慌てて鶴本の背後に移動すると、彼女も後ろを振り返った。下半身から酒の臭いがする。

「おれ、犯人じゃないんです。少し話を聞かせてくれませんか」

「へえ、面白いこと言うね。分かった。何が聞きたいの」

鶴本は一回り小さな顎に指を添えて言うと、楽しそうに道を歩き始めた。

「渡鹿野監督が枢木くるみの妹をデビューさせようとしてたって本当ですか」

「きみ、記憶喪失なの？　難病患者の性の解放とか、訳の分からん屁理屈《へりくつ》をさんざん聞かされたただろ」

「確認しただけです。十一月一日、山根が糞を洩らして撮影が中断した後、鶴本さんたちは十二時から十三時まで〈ダーマーズキッチン〉でご飯を食べていた。そうですね」

「ご飯じゃなくてパスタだけど」

「渡鹿野監督が煙草を吸うために席を離れたのは何分ごろですか」

「十二時二十分だね。戻ってきたのはその五分後。ミートソースがなかなか来なくて、ずっと時計を見てたから覚えてる」

「監督は本当に店の外で煙草を吸ってたんでしょうか。別の場所へ行っていた可能性はありませんか」

「渡鹿野を疑ってるわけね。観察してたわけじゃないから断言できないけど、〈ダーマーズキッチン〉から現場の交差点まで歩いたら往復二十分、走っても十分はかかる。五分でくるみを殺して戻ってくるのは無理だと思うよ」

その点に異論はない。おれ自身、こんにゃくを食べる春香を十二時三十分に見ている。渡鹿野が十二時二十五分には席に戻っていたとすれば、春香を殺すことはできない。

「席へ戻った後、監督が席を離れたことは？」

「ないね。一時に店を出るまでずっと二人で話してた」

「失礼ですけど、一時間も何の話をしてたんですか」

「くるみの妹のデビュー企画のブレストだよ。難病患者のAV出演にスポットを当ててドキュメンタリー風でいくか、姉妹丼《どん》を打ち出して派手にやりまくるか」

鶴本の声がでかくなる。後者の企画が実現することは永遠になくなった。問題は、それを渡鹿野が知っていたのかどうかだ。

「監督の様子におかしなところはありませんでしたか」

「ないよ」鶴本は声を詰まらせた。「ないと思うけどなあ」

「何かあったんですね」

「いや、大したことじゃない。〈ダーマーズキッチン〉から〈パンバニーシャ号〉へ戻る途中、スマホをテーブルに忘れたって言って、〈ダーマーズキッチン〉へ引き返したんだ。でもあいつ、いつもスマホ決済アプリで金を払ってるだろ。スマホを忘れてたら、レジで気づかないはずがないと思うんだ」

「店に引き返すために、スマホを忘れたふりをしたんですね。鶴本さんも一緒に戻ったんですか？」

「いや。予定の一時を過ぎてたし、あいつも先に行けって言うから、一人で交差点まで歩いたんだ。でもコンテナのドアをノックしても誰も開けてくれない。カードキーも持ってないから、結局、渡鹿野が追い付くのを一人で待つことになった」

挙句の果てに、そこで死体を見つけることになるのだから踏んだり蹴ったりである。

「監督はどうして〈ダーマーズキッチン〉へ引き返したんでしょうか」

「さあね。店員も可愛くなかったから、口説《くど》きに行ったわけでもないと思うけど」

思わず苦笑した瞬間、鶴本がこちらを振り向き、目を丸くした。

「その歯、どうしたんだ。ヒポポ珠美《たまみ》みたいだぞ」

慌てて口を閉じたが、時すでに遅し。鶴本はおれの唇に指を突っ込んで、口の中を覗き込んだ。

「やめてください。ヒポポ……何ですか？」

「ヒポポ珠美。AV女優だよ。口の中に歯が生えてて気持ち悪いんだ。これって何科にかかればいいの？」

おれはごくりと唾《つば》を呑《の》んだ。この業界にもう一人、同じ世界からやってきた不幸な人間がいたらしい。

「その人、どの事務所ですか」

「とっくに死んでるよ。十年くらい前に睡眠薬のオーバードーズで。マゴットプロモーションだったけど、さすがに売れなかったんだろうね」

「他に何か知りませんか」

「食い付くね。当時、越谷《こしがや》に〈ヒポポタマス〉って激安ヘルスがあってさ。口に歯が生えた女をいっぱい雇った変な店だったんだけど、カルト的な人気があった。ヒポポ珠美はそこのトップ嬢だったんだよ」

そんな話は初耳だ。越谷では転生が起きやすいのか、あるいは店が転生した女を全国から掻き集めていたのか。その店の謎《なぞ》を解けば、元の世界に戻る方法が分かるかもしれない。

「そうそう。そのヘルスを経営してたのが変なやつでさ」

鶴本がへっへっへっへと犬みたいな呼吸をする。

「変なやつ？」

「埼玉のローカルタレントで、イチジクさんっていうんだ」

5

〈顚々荘《てんてんそう》〉は越谷市の北端、住居のまばらな古利根川《ふるとねがわ》のほとりにあった。

トタン屋根は傾き、壁は黒ずみ、階段は錆《さび》に覆《おお》われている。ネットの掲示板には、このアパートでイチジクさんを見たという証言が数多く投稿されていた。

目当ての201号室の呼び鈴を鳴らす。返事はない。ドアノブを捻ってみたが錠が掛かっていた。磨《す》りガラスの向こうは真っ暗で、人が住んでいるかどうかも分からない。

「ちぇっ。せっかく来たのに留守か」

春日部が舌打ちする。唐突に舞い込んだ新情報に、春日部はすっかり浮足立っていた。

「あんたら、どこのもんだ」

階下から怒鳴り声が飛んできた。柵の下を見ると、膨らんだ針千本みたいな男がこちらを睨《にら》んでいる。ツンツン尖った頭に、レンズのでかいサングラス。見るからにカタギではない。

「あなたがイチジクさんですか？」

春日部が尋ねる。

「どこの業者か知らねえが、今日はうちの返済日だ。余所者《よそもん》は引っ込んでろ」

どうやらイチジクさんは良からぬところで金を借りているらしい。取り立てが来ている以上、この部屋にイチジクさんが住んでいるのは間違いなさそうだ。

「分かりました。出直してきます」

春日部は殊勝に答えながら、財布からレシートを取り出し、ペンで裏に走り書きして郵便受けに突っ込んだ。

〈情報を買いたい。電話求む。080―××××―××××〉

翌日の昼過ぎ。春日部の部屋で〈トロ食堂〉の天ぷら弁当を食べていると、春日部のスマホが震えた。

「あんた、何者だ？」

スマホに耳を寄せると、不自然なくらいドスの利《き》いた声が聞こえた。子どもの頃、テレビCMで聞いたのと同じイチジクさんの声だ。

「ぼくは春日部。あなたの店で働いていた女のことを調べてます」

「警察か？」

「違います。やくざでもないです」

数秒の沈黙。

「情報料百万。前金三十万でどうだ」

「分かりました。用意します」

春日部は即答すると、決めておいた集合場所と時刻をイチジクさんに伝え、通話を切った。

「お前、すげえな。百万も払えんのか」

「何とかしますよ。この世界でいくら散財しようが、元の世界に帰れば関係ありませんから」

春日部は笑みを隠すように、海老天《えびてん》のしっぽにかぶりついた。


十一月四日、午後十時。おれと春日部は西多摩《にしたま》の廃倉庫を訪れていた。〈ライカ・ボノボ〉で監禁ものの撮影によく使っていた場所だ。

「それはやり過ぎじゃねえか？」

金属バットでぶんぶん素振りをする春日部を見て、おれはさすがに不安になった。冤罪を晴らすために事件を調べていたはずが、いつのまにかバットで人を襲おうとしている。

「何を言ってるんです。せっかくのチャンスを逃してもいいんですか」

春日部はバットを下ろし、軽蔑するような目でおれを見た。

作戦はこうだ。おれが倉庫の正面でイチジクさんを迎え、シャッターを開けて中へ入る。おれに続いてイチジクさんが倉庫に足を踏み入れたところで、死角から春日部が飛び出し、イチジクさんの脳天に金属バットを振り下ろす。失神したイチジクさんを柱に縛り付け、口に歯の生えた女を集めた方法を聞き出す。なぜこんな乱暴な作戦が立案されたかといえば、二人の貯金を足しても百万はおろか、前金の三十万にも届かなかったからだ。

「人間をバットで殴ると死んだりするぞ」

「そのときは別の方法で情報を集めます」

「人を殺すと警察に追っかけられるぞ」

「この世界で指名手配されようが、元の世界に帰れれば関係ありません」

「向こうのお前も同じことを考えてたら？」

「そしたら刑務所に入りますよ」

「ハロー、あんたが春日部か？」

振り返るとジジイがこちらを見ていた。薄い髪をオールバックに固め、革ジャンにサングラスを決めた、アメリカかぶれのジジイだ。かつての妖怪じみた存在感は見る影もないが、口に詰め物をしてドーランを塗りたくったところを想像するとわずかに面影が残っていた。

「うりゃあ！」

春日部が金属バットを振りかぶる。イチジクさんは素早く春日部に抱き着くと、そのまま前に倒れて馬乗りになった。金属バットが床に落ちて間抜けな音を立てる。

「やめろ、この野郎！」

春日部がイチジクさんを押しのけようとする。イチジクさんが鼻頭《はながしら》を殴ると、春日部は白目を剝《む》いて動かなくなった。

イチジクさんは明らかに人を殴り慣れている。対する春日部は口先だけだ。

「あんた、ＡＶ女優を殺した犯人じゃないか」

イチジクさんがおれを見上げ、目をしばたたかせる。こうなったらやるしかない。おれが金属バットに手を伸ばすと、イチジクさんも立ち上がり、背後からおれの首を絞め上げた。

「あんたたちの狙いは何だ？」

イチジクさんの腕がおれの喉を潰す。脳の酸素が足りなくなり、視界がちかちかする。おれは無我夢中でイチジクさんの腕に嚙み付いた。

「アウチ！」

まさか口に歯があるとは思わなかったのだろう。イチジクさんが狼狽《うろた》えた隙に、床の金属バットを手に取った。

「会うと不幸になるって噂《うわさ》は本当だったんだな」

おれは生まれて初めて、人間の頭にフルスイングを決めた。


三十分後。おれは鼻血まみれの春日部と並んで、イチジクさんの尋問を始めた。

「こんなことして、荊木会《いばらきかい》の連中が黙ってると思うか？」

柱に縛《しば》り付けられ直立不動のイチジクさんが、声を尖らせる。

知らないやくざの名前を出されてもどうして良いか分からない。春日部はおれに目配せをしてから、金属バットでイチジクさんの腹を殴った。口からどろどろの液体が噴き出す。げろではない、げりだ。

「イージーイージー。話すよ。話せばいいんだろ」

老人を虐待するのは気分が良くない。おれはイチジクさんの言葉に安堵した。

「新世界信仰会ってカルト宗教を知ってるか」

いきなり耳を疑った。

「この世には光と影、表と裏の二つの世界がある。軌道の違う惑星のように、二つの世界はくっついたり離れたりを繰り返してる。これが彼らの世界観だ」

「こんなところで宗教の勧誘ですか」

「違う違う。おいらは信者じゃないし、こいつらが人を救えるとも思わない。でも世界の捉《とら》え方に関しては、実に芯《しん》を食っているんだ。

あんたたちも分かってるようだが、世界は二つ存在する。人間が尻で飯を食う世界と、口で飯を食う世界だ。二つの世界は波みたいに揺れていて、近づいたり離れたりを繰り返してる。まったく別の世界のようで、互いに影響を与え合っている。

おいらは物心ついた頃から、二つの世界の遠近を感じることができた。数日から数週間に一度、世界はぴったりと重なる。ガキの頃、おいらは偶然、もう一つの世界へ移動する方法を見つけた。世界が重なる瞬間に脳震盪《のうしんとう》を起こすことで、あっちの世界のおいらと入れ替われるんだ。おいらはタイミングを見計らって二階から飛び降りたりして、何度もあっちの世界を見て回った」

春日部が唾を呑む音が聞こえる。転生は決して一方通行ではなかったのだ。

「当時のおいらは子どもだった。この能力を活かして銭を稼ごうとも、宗教を開こうとも思わなかった。世界を知ることに飽きちまったんだ。

三十年後。週刊誌で新世界信仰会の記事を読んで、おいらは自分の能力を思い出した。当時のおいらは格安ソープの雇われ店長だった。アイドルのプロデュースに失敗して、膨大《ぼうだい》な借金を背負っちまったんだ。いくら働いても借金は減りやしない。どうにか店を繁盛させられないかと思って捻り出したのがバケモノ風俗だった。あっちの世界の人間は口で飯を食うから、尻に歯がない。膣《ちつ》にも肛門にも突っ込める。穴が二倍で楽しさ二倍、お客も二倍って計算だ。

事実、〈ヒポポタマス〉も一年目は繁盛したんだ。でもリピーターがつかなくて二年目から売上は右肩下がり。おまけに未成年を雇ったのがばれてパクられちまった。残ったのは山盛りの借金だけだ」

かははは、と自嘲的な笑い声を上げる。おれは春日部と顔を見合わせてから、イチジクさんに向き直った。

「あんたの話はどうでもいい。おれたちは元の世界に戻りたいんだ。次に世界が重なんのはいつだ？」

イチジクさんは笑みを消すと、瞼を閉じ、大きく深呼吸をした。

「十一月七日、午前三時……十四分だ」

今日は十一月五日。七日は明後日《あさって》だ。

「やった。やっと帰れるんだ」

春日部は両手を握り締め、にきびまみれの鼻をいっそう赤くした。

6

明くる十一月六日、午前五時。北千住の小便臭いボロアパート。

春日部は布団から起き上がるなり、池に落ちた犬みたいな悲鳴を上げた。

「嫌な夢を見ました。アメリカかぶれのじいさんを拷問《ごうもん》したんです」

首筋に大粒の汗が浮いている。春日部は昨夜からすっかりハイになっていた。

「それは夢じゃないぜ」

「ああ、そうでした。ぼく、とうとう元の世界に帰れるんですね」

顔や腕を掻き毟りながら、興奮気味につぶやく。春日部の言葉が妙に引っかかったが、それがなぜなのか考えても分からなかった。

二つの世界が重なるまで、あと一日。元の世界へ戻る前に、春香を殺した犯人を突き止めたい。おれはもう一度、代々木公園駅近くの犯行現場を見に行くことにした。

春日部のミニバンを借り、国道四号線を南下する。パトカーや警察官を見かけるたび胃袋が疼《うず》いた。

あらためて事件を検討してみる。おれは春香を殺していないから、容疑者は渡鹿野、鶴本、それに山根の三人だ。

動機から考えると、もっとも疑わしいのは渡鹿野だ。渡鹿野は難病患者の夏希をAVに出演させようとしていた。春香がそれを知れば、絶対に阻止しようとしたはずだ。春香が非常識な手段を取り、憤《いきどお》った渡鹿野が春香を殺した。これは十分にありえそうだ。

問題はアリバイだ。死亡推定時刻は十二時から十三時まで。ただし死体の胃袋から見つかったこんにゃくの状態から、春香が殺されたのは十二時四十五分から五十分の間と推測される。渡鹿野と鶴本の二人は、十二時から十三時まで、現場から八百メートル離れたファミレスにいた。渡鹿野が十二時二十分に煙草を吸いに行ったのを除けば、一度も席を離れていない。入り口に設置された防犯カメラの映像も証言を裏付けている。二人のアリバイは鉄壁だ。

すると残るは山根である。山根は十二時三十分、おれに続いて〈パンバニーシャ号〉を出てから、コンテナに戻れなくなり、〈ホカホカライフ〉の周辺で時間を潰していたとみられる。カードキーは持っていないが、おれのポケットから盗むか、春香が招き入れたとすれば中に入ることはできる。だが凶器のベルトにこの男の指紋はなかった。そもそも撮影開始の三十分前まで自分がスカウトされるとも思っていなかったはずだし、そんな男が初対面の女優を殺したとは考えづらい。

やはり怪しいのは渡鹿野だ。あの男がアリバイを偽装し、おれに罪を着せようとしたのではないか。

考えているうちに現場の交差点が見えてきた。黄色の規制テープが路肩の一角を囲っている。五日前と同じ位置に〈パンバニーシャ号〉が停まっていた。

警察官の姿はない。おれは五十メートルほど離れてミニバンを停めた。

キキィと耳障りな音が鼓膜によみがえる。おばちゃんが交差点の真ん中で立ち止まり、それを避けたワゴンがおれに突っ込んでこなければ、おれが異世界へ飛ばされることはなかった。春香を守れたかは分からないが、こんな面倒な事態にはならなかったはずだ。

待てよ。容疑者はもう一人いる。

おれは春香を殺していない。だがもう一人のおれが春香を殺したとしたら？

二つの世界でほとんどの事象は一致しているが、まれに細かなずれが生じることがある。あっちの枢木くるみが無名の企画女優なのに対し、こっちの枢木くるみが人気の単体女優だったように。こっちの世界のおれは、春香に殺意を持っていた。彼が春香を殺した直後に事故が起き、二人の世界が入れ替わったため、こんな状況が生じたのではないか？

「――――」

おれはエンジンを切り、座席にもたれて深呼吸をした。

この仮説はおかしい。ワゴンに撥ねられた後、おれは十二時三十分に控室でおでんを食べる春香を見ている。おれがこちらの世界にやってきた時点で、春香はまだ生きていたのだ。その後でもう一人のおれが春香を殺したとすれば、こちらの世界に二人のおれが同時に存在していたことになってしまう。

おれや春日部の身に起きたのは、所属する世界の入れ替わりだ。一方の肉体だけをもう一方の世界に移動させることはできない。その点はイチジクさんの説明も一貫している。おれがこの世界に来てからは、もう一人のおれは向こうの世界に飛ばされていた。おれの存在そのものが、もう一人のおれのアリバイになっているのだ。

眉間《みけん》をつまんでため息を吐く。真相に迫っているはずなのに、あと少しのところで手が届かない。

ふとバックミラーを見ると、〈パンバニーシャ号〉の手前にパトカーが停まっていた。慌ててキャップをかぶり直す。

パトカーのドアが開いて、鯆刑事と渡鹿野が降りてきた。鯆刑事が規制テープを剝《は》がし、渡鹿野が〈パンバニーシャ号〉の運転席に乗り込む。鑑識の調査が終わり、トラックを引き取りにきたのだろう。渡鹿野は座席の高さを直してから、エンジンをかけ、渋谷駅の方面へ走り去った。

パトカーへ戻ろうとした鯆刑事が、ふいに足を止める。道路のアスファルトの上、〈パンバニーシャ号〉の前輪があった位置に、小さな棒のようなものが落ちていた。おれが撥ねられる寸前に食べていた、牛すじの串だ。おれの身体と一緒に撥ね飛ばされ、タイヤのカーブした面とアスファルトの間に転がり込んだのだろう。

鯆刑事は串を手に取り、ためつすがめつしてから、植え込みに放り捨てた。そのままパトカーに乗り込み、Uターンして走り去っていく。

今朝、春日部の言葉を聞いたときと同じ、妙な引っかかりを覚えた。何かがおかしい。でもそれが何だか分からない。

おれはハンドルにもたれ、〈パンバニーシャ号〉のない交差点をじっと見つめていた。

7

十一月七日、午前三時。二つの世界が重なるまで、あと十四分。

おれはアパートの廊下でその瞬間を待っていた。壁に頭を打ち付けるとか、自動車の前に飛び出すとか、いろいろな方法を検討したのだが、イチジクさんの言った二階から飛び降りる方法がもっとも安全かつ確実だという結論に至った。

春日部は小便をしに裏の空き地へ行っている。おれは落ち着かない気分で、ニュースサイトの枢木くるみの記事に目を通した。

明日の夜、恵比寿《えびす》のライブハウスで追悼イベントが開催されるという。オフショット写真の展示、各界の著名人による追悼メッセージ上映、くるみが所属していたアイドルグループのライブなど、トップAV女優らしい豪華なイベントになりそうだ。

「あったかい便座に座るのが楽しみですね」

春日部がチャックを締めながら階段を上ってくる。便器が胸の高さにあるので、この世界では立ち小便しかできないのだ。

スマホを見る。時刻は三時十三分。あと一分だ。

「おれ、やっぱりこの世界に残る」

大したことではないような口ぶりで言ってみたが、無駄だった。春日部は目を見開いて、脳が故障したみたいにまばたきをした。

「なんでですか。まさか、こっちの世界の方が枢木くるみが幸せだったから？」

「きちんと殺人犯を突き止めたいだけだ。元の世界へ戻るのはそれからでも遅くない」

本音を言えば、もう一人のおれへの疑念が捨て切れないのが一番の理由だった。おれの憶測《おくそく》が当たっていた場合、もう一人のおれは向こうの世界でも人を殺しているかもしれない。転生してさらなる窮地に追い込まれたら泣き面に蜂《はち》だ。

「そうですか。好きにしてください。ぼくはお先に失礼しますよ」

春日部は時計を見て言うと、廊下の柵から身を乗り出し、くるりと前回りをして、頭から道路に飛び込んだ。べき、と鈍い音が鳴る。

脳震盪どころか首の骨が折れそうな落ち方だったが、大丈夫だろうか。おれは階段を下り、うつ伏せに倒れた春日部を見下ろした。十秒、二十秒、三十秒。春日部はぴくりとも動かない。

おそるおそる脈を取ろうとした、そのとき。血と脳漿《のうしょう》が一面に噴き出し、頭から足元まで体液まみれになった。頭蓋骨が爆発したのだ。

春日部が死んだ。転生に失敗したのだ。イチジクさんの言う通りにしたのに、どうして。

腰から力が抜け、地面に尻餅《しりもち》をつく。

口に入った生温かい脳の欠片が気持ち悪かった。


午後二時三十分。おれは古利根川のほとりのボロアパートを訪れた。

〈顚々荘〉の二階、２０１号室。呼び鈴を鳴らしても返事がない。居留守か、夜逃げでもしたのか。

スマホで電話をかけると、薄いドアの向こうから振動音が聞こえた。

「いるんだろ。出てこい」

数秒後、ガチャンと錠を外す音が聞こえた。

「ヘイ、カームダウン。今日は返済日じゃないだろ」

ドアが開くのと同時に、おれは和包丁でイチジクさんの顔を切った。右目から鼻を横切って、左の頬まで。ぱっくりと皮膚が裂ける。

イチジクさんは踵《きびす》を返し、洗い場の包丁に手を伸ばした。腰を屈め、右のくるぶしを横一文字に裂く。嗄《しわが》れた悲鳴。イチジクさんは怪我をした鴨《かも》みたいにのたうち回った。

おれは201号室に入ると、後ろ手にドアを閉めた。

「お前、おれたちを騙《だま》しただろ」

春日部の死を説明する方法は他になかった。春日部が飛び降りたとき、二つの世界は確かに接近していたものの、まだ重なってはいなかった。それなのに無理やり向こうの世界へ行こうとしたせいで、春日部の意識がどちらの世界にも存在しなくなり、脳味噌が爆発したのだ。イチジクさんは拷問された腹いせに嘘の時刻を教えたのだろう。

「おいらが悪いってのか。約束を破ったのはあんたたちじゃないか」

顔から滲み出る血を両手で押さえて、イチジクさんが怒鳴る。おれは頭をメッタ刺しにしてやりたいのを堪《こら》えて、血まみれのくるぶしを踏み付けた。老人が背筋をぴんと伸ばして絶叫する。

「もうやめてくれ。こんなことになるとは思わなかったんだ」

「こんなこと?」

越谷へ来る途中、ミニバンのラジオをつけっ放しにしていたが、まだ春日部の事件は報じられていなかった。

「今朝から世界の動きがおかしいんだ」イチジクさんが粟立《あわだ》った腕を撫でる。「二つの世界は波みたいに近づいたり離れたりを繰り返してる。その波の動きが急におかしくなった。あんたたちが無理に世界を跨《また》ごうとしたせいで、波の形が変わっちまったんだ」

「つまりどうなる」

「あと数時間したら、二つの世界は正反対へ動き出す。次に世界が重なんのは、数百年、いや数千年後かもしれない」

血の気が引いた。今日を逃せば、二度と元の世界に戻れないということか。

「出まかせじゃねえだろうな」

「本当だ。信じてくれ」

青褪《あおざ》めた唇が震える。この期《ご》に及んで作り話をする理由もないだろう。

「最後に世界が重なるのは何時だ」

イチジクさんは瞼を閉じ、唇を薄く開いて、屁ともため息ともつかぬものを吐いた。

「午後六時五十四分。それが最後だ」


おれはミニバンに戻ると、ぐったりと座席にもたれた。疲労、不安、恐怖、期待。いろいろな感情が綯《な》い交《ま》ぜになって肩にのしかかる。

イチジクさんに警察官を呼ばれたらしゃれにならない。背筋を伸ばしてエンジンキーを捻ったそのとき、ふと代々木公園駅の交差点で目にした光景が脳裏に浮かんだ。

昨日の午後。警察から〈パンバニーシャ号〉を引き渡された渡鹿野は、運転席に座り、座席の高さを調整してからエンジンをかけた。よく考えるとこれはおかしい。

渡鹿野は〈パンバニーシャ号〉に尋常ならぬ愛着を持っている。スタッフが中に入るのは撮影時だけで、トラックの運転も人にはやらせない。撮影日の朝、事務所から代々木公園まで〈パンバニーシャ号〉を運転したのも、もちろん渡鹿野だ。

その後、春香が殺され、警察の現場検証が終わるまで、〈パンバニーシャ号〉はあの場所を動いていない。タイヤが一度でも動いていれば、牛すじの串は鑑識官に採取されるか、風でどこかへ飛ばされたはずだ。事実、〈パンバニーシャ号〉は、昨日も撮影時とまったく同じ位置に停車していた。ならば座席の状態も変わっていないはずなのに、なぜ渡鹿野は高さを直したのか。

「——」

ごくりと喉が鳴った。

山根の糞。春香のおでん。渡鹿野の嘘。春日部が見た悪夢。そして〈パンバニーシャ号〉の座席。すべてが一つの結論を示している。あいつが春香を殺したのだ。

時刻は午後三時過ぎ。残された時間はわずかだ。だがどうしてもやらなければならないことがある。

おれは歯を強く嚙みしめ、アクセルを踏んだ。

8

千代田区永田町《ながたちよう》二丁目。ガラス張りのビルの向かいに〈パンバニーシャ号〉が停まっている。

予定通りなら、今日は『永田町激震！　与野党美人サポーターと夢の大連立3Pでねじれ解消スペシャル3』の撮影日だ。妹の葬儀でもAVを撮った渡鹿野が、スタッフが指名手配されたくらいで次の撮影を中止するとは思えない。そう踏んでロケ地を訪れてみると、結果は案の定だった。

おれはビルの駐車場にミニバンを停めると、手拭いに包んだ和包丁を忍ばせ、〈パンバニーシャ号〉へ向かった。コンテナに耳を寄せると微《かす》かに女の喘ぎ声が聞こえる。

おれはコンテナのドアをノックした。数秒後、ガチャンと錠が外れる。

「どなたですか――」

バイトスタッフの脇をすり抜け、スタジオへ駆け込んだ。撮影中の男女が一斉にこちらを見る。監督の渡鹿野正、録音の鶴本杏子、それにバイトの大学生と馴染《なじ》みのベテラン男優、見覚えのない年増《としま》の女優が二人。

「やあ。またきみか」

鶴本がヘッドホンを外し、涼しい顔で言う。スマホで電話をかけようとする渡鹿野に、おれは血まみれの和包丁を突き出した。鉢巻きに「野党」と書いた女優が悲鳴を上げる。

「通報しなければ危害は加えない。話を聞いてほしいだけだ」おれは全員に包丁を向けてから、ふたたび渡鹿野に向き直った。「枢木くるみを殺したのはあんただろ」

「警察に聞いてないのか。おれにはアリバイがある」

「違う。偶然が重なった結果、アリバイがあるように見えているだけだ」

おれは渡鹿野に詰め寄った。

「昨日の午後、代々木公園の交差点に〈パンバニーシャ号〉を取りに行っただろ。おれ、近くで見てたんだよ。あんたはエンジンをかける前に、座席の高さを直した。でも撮影日の朝、事務所から代々木公園まで〈パンバニーシャ号〉を運転したのはあんただ。座席の高さがずれてたってことは、撮影が始まってから昨日までの間に、誰かが〈パンバニーシャ号〉を運転したことになる。

そこでおれはピンときた。くるみが殺されたとき、あんたは確かに交差点から八百メートル離れたファミレス〈ダーマーズキッチン〉にいた。煙草を吸うために五分だけ席を離れたそうだが、その時間で交差点まで引き返すのは不可能だ。だが〈パンバニーシャ号〉の方がファミレスの駐車場に移動していたとすれば、あんたにも犯行が可能になる」

鶴本が「ほう」とつぶやいて、ニヤニヤ笑いながら渡鹿野を見た。

「〈パンバニーシャ号〉を運転したのはくるみだ。くるみはあんたが妹をAVに出そうとしてるんじゃないかと疑っていた。あんたが本気なら、身を挺《てい》して妹を守らなきゃならない。それであんたたちの話を盗み聞きしようとしたんだ。

おれと山根がコンテナを出ていった後、くるみはあんたが脱ぎ捨てたジャケットからトラックのキーを抜き取り、〈パンバニーシャ号〉の運転席へ乗り込んだ。そして事故を起こさないように座席の高さを調節し、スマホで一番近くのファミレスを調べて、〈ダーマーズキッチン〉へ向かった」

「あの娘、運転できるの？」と鶴本。

「年齢確認のときに運転免許証のコピーを確認してる。〈ダーマーズキッチン〉の店内で〈パンバニーシャ号〉に気づいた監督は、席を立ち、駐車場へ向かった。愛車の外見はただのトラックと変わらない。煙草を吸いに行くふりをしたのは、それが〈パンバニーシャ号〉だという確信がなかったからだ。

二人は駐車場で鉢合《はちあ》わせ、口論になった。くるみは妹を守るためなら手段を選ばない。かといってあんたも人の意見で企画を畳むような男じゃない。かっとなったあんたは、くるみをコンテナへ連れ込んで、ベルトで首を絞めた。そして何食わぬ顔で店内に戻ったんだ。

あんたは鶴本さんと飯を食い、店を出た。だが少し歩いてから、スマホを忘れたと嘘を吐いて、一人で駐車場へ戻る。急いで〈パンバニーシャ号〉に乗り込むと、鶴本さんを追い越して交差点へ向かい、元の位置に〈パンバニーシャ号〉を停めた。そして住宅地の物陰に隠れて鶴本さんが交差点へ来るのを待ち、後から追いかけてきたふりをしたんだ。

鶴本さんより早く交差点に戻らないと、〈パンバニーシャ号〉が移動していたことがばれて、せっかくのアリバイがなくなっちまう。あんたには座席を直す余裕がなかった。昨日まで高さが変わったままだったのはそういうわけさ。これがこの世界の事件の真相だ」

鶴本は一瞬、怪訝《けげん》そうに眉を顰《ひそ》めてから、

「それはおかしいんじゃない？　渡鹿野さんが煙草を吸いに外へ出たのは十二時二十分。警察に聞いた話だと、廣田くん、十二時三十分にくるみがおでんを食べるのを見たんでしょ。その時点でくるみは生きていたことになるし、〈パンバニーシャ号〉も交差点に停まっていたことになるよ」

「それだけじゃない。司法解剖で胃袋から見つかったこんにゃくは、十五分から二十分かけて消化された状態だった。くるみがこんにゃくを食べたのが十二時半なら、殺されたのは十二時四十五分から五十分の間だ。おれが席を外した時間とは三十分近いずれがある」

渡鹿野も畳みかける。二人の指摘は痛いところだった。

「おれが十二時三十分にくるみを見たというのは記憶違いだ。くるみは十二時九分のツイートと同時にこんにゃくを食べ、十二時二十五分に殺された。おれは夢を見ていたのかもしれない」

渡鹿野は鼻を鳴らした。鶴本も呆《あき》れ顔で肩を竦める。

「馬鹿馬鹿しい。そんな都合の良い話があるか」

「さっき警察に連絡をして〈ダーマーズキッチン〉の防犯カメラをもう一度調べるよう頼んでおいた。〈パンバニーシャ号〉が十二時二十分前後に駐車場へ入るところと、十三時過ぎに出て行くところが写っていれば、容疑者はあんたたち二人に絞られる。鶴本さんは一度も外に出ていないから、犯人はあんたで決まりだ」

おれは渡鹿野に啖呵《たんか》を切ると、スマホで時刻を確認し、ドアノブに手を掛けた。

「待てよ。逃げんのか」

渡鹿野がおれに詰め寄る。口元が不自然に強張《こわば》っていた。

「悪いがあんたの相手をしてる暇はないんだ」

おれはドアを開け、コンテナを飛び降りた。


午後五時五十八分。秩父市相生町《ちちぶしあいおいちょう》、築四十年の寂《さび》れた団地の一角。

郵便受けからハガキを引っこ抜き、住所を確認してから、ドアの呼び鈴を鳴らした。無機質だが、どこか懐かしい電子音が響く。

心臓の音がはっきりと聞こえた。二つの世界が最後に重なる瞬間まで、すでに一時間を切っている。

ガチャンと錠を外す音。ドアは開かない。

ドアノブを引くと、すぐにチェーンが引っかかった。低い位置から、髪の長い女がこちらを見ている。肌がむくみ、左目の瞼が重く垂れていた。

「……ひろぽん？」

十三年前と変わらない、小鳥の囀《さえず》るような声だった。夏希だ。

春香にもらった運転免許証のコピーの住所欄に記されていたのが、この場所だった。

「頼みがある。一緒に来てくれないか」

非対称な瞳がこちらを見返す。おれが春香を殺した容疑で手配されていることは当然知っているはずだ。追い返されるくらいなら御《おん》の字で、胸を一突きされてもおかしくない。

「どうして？」

乾いた唇が擦《こす》れる。

「見せたいものがあるんだ」

数秒の沈黙。

「分かった」

ドアが閉まる。チェーンを外す音。

ふたたびドアを開けると、ダウンジャケットを着た夏希が椅子から腰を上げていた。


目的の場所――恵比寿のライブハウスへ到着したときには六時五十分を過ぎていた。最後に世界が重なる瞬間まで、あと四分だ。

ホールの壁には「枢木くるみ追悼ＬＩＶＥ」のポスターが貼ってあり、愛らしい衣装を着た春香がポーズを決めていた。ファンの列は歩道まで溢《あふ》れている。スーツ姿のおっさんから女子高生まで、客層は幅広い。

「見せたいものって、これ？」

夏希が窓に頬を付けて言う。おれは返事ができなかった。

ミニバンを駐車場に停め、運転席を降りる。おれが手を貸すより早く、夏希も一人で助手席を降りた。そのまま老人のようにゆっくりと道を歩き始める。

「忘れ物をした。ちょっと待ってて」

おれはすぐに駐車場へ引き返すと、ミニバンの運転席に乗り込んだ。夏希はライブハウスから二十メートルほどのベンチに座って、退屈そうに行列を眺《なが》めている。空には六日前と同じ、人間の腸みたいな雲が浮かんでいた。

夏希に本当のことを言うつもりはなかった。春香が殺された理由も、おれがやろうとしていることも。

事件が起きた十一月一日。おれが夢を見ていたというのは、もちろん嘘だ。十二時三十分、おれは確かに〈パンバニーシャ号〉の控室でこんにゃくを尻に入れる春香を見た。十二時二十分過ぎに殺されたはずの彼女が、なぜそこにいたのか。

おれが見た春香は、この世界の春香ではなかったのだ。

あの日、おれが体験した出来事を整理するとこのようになる。十二時十分、ベンチで牛すじを食べていたところ、ワゴンに吹っ飛ばされて気を失う。十二時二十八分、意識がよみがえる。〈パンバニーシャ号〉へ絆創膏を取りに行ったところで、春香に遭遇。気分が悪くなって植え込みにげろを吐くと、後から山根が出てきて、糞を吐く。おれは〈ホカホカライフ〉へ駆け込み、便所に入ったところで転倒。十二時三十分過ぎ、ふたたび意識を失った。次に目を覚ましたのは二日の午後だ。

おれはこんにゃくを尻に突っ込む春香や、口から糞を吐く山根を見て、別の世界へ迷い込んだのだと思い込んだ。だがこのとき、おれはまだ転生していなかった。

本当におれが異世界へ転生したのは、十二時十分にワゴンに撥ねられたときではなく、十二時三十分過ぎに頭を便所の手洗い器にぶつけたときだったのだ。

では元の世界の春香は、なぜ肛門にこんにゃくを突っ込んでいたのか。こちらの世界の春香が死んで六日が過ぎている以上、向こうの世界の春香もすでに死んでいるはずだ。彼女の口から真相を聞くことはできない。

だが生前の行動から推察することはできる。おれがワゴンに撥ねられる寸前、春香はTwitterに「スタッフさんがおでん買ってくれた！　おいしい！」というコメントと、こんにゃくを食べる瞬間の写真を投稿していた。だが十数分後に尻の穴にこんにゃくを入れていた以上、春香はこのときこんにゃくを食べておらず、写真も嘘だったことになる。彼女はTwitterに虚偽の投稿をして、こんにゃくを食べたタイミングを偽ろうとしたのだ。

――午後の撮影、ひろぽんは来ないで。

おれにこう言ったのは、撮影を見られるのが恥ずかしかったからではない。おれを事件に巻き込まないためだ。春香はおでんを食べた時刻を偽装することで、死亡推定時刻をずらし、自分が撮影中に死んだように見せかけたのだ。

段取りはこうだ。休憩中にこんにゃくを口に入れる写真をTwitterにアップし、実際は食べずに尻の穴に押し込んでおく。その後、尻にこんにゃくを入れたまま絡みを撮影し、スタッフが映像確認などの作業をしている隙に、こんにゃくを取り出して呑み込む。それだけなら数秒もかからない。そして撮影終了後、控室から盗んでおいた拘束バンドで、首を絞めて自殺する。

仮に午後三時にこんにゃくを食べ、午後六時に自殺したとする。司法解剖により、胃袋から摂食後三時間程度のこんにゃくが発見される。春香が殺されたのは、Twitterの投稿から三時間後、つまり午後三時前後と推定される。午後の撮影の真っただ中であり、撮影中の事故で女優が窒息死したことに言い逃れの余地はない。裸一貫で撮影に臨んでいたＡＶ女優が、撮影の合間にこんにゃくを食べたとは誰も考えないはずだ。

春香が今回、アナルＮＧだったのは、こんにゃくを隠すために尻を空けておく必要があったからだ。もしおれがおでんを買ってこなければ、魚肉ソーセージで同じことをするつもりだったのだろう。

この世界と向こうの世界で、春香が死んだという事実は変わらない。だが事件の構図はまったく異なっていた。この世界の春香は渡鹿野に殺されたが、勘違いをしたおれの証言によって、偶然、犯行時刻が後ろ倒しにされた。一方、向こうの世界の春香は他殺に見せかけて自殺をしたが、おでんを食べた時刻を誤認させることで、意図的に、死亡時刻を前倒しにした。腸管の向きと同じように、二つの事件の構造も逆転していたのだ。

向こうの世界の春香は、なぜこんなに手の込んだ方法で自殺をしたのか。あちらのくるみは人気AV女優ではないし、渡鹿野も妹をAVに出そうなどと考えてはいなかった。春香にとって渡鹿野は、過去に出演した作品の監督の一人だ。そんな男を罠《わな》に嵌《は》めるために一連の工作を行ったとは考えづらい。むしろ渡鹿野作品の撮影中に殺されることに意味があったのだろう。それにより多額の金銭を夏希に残すことができるからだ。

手に入る金は二つ。一つは自身の保険金。もう一つは作品の成果報酬だ。制作会社と事務所とのインセンティブ契約により、売上の数%が女優に直接支払われる。作品がヒットすれば、報酬も雪だるま式に膨らむことになる。

渡鹿野という男は、出演者が死んだくらいで作品をお蔵入りにするようなタマではない。女優死亡、監督逮捕という触れ込みでリリースされれば、作品は大きな話題を呼ぶはずだ。そうなれば相続人の夏希にも膨大な報酬が支払われる。

春香は妹のためならどんな苦労も厭わなかった。その妹が難病に苦しんでいる。いくら働いても治療費が足りない。そこで春香が仕組んだのが、あちらの世界の事件だったのだ。

些末《さまつ》なことだが、おれが元の世界を異世界と思い込んでしまったのには他にも理由がある。

山根はなぜ口から糞を吐いたのか。これは単純だ。山根はゴミ袋をすべて捨てて〈パンバニーシャ号〉へ戻った後、もう一度もよおしてしまったのである。せっかく掃除をしたのに、またスタジオを汚したら渡鹿野に殺されかねない。慌てた山根は、とっさに肛門からひり出た糞をキャッチしたのだ。

そのまま外へ糞を捨てに行ければよかったのだが、運の悪いことにおれが〈パンバニーシャ号〉に戻ってきてしまった。山根はとっさに糞を口に隠し、ズボンを引っぱり上げて何事もないふりをした。おれは控室を覗くと、顔色を変え、すぐにコンテナを出て行った。山根はしばらく我慢したが、とうとう耐えられなくなり、コンテナを飛び出した。そして歩道の植え込みに糞を吐いたのである。もう一つ。ひどく混乱したおれは〈ホカホカライフ〉に駆け込み、河豚に似たおばちゃんに「飯はどこから食う？」と尋ねた。するとどういうわけか、おばちゃんが「お尻から食べます」と答えたのだ。

このおばちゃんは元の世界の人間だから、飯を尻から食うことはない。それなのに「お尻から食べます」と答えたのはなぜか。

おれがワゴンに撥ねられる直前、おばちゃんは交差点の真ん中で、妙な形の雲を眺めていた。ワゴンがクラクションを鳴らしても、おれが「逃げろ！」と叫んでも、おばちゃんは気づかなかった。いくら雲に気を取られていたとしても、あれだけの物音に気づかないのはおかしい。おばちゃんは耳が聞こえなかったのだ。携帯電話を持っていなかったのもそれが理由だろう。

すると〈ホカホカライフ〉でのやりとりも意味が変わってくる。おれはおばちゃんの肩を叩きながら「飯はどこから食う？」と尋ね、振り向いたおばちゃんに「頭か？　それとも尻か？」と続けた。おばちゃんが唇の動きを読んで言葉を理解していたとすれば、「飯はどこから食う？」という台詞《せりふ》は途中まで伝わっていなかったことになる。

――……はどこから食う？　頭か？　それとも尻か？

おばちゃんが実際に読み取った台詞はこれだ。常識的に考えて、こんなことを聞くとすればたい焼きくらいだろう。あのとき、〈ホカホカライフ〉では秋のおでん＆たい焼きセールが行われていた。

おばちゃんはおれにたい焼きの食べ方を答えただけだったのだ。

春香、山根、そして河豚のおばちゃん。三人それぞれの思惑や事情で取った行動が重なった結果、おれは元の世界にいながら、異世界へ転生したと信じ込んでしまった。春日部が現実離れした出来事を夢と勘違いしたように、おれも二つの世界の境目を誤解していたのだ。


車内のデジタル時計を見る。六時五十三分。世界が重なるまで、あと一分だ。シートベルトを締め、エンジンをふかし、アクセルペダルに足を載せた。

ベンチに座った夏希が、不審そうにこちらを見る。なかなか戻らないおれを訝《いぶか》しんでいるのだろう。

時計が動いた。六時五十四分。おれはアクセルを踏み込んだ。

夏希が目を見開き、ベンチから跳び上がる。おれはブレーキを踏まずに夏希を撥ねた。細い身体が宙を舞い、頭からアスファルトに落ちる。ミニバンはベンチに激突し、左半分が乗り上げた状態で停止した。

「おい、大丈夫か！」

ライブハウスの警備員が二人、血相を変えて夏希に駆け寄る。夏希はうつ伏せに倒れたまま動かない。

おれはシートベルトを外し、ドアを開けて歩道へ転げ落ちた。警備員の足音。野次馬の喚声《かんせい》。スマホカメラのシャッター音。肩と腰がひどく痛んだが、意識に異変はなさそうだ。

元の世界へ戻る最後のチャンスを棒に振ってしまった。おれは死ぬまで今日のことを後悔するだろう。

驚くほど早くパトカーがやってきて、制服警官がおれを押さえ付けた。両腕が後ろに回り、手錠をかけられる。

そのとき、野次馬がどよめいた。夏希がむくりと起き上がる。小さく咳《せ》き込んでから、きょろきょろと辺りを見回し、ホールの壁のポスターに目を留めた。

「何これ──」

声が震えていた。ライブハウスの行列を眺めてから、もう一度、ポスターを見る。

──あたし、本気だからね。

春香の言葉がこだました。

──ミニモニ。みたいな人気者になったところを夏希に見せたいの。

警察官がおれの肩を摑んで、パトカーの後部座席へ押し込んだ。

隣の部屋の女

Mystery Overdose

0

レバ刺し、八丁味噌《みそ》のもつ煮、こま切れ肉と長ねぎの甘辛炒め。そして冷えたビール。

炬燵《こたつ》机に並んだ料理皿を眺《なが》めて、わたしは嘆息した。昨夜のステーキもなかなかだったが、今夜のメニューは酒との相性が格別だ。写真に撮って同僚に自慢できないのが残念だった。

鍋とフライパンを洗い桶に浸《つ》けて、座布団に腰を下ろす。

まずはレバ刺しをごま油につけて口へ運んだ。居酒屋で食べた牛のレバ刺しよりもさらに柔らかく、コクが強い。鉄臭《てつくさ》さもかなりあるが、冷凍庫に二日入れていたことを考えれば上出来だ。

次に甘辛炒めに箸を伸ばす。一嚙《ひとか》みで口の中にうまみが広がった。長ねぎのシャキシャキとした食感が肉の柔らかさを引き立てている。醬油の味付けはもっと濃くても良さそうだ。

いったん水で口をゆすいでから、もつ煮を口に運ぶ。こちらは牛もつよりも歯ごたえがあり、内側まで味噌のうまみがよく染みていた。生姜《しょうが》を入れて煮ただけなのに、くさみもほとんどない。これは絶品だ。

これだけ美味《おい》しく食べてもらえれば彼女も満足だろう。

わたしはビールを一口飲んで、ふたたび料理皿に手を伸ばした。

1

問診を待つ間に降り出した雨は、夜になって勢いを増していた。

その日は園畑《そのはた》へ引っ越してから二度目の定期健診だった。妊娠五カ月目に入ってもつわりが収まらず、食欲も湧《わ》かないので気を揉《も》んでいたのだが、医師は馬鹿の一つ覚えのように「よくあることだから」と繰り返すだけで、まともに相談に乗ってくれなかった。

梨沙子《りさこ》は園畑総合病院を出ると、駅前の百貨店で夕食の総菜を買い、ロータリーの列に並んでタクシーを待った。屋根の幅が足りないせいで横殴りの雨が吹き込んでくる。空が鳴る音を聞いていると、西から徐々に雷雲が近づいてくるのが分かった。

三十分並んでタクシーに乗ると、交通量の少ない住宅街を突っ切り、五分でマンションへ到着した。駅前の賑《にぎ》わいとは別世界のように辺りは静まり返っている。カードで代金を支払い、折り畳み傘を開かずにマンションへ駆《か》け込んだ。

自動ドアを抜けて玄関ロビーに入り、オートロックのドアを開けようとしたとき、ふいに雨音が小さくなった。

ぞくりと肌が粟立《あわだ》つ。

げほっ、げほっ。

どこからともなく、女性が激しく咳《せ》き込むような音が聞こえた。

とっさに背後を振り返る。街灯はなく、マンションの照明がうっすらと道路を照らしていた。人の姿はない。

ロビーの中に誰かがいるのだろうか。自動ドアの手前を右に曲がったところ――梨沙子のいるドアの前から死角になった位置に、郵便受けの並んだ通路があった。

おそるおそるロビーを進み、通路を覗《のぞ》く。

「――」

共用の傘立てに猫が座っていた。この辺りでよく見かける三毛猫が、不貞腐《ふてくさ》れたような顔でこちらを見ている。実家で飼っていた白い猫が雨の日によく咳《せき》をしていたのを思い出した。傘を使わずにタクシーで帰ったため、猫が傘立てで雨宿りをしているのに気づかなかったのだ。

「びっくりさせないで」

小声で文句を言って、通路を出る。

自動ドアの外がパッと光り、数秒後に雷鳴が響いた。

耳を塞《ふさ》ごうとしたそのとき、

げほっ、げほっ。

さらに激しく咳き込む音が聞こえた。重たいものを引き摺《ず》るような音がそれに続く。

すぐに傘立てを振り返った。猫は表情を変えていない。

明らかに女性が咳き込む音だった。ひどく苦しそうで、誰かに助けを求めているようだった。

胸騒ぎに突き動かされ、玄関ロビーから外へ出た。ポケットにリップスティック型のスタンガンが入っているのを確かめて、折り畳み傘を広げる。

道路には誰もいなかった。左右に並んだアパートにも人影はない。

梨沙子はマンションの裏に回り込んで、河川敷を覗いた。民家のモルタル壁と背の高いフェンスに挟まれ、暗闇がさらに濃くなる。ごうごうと川の流れる音が耳に迫った。

ふいに辺りが明るくなり、鼓膜をつんざくような雷鳴が轟《とどろ》いた。

その瞬間、川の向こうに二つの人影が見えた。

一人は小柄な女性だった。カーキ色のワンピースを着て、前傾姿勢でもう一人の背中にかぶさっている。もう一人は肩にラインの入った白いシャツを着ていて、女性に隠れて顔は見えなかった。二人は橋を渡り切ったところから右手の路地へ向かうように、身体《からだ》を傾けていた。

女性の顔には見覚えがあった。グリーンテラス園畑701号室の住人、東条桃香《とうじょうももか》だ。誰かが彼女を背負って連れ去ろうとしている——梨沙子はそう確信した。

これ以上立ち入るべきでないのは分かっていた。自分にできることは何もない。梨沙子は身体が弱い方だし、ましてや腹の中に五カ月の胎児《たいじ》がいるのだ。

それでも引き返すことはできなかった。ここで見て見ぬふりをしたら、東条を見捨てるだけでなく、自分も、生まれてくる子どもも守れないような気がしたのだ。

足音を殺し、ゆっくりと橋を渡った。呼吸が苦しく、傘を握る手に脂汗《あぶらあせ》が滲《にじ》む。

橋は十メートルもなく、すぐに二人がいた場所へたどりついた。並木の陰から顔を出し、右手の路地を覗く。

正面に年季の入ったアパートがあり、いくつかの小窓から明かりが洩《も》れていた。アスファルトの剝《は》がれた路地が淡く照らされている。

二人の姿はどこにも見当たらなかった。

2

梨沙子と秀樹《ひでき》がグリーンテラス園畑の702号室に引っ越したのは、隣人が姿を消す一月《ひとつき》前、八月十三日のことだった。

二人が軽井沢《かるいざわ》のホテルで結婚式を挙げてからもうすぐ三年になる。合コンで出会った頃の秀樹は夢を熱く語る一介のシステムエンジニアだったが、友人と立ち上げたベンチャー企業を急成長させてから、アプリゲーム界隈《かいわい》ではちょっとした有名人になった。現在は会社を売却し、大手のシステム開発会社でCTOを務めている。孫請けのWeb制作会社でアルバイトを続けていた梨沙子には想像もつかない経歴の持ち主で、両親も涙を流して結婚を喜んでくれた。

「三人で園畑に住まない?」

梨沙子の妊娠が分かった翌日、秀樹は朝食を掻《か》き込みながら言った。

当時住んでいた都内のアパートは梨沙子の勤務先に近く、秀樹は一時間以上かけて園畑駅前のオフィスへ通っていた。梨沙子は子どもができたら仕事をやめると決めていたので、反対する理由はなかった。

園畑のことはよく知らなかった。梨沙子は東北出身で、大学入学を機に上京したため、首都圏には土地勘がない。秀樹と付き合うまでは、園畑という地名もワイドショーの「住みやすい街ランキング」でしか聞いたことがなかった。

結婚前に一度だけ、秀樹に誘われて園畑へ遊びに来たことがある。当時から駅前にはオフィスビルとタワーマンションが立ち並び、大規模なショッピングモールの建設が行われていた。そこには自分の生活圏にはない活気が漲《みなぎ》っていた。

「引っ越しのことは大丈夫。梨沙子は赤ちゃんの心配だけしてればいいから」

秀樹がそう言っていたこともあり、マンションの購入や引っ越しの手続きは任せ切りにしていた。

グリーンテラス園畑は築五年、十二階建ての分譲マンションで、園畑駅から歩いて十五分ほどの距離だった。駅からは少し離れているが、タワーマンションが立ち並ぶエリアよりは暮らしやすいかもしれない——梨沙子はぼんやりとそう考えていた。

引っ越し当日、梨沙子は共用通路で業者のスタッフを見守りながら、手すりの向こうに広がる景色を眺《なが》めた。背の高いビルばかり並んでいるせいで、七階にいるのに地上にいるような感覚になる。ビルの一面を覆《おお》う窓ガラスに綿雲が反射するさまは、映画に出てくる未来都市のようだ。自分もこの街の一員だと考えると、少し誇らしい気分になった。

「あんまり外に出るなよ。熱中症になるだろ」

秀樹に言われて部屋に戻る。フローリングが新築みたいにピカピカで気持ち良い。

サボテンの鉢《はち》植《う》えを運ぶ若いスタッフに会釈《えしゃく》をして、リビングの窓から海側の景色を眺めた。

「――――」

梨沙子は息を呑《の》んだ。

十キロも離れていない海岸線に工場が立ち並んでいた。無骨な金属とコンクリートの塊《かたまり》が息苦しいほどに犇《ひし》めき合い、煙突から絶え間なく煙が噴き出ている。知らない人から急に睨《にら》まれたような、言いようのない不安を感じた。

胸騒ぎを押しのけようと視線を下げる。マンションのすぐ裏を川が流れていた。河川敷に「漆川《うるしがわ》」と書いた標識が見える。川面《かわも》は土色に濁っていた。

川の向こうには背丈の低い家が並んでいた。トタン屋根には錆《さび》が目立つ。ブルーシートに覆われたバラック小屋もあった。駅前とは別世界のようだ。

どうして内見《ないけん》の日に気づかなかったのだろう。あの日は確か、窓に半透明のフィルムが貼られていて――。

「梨沙子、どいて」

部屋に目を戻すと、業者のスタッフが背の高い本棚を運んでいた。秀樹の指示に従い、窓を覆うように本棚を置く。

「この窓、塞いじゃうの？」

「そうだよ。製油工場なんか見てもしょうがないだろ」

秀樹はそう言って、子どもを窘《たしな》めるような顔をした。

役所で転入届を出し、マンションに戻ったときには六時を過ぎていた。

荷解《にほど》きは後にして、日が暮れる前に隣の部屋へ挨拶《あいさつ》に行くことにした。百貨店のカステラを手提げ袋に詰《つ》め、口紅を引き直して部屋を出る。

右隣の703号室の住人は、三十代半ばの夫婦だった。同じ広告制作会社で、夫は営業、妻はデザイナーをしているという。身なりも言葉遣いも洗練されていて、安アパートでは見かけることのないタイプの人間だった。梨沙子は生まれて初めて、ご近所の奥さんとお茶に行く約束をした。

左隣の701号室は、インターホンを鳴らして三十秒ほど待っても返事がなかった。

「いないのかな」

秀樹がもう一度ボタンを押そうとしたとき、錠を開ける音が聞こえた。マホガニーのドアが薄く開く。チェーンを掛けたまま、若い女がこちらを見た。二十代半ばだろうか。

「こんばんは。702号室に引っ越してきた田代《たしろ》秀樹と言います。これは妻の梨沙子。お世話になります」

女の顔から緊張が抜けるのが分かった。ドアを閉め、チェーンを外してふたたび開ける。

「……東条桃香です」

息からアルコールの臭《にお》いがした。家にいたはずなのにファンデーションとチークを厚く塗って、胸元の開いたワンピースを着ている。目鼻立ちの整った男好きのする顔だ。ピンクベージュの髪を内側に巻き、耳には高級そうなパールのピアスを下げていた。

「ぼくたち、二月に子どもが生まれる予定なんです。ご迷惑をおかけするかもしれませんが、よろしくお願いします」

「ああ、はい。分かりました」

東条は目を伏せた。よく見ると側頭部の髪が不自然に禿《は》げている。誰かに無理やり抜かれたのだろうか。

梨沙子はカステラを渡して、701号室を後にした。

「ありゃ水商売の女だ。どっかの金持ちと不倫して家族にキレられたんだろ」

部屋に戻ってドアを閉めるなり、秀樹が嘲《あざけ》るように言った。

3

お盆が明けた八月十六日、梨沙子は園畑総合病院を訪れた。

梨沙子の両親は里帰り出産を望んでいたが、秀樹が近くで見守りたいと言うので、園畑総合病院の産科で子どもを産むつもりだった。

午後一時に紹介状を持って受付をしたのに、名前を呼ばれたのは四時過ぎだった。尿検査と血圧測定の結果を見た医師に「問題ないですね」と言われただけで八千円を払わされ、詐欺《さぎ》にあったような気分になった。

日が傾いて涼しくなっていたので、歩いてマンションへ帰ることにした。秀樹の会社が入っている展望台みたいなオフィスビルの前を通り過ぎ、遊歩道を進む。

人工芝の広場で、五歳くらいの子どもたちが影を踏み合って遊んでいた。街路では母親たちが雑談に花を咲かせている。保育園のお迎えの帰りだろうか。

梨沙子は五年後の自分に思いを巡らせた。就職活動に失敗し、アルバイトを転々としながら生きてきた自分には、普通の幸せがどれだけ特別なものかよく分かっている。今の自分がいるのは秀樹のおかげだ。子育てには不安もあるが、期待の方がずっと大きかった。

遊歩道を十分ほど歩いたところで細い路地に入る。コンビニの角を曲がった途端、街の雰囲気がはっきりと変わった。開発前から残る商店街で、寂《さび》れた居酒屋やスナックが軒《のき》を連ねている。

グリーンテラス園畑は、商店街を抜け、人気《ひとけ》のない住宅街を二百メートルほど進んだところに位置していた。御影石《みかげいし》をあしらった外壁は街並みに馴染《なじ》んでいないが、いやでも視界に入るタワーマンションに比べれば違和感は小さい。駅前エリアに住むほどの財力はないが、園畑のマンションで暮らしてみたい――そんな見栄《みえ》っ張《ぱ》りの心理を突いた物件なのだろう。

商店街を抜け、住宅街を足早に歩いた。後ろからも足音が聞こえる。ブロック塀の上で薄汚い猫が丸くなっていた。

「あっ」

アスファルトの亀裂に足を取られ、前に姿勢を崩した。

両手で身体を支えようとしたが間に合わなかった。ワンピースが捲《めく》れ、腹を地面に擦《こす》り付ける。背骨の裏に激痛が走り、腹の奥から嘔吐《えず》きが込み上げた。

深呼吸をしながら立ち上がり、ショルダーバッグに付いた土埃《つちぼこり》を払う。

ふと違和感を覚えた。

さっきまで背後から聞こえていた足音がまったく聞こえない。梨沙子が転んだのを見て、後ろにいた人も足を止めたのだ。まるで後をつけていたかのように。

ワンピースが汗でべったりと湿っていた。軽い目眩《めまい》がして、根が生えたように足が動かなくなる。

おそるおそる振り返ると、電柱の陰に男が立っていた。肌が浅黒く、赤いキャップから乱れた蓬髪《ほうはつ》が溢《あふ》れている。男は素知らぬ顔で黙り込んでいたが、梨沙子と目が合うと嬉《うれ》しそうに頬《ほお》を緩《ゆる》ませた。

「やったの？」

滑舌《かつぜつ》がおかしい。酔っているのだろうか。

「やったの？」

男は梨沙子のショルダーバッグを指した。マタニティマークのストラップが揺れている。悲鳴を上げようとしたが、喉《のど》がからからに渇いて声が出なかった。

「おれともしてよ」

男が千鳥足で近づいてくる。

梨沙子は駆《か》け出した。

両手を振り、息を切らし、転びそうになりながら、無我夢中で走った。

自動ドアを抜け、グリーンテラス園畑の玄関ロビーに駆け込む。オートロックのドアを開け、一階の通路に転がり込んだ。壁に手をついて咳き込む。

ドアが閉まる音を聞き、梨沙子はようやく道路を振り返った。

男の姿はどこにもなかった。

７０２号室に戻っても咳は止まらなかった。涙で顔がぐしゃぐしゃになる。喉の奥に、味わったことのない鋭い痛みを覚えた。

咳が収まるのを待って、携帯電話で110番を鳴らした。不審者に遭《あ》ったと伝えると、電話口の警察官に「服装は？」「髪型は？」「体型は？」と立て続けに尋《たず》ねられた。梨沙子が言葉を詰まらせると、若い警察官は声に苛立《いらだ》ちを滲ませた。

「再開発地区の人はすぐ警察に通報するんだよ。勘弁してほしいよね。強制移住させられたんじゃなくて、自分で引っ越してきたんだからさ」

梨沙子が言葉を失っていると、

「パトロールを強化しますんで、大丈夫ですよ。情報提供ありがとうございました」

木で鼻を括《くく》ったように言って、電話を切った。

茫然《ぼうぜん》としたままベッドに倒れる。顔の涙を拭《ぬぐ》うと、指先が汚れて黄色くなった。


午後十一時、赤ら顔で帰宅した秀樹に不審者のことを話すと、秀樹は胴間声《どうまごえ》を張り上げて警察を罵倒《ばとう》した。

「税金で飯を食ってるくせに不審者は野放しか。公僕が恥を知れよ」

そう言って冷蔵庫のドアを閉めると、ソファにもたれて缶ビールのタブを起こした。

「不審者に家を知られたから、待ち伏せされるかもしれない」

「そうだな。次はすぐおれに連絡しろ。オフィスから飛んで行って半殺しにしてやる」

秀樹は得意げに言ってビールを喉へ流し込んだ。

4

三週間後、不安は現実のものになった。

その日は大学のゼミの後輩とランチの約束をしていた。高校時代から読者モデルをしていた筋金入りの美人で、梨沙子は在学中、ファッション誌を読む代わりに彼女の着こなしを毎日チェックしていた。現在のネイビーアッシュのショートカットも彼女を真似《まね》したものだ。卒業後は旅行代理店に就職し、半年前に女の子を産んだばかりだった。

午前十時過ぎ。エレベーターで一階へ下り、玄関ロビーを出た。九月に入っても残暑が和らぐ様子はない。うだるような熱気が全身を包んだ、そのとき。

「久しぶり」

植え込みの陰から赤いキャップの男が顔を出した。偶然のような顔をしているが、明らかに待ち伏せだった。

とっさにロビーへ引き返す。オートロックのドアが目の前で閉まった。ショルダーバッグに手を入れて鍵を探す。背後から荒い息遣いが近づいてきた。

「あの日の夜もした？」

バッグから鍵を出したところで、男が手を伸ばして梨沙子の腹に触れた。嫌悪感が胸を貫く。身を捩《よじ》って逃げ出そうとすると、男が梨沙子の肩を押さえた。

「ねえ、おれともしてよ」

背後で自動ドアが開く音がした。マンションから誰かが出てきたのだ。

「た、助けて——」

ジジジジジ、と蟬《せみ》が耳道《じどう》に突っ込んだような音がした。

男が尻餅《しりもち》をついて倒れる。内腿《うちもも》を抱え、子どもみたいな悲鳴を上げた。

「痛《いて》え！　何すんだ！　警察呼ぶぞ！」

「呼べよ」

化粧の濃い女が、リップスティックを男の喉に押し付けた。ピンクベージュの髪にパールのピアス。

701号室の東条桃香だった。

「二度と近寄んないで。次は殺すから」

「うるせえ、ばばあ。うるせえ」

男は譫言《うわごと》のように言うと、右脚を引き摺ってロビーを出て行った。

「すみません、ありがとうございます」

男の姿が消えるのを待って梨沙子が礼を言うと、

「逆恨《さかうら》みで殺されたらあんたのせいだからね」東条はうんざりした顔で言った。「あんだけ痛め付けてやれば大丈夫だと思うけど」

「あの人に何したんですか」

「電気を流した。これ、スタンガン。ネットで買えるよ」

東条はリップスティックの蓋を外し、柄《え》に付いた小さなボタンを押した。先端が光り、ジジジと耳障りな音が鳴る。

「何か困ってるんですか。ストーカーに狙《ねら》われてるとか？」

「わたしの心配してる場合じゃないでしょ」東条は大げさに肩を竦《すく》めた。「子ども産むんでしょ？

家族なんか頼りになんないよ。自分のことは自分で守んないと」

東条は玄関ロビーから出て行こうとしたが、思い出したように振り返り、梨沙子の胸にスタンガンを放り投げた。

「くれるんですか？」

梨沙子はボタンを押さないように注意してスティックの先を覗いた。

「うん。カステラのお礼」

東条は右手を振ってロビーを後にした。


それから一週間後、雷雨の夜。

東条桃香はグリーンテラス園畑から姿を消した。

＊

彼女は息が止まる瞬間まで死ぬことが分かっていない様子だったが、実を言えばわたしも似たようなものだった。グリーンテラス園畑のあの部屋で鉢合わせする瞬間まで、自分が彼女を殺すことになるとは毛ほども思っていなかった。

物流倉庫でのアルバイトを切り上げ、最寄りの園畑駅からアパートへ向かっていたときのこと。雨音に交じって、道沿いのマンションから女の声が聞こえた。

「鍵なくしちゃったんですよ。それで――お願いできますか？」

マンションの入り口には「グリーンテラス園畑」と彫られた御影石が鎮座している。携帯電話を見るふりをして立ち止まり、ロビーを覗くと、ピンクベージュの髪の女が作業服の男を呼び止めていた。

「合鍵でよろしいですか？」

「錠を取り換えてください。空き巣が心配なんで」

作業服の男は管理人だろう。二人がセンサーの前に立っているせいで、自動ドアが開いたり閉まったりしていた。

「分かりました。業者に連絡してみますが、たぶん明日になると――」

「大丈夫です。合鍵はありますから」

女はポケットから鍵束を取り出して言うと、傘立ての傘を手に取り、玄関ロビーからこちらへ向かってきた。慌てて顔を伏せ、マンションの前を足早に通り過ぎる。

十メートルほど歩いて振り返ると、女が道の反対側でセダンに乗り込むところだった。

「遅《おせ》えよ」

男の苛立った声。

「ごめんなさい」

助手席のドアが閉まり、エンジン音が背後を通り過ぎた。

彼女のことは以前から知っていた。あのマンションに引っ越してきたのは一年半前。すぐに浅黒い肌の男から「男たらし」「ブス」「のろま」「穀潰《ごくつぶ》し」と怒鳴られているのを見かけるようになった。男に閉め出されたのか、痣《あざ》だらけの顔で深夜に玄関ロビーで泣いているのを見たこともある。

今日は珍しくディナーにでも行くようだ。あの手の男とは関わりたくないが、金があるのは羨《うらや》ましい。

わたしは瞼《まぶた》をさすりながら、路地を曲がって河川敷へ急いだ。右の瞼の古傷を撫《な》でるのは動揺したときの癖だった。

河川敷に出ると、辺りに誰もいないのを確認して、ポケットから革のキーホルダーを取り出した。タグにはご丁寧《ていねい》に部屋番号が書いてある。

今朝、グリーンテラス園畑の前の木陰で拾ったディンプルキーだった。


アパートに荷物を置くと、キャップを目深《まぶか》にかぶり、マスクを着けて部屋を出た。雨で濁った漆川を渡り、細い路地を抜けてグリーンテラス園畑へ向かう。

玄関ロビーを抜け、何食わぬ顔でオートロックの鍵穴にキーを差す。ガチャンと音を立ててドアが左右に開いた。成功だ。ロビーに管理人の姿もない。

ふと興味が湧き、郵便受けを覗いてみた。マッサージや宅配ピザのチラシに交ざって、化粧品会社から封筒が届いている。宛名には東条桃香とあった。

エレベーターに乗り込み、七階で降りた。マホガニーのドアの前で耳を澄ましたが、物音は聞こえない。深呼吸を一つしてから、キーを捻《ひね》ってドアを開けた。

「どうも。お邪魔します」

室内は整然としていた。デパートの食品売り場と化粧品売り場を混ぜたような匂いがする。玄関を上がって右手が浴室とトイレ、左手が寝室、正面がダイニングキッチンだ。貴重品があるとすれば寝室かダイニングだろう。

照明を点《つ》けて寝室に入り、チェストの抽斗《ひきだし》を順に開けていく。アクセサリーは安物ばかりで金になりそうにない。

一番下の抽斗を開けると、通帳とクレジットカードが入っていた。当たりだ。自分で引き出す気はないが、詐欺グループに流せば金になる。

口笛を吹きながら寝室を出て、ふいに心臓が止まりそうになった。廊下の先から息を吐く音が聞こえたのだ。

ダイニングを覗くと、右手にもう一つ部屋があった。明かりの消えた部屋の中から、赤く腫れた瞳がこちらを見ている。

何かあの男の気に障ることをしたせいで、ディナーに連れて行ってもらえなかったのだろう。彼女は頬を濡《ぬ》らし、力の抜けた姿勢でベッドにもたれていた。空き巣に怯《おび》えて泣いているのではない。涙を流す以外に自分を支える手段がなく、仕方なく泣いている——そんなふうに見えた。

色黒の男の罵声《ばせい》がこだまする。彼女の額には青黒い痣ができていた。

わたしの胸に湧き上がったのは、憐《あわ》れみだった。残酷なことだが、この世には生まれながらに不幸な人間がいる。彼女はこの先も、手の届かない幸せに弄《もてあそ》ばれて生きていくのだろう。

「——」

わたしは彼女の首を両手で摑み、親指に力を入れた。彼女は唇を閉じてわたしを見ている。馬乗りになって親指を喉へ押し込むと、口から咳と一緒に唾液が噴き出した。顔がみるみる赤くなり、手足が痙攣《けいれん》する。さらに親指へ力を込めると、キュッと鈍い音が鳴って首の骨が折れた。

ふと我に返り、ベッドから離れる。彼女はぴくともしない。

おそるおそる手首に触れる。

彼女は死んでいた。

じわじわと恐怖が込み上げてきた。警察は恐くない。問題は自分が罪悪感に耐えられるかどうかだ。

こんなことが道徳的に許されるわけがない。

わたしは瞼をつまんで深呼吸をした。考えるのは後回しだ。足早に寝室へ向かい、通帳とクレジットカードをチェストに戻した。空き巣だとばれるのは得策ではない。

奥の部屋に引き返すと、両手で死体を担ぎ上げ、玄関へ向かった。

時刻は午後七時半。雨が降っているから人通りは多くないはずだ。

誰とも鉢合わせしないことを祈って、ドアノブを捻った。

5

横殴りの雨が玄関ロビーに入り込み、大理石の床を濡らしている。

梨沙子は傘を畳んで、共用の傘立てに差し込んだ。猫は何も言わずに尻尾《しっぽ》を揺らしている。

七階でエレベーターを降りると、701号室のメーターボックスの下に蝙蝠《こうもり》傘が立てかけてあった。持ち手に白いビニールテープが巻いてある。東条の傘だろうか。水滴が床に落ちて水溜《た》まりができていた。

しばらくドアの前に立っていたが、人が出てくることも、物音が聞こえることもなかった。

部屋に帰るとポケットから携帯電話を取り出した。通報すべきなのは分かっているのに、発信ボタンを押す勇気が出ない。「再開発地区の住人はすぐ警察に通報する」という警察官の言葉が心を重くしていた。

濡れた服を脱いでシャワーを浴びていると、秀樹が帰ってきた。梨沙子はすぐに浴室を出て、漆川の河川敷で見たことを話した。

「ああ、水商売の女ね。不倫してた男と喧嘩《けんか》したんじゃねえの」

秀樹は素っ気なく言って、ワイシャツを洗濯籠《かご》に放り込んだ。一週間前、東条に不審者から助けられたことは秀樹に話していなかった。

あのとき彼女がスタンガンを持ち歩いていたのは、危険が迫っているのを知っていたからだ。単なる色恋沙汰《ざた》とは思えない。

「お前さ、あんまりよそのことに首を突っ込むなよ」

梨沙子が考え込んでいるのを見て、秀樹は声を硬くした。

「隣人なんて所詮《しょせん》は他人だ。一番大事なのは腹の中の赤ん坊だろ」

秀樹の言う通りだ。揉《も》め事に巻き込まれたせいで早産や流産になったら、自分は死ぬまで後悔し続けることになる。

「だよね」

梨沙子はダイニングテーブルに手をついて、河川敷の光景を頭から振り払った。

翌日の午前十一時過ぎ、ベビー用品店で注文したベッドが届いた。玄関先で伝票にサインをして、配達員を見送る。

ふと701号室に目を向けると、メーターボックスの下に立てかけてあった蝙蝠傘がなくなっていた。東条が無事に帰宅し、傘を部屋に入れたのだろう。

梨沙子は胸を撫で下ろした。

十月一日、実家の両親がマンションへ遊びにきた。

「良いところねえ。駅は近いし、病院もあるし、治安だって良さそうだし」

生え際の薄くなった母がはしゃいだ声を出す。リビングの窓を書棚で塞いでおいたのは正解だった。

「盛岡《もりおか》より野良猫が多いな」

梨沙子よりも腹の出た父が、キッチンの窓から商店街を眺めて言った。

「心配ね。病気を持った子もいるっていうし」

「水を入れたペットボトルは効くぞ。あれでうちの花壇は糞《ふん》がなくなった」

それがデマなのは知っていたが、父は反論されると機嫌が悪くなるので黙っていた。

午後六時過ぎ、玄関ロビーで二人を見送って七階に戻ると、701号室からスーツ姿の男が出てきた。内見の日に部屋の説明をしてくれた、不動産会社の担当者だ。色の入った眼鏡《めがね》を掛け、長い後ろ髪を耳の高さで結わえている。やんちゃな風貌のくせに気の小さそうな男だった。

「あ、こんにちは」

男は慌てた顔で会釈をして、701号室の錠を閉めた。不自然なほど足早にエレベーターへ乗り込もうとする。嫌な予感がした。

「東条さんに何かあったんですか?」

梨沙子は語気を強めて尋ねた。雷雨の中で東条を見かけてから二週間以上、彼女とは顔を合わせていない。

男は口ごもった。馬の尻尾みたいな長髪が揺れる。入居者のプライバシーに関わることは明かせない決まりなのだろう。

「東条さんとは仲良くさせていただいてます。何かあったんですね?」

「わたしたちも分からないんです」男はため息を吐《つ》いた。「東条様は分譲賃貸で部屋を借りられていました。それが二週間前、突然、弊社に連絡をいただきまして。マンションを退去する、家財はすべて処分してほしいというんです」

心臓が強く胸を叩《たた》いた。

河川敷の光景が脳裏によみがえる。やはりあのとき、東条は何者かに連れ去られていたのだ。もとの住居には戻れないと分かったから、不動産会社に退去の連絡をしたのだろう。

「二週間前というと、九月の十七日ですか」

「ええ、そうですけど」

男は腕時計に目を落とした。河川敷で東条を見かけたのは十六日だから、翌日には不動産会社へ連絡があったことになる。

「東条さんはどんな様子でしたか」

「分かりません。雑音で声が聞き取りづらくて」

どこか屋外にいたのだろうか——と考えたところで息が止まった。

声の主が東条であるという証拠はない。彼女が失踪したことに気づかれないように、何者かが彼女のふりをして電話をかけた可能性もある。本物の東条は誰とも連絡を取れない状況にいるのかもしれない。

「警察には連絡したんですか？」

「いえ、そういった対応は考えていません。入居者様にもさまざまな事情がございますので」

男は苦い顔で言った。

要するにトラブルを起こしたくないのだろう。マンションで事件や事故が起きると、インターネット上の口コミサイトにすぐに掲載されてしまう。高級マンションとして売り出している物件で、住人が行方不明になったという情報は表沙汰にしたくはないはずだ。

「すみません、失礼いたします」

男は逃げるようにエレベーターに乗り込み、一階へ下りて行った。

梨沙子は茫然と通路に立ち尽くしていた。もう自分にできることはないのだろうか。

――家族なんか頼りになんないよ。自分のことは自分で守んないと。

東条の言葉がよみがえる。

家族に恵まれなくても、他人と助け合って生きていくことはできる。本当はそう信じていたから、彼女は素性《すじょう》も知らない隣人を助けてくれたのではないか。

ふたたび昇ってくるのを待って、梨沙子もエレベーターに乗った。玄関ロビーを出てマンションの裏へ回り込み、河川敷に出る。

漆川を渡ると、はっきりと街の空気が変わった。建物、舗道、標識、自動販売機、目に入るすべてが汚れ、錆び、歪《ゆが》んでいる。湿った雑巾《ぞうきん》のような臭い。視線を上げると高架の産業道路が見えた。

園畑へ引っ越してからの一月半で、梨沙子はこの街の成り立ちを学んでいた。園畑市は面積の半分近くが工業地区で、六十年代から労働者の街として栄えてきた。駅前の再開発でイメージアップに成功したが、漆川の南側は今も治安が悪く、暴力団の事務所や簡易宿泊所、居酒屋、風俗店、賭場《とば》などが点在している。ワイドショーで見たことのある殺人、監禁、強姦、強盗、放火などの事件が、かなりの確率で園畑市南部で起きていたことに気づき、梨沙子は慄然《りつぜん》とした。

河川敷を右に曲がると見覚えのあるアパートがあった。東条が姿を消したのはこの辺りだ。

アパートは築四十年ほどだろうか。プレハブ小屋のような簡素な造りで、色の落ちた壁を覆うように蔦《つた》が這《は》っている。フェンスには「スピカ園畑」と書いたプレートが下がっていた。

「――」

足元から草の擦れる音がした。

煉瓦《れんが》に囲われた小さな植え込みで、野良猫がこちらを見ている。尻尾の辺りで何かが光った。

心臓が早鐘を打つ。

「ちょっと、どいて」

サンダルの先でそっと猫の横腹を突《つつ》く。猫は表情を変えずに立ち上がり、煉瓦を越えて植え込みを出ていった。

腕を伸ばし、土に埋もれたそれを手に取る。

東条が付けていたパールのピアスだった。

＊

アパートの浴室に大の字で引っくり返った死体を見て、わたしは笑った。

死体なんか見ても楽しくないし、どちらかといえば泣きたい気分だったけれど、わたしは笑った。最低なことが続いてやけっぱちになったときの、脳味噌《のうみそ》の誤作動みたいな笑いだった。

死体をどう処理するか。これは大した問題ではない。動物は所詮、肉と骨でできた巨大な水風船だ。肉はばらばらにして川に流し、骨は山に埋めてしまえばいい。あまり思い出したくはないが、過去にも経験がある。

問題は、どうやって罪悪感と折り合いを付けるか。これである。

嘘《うそ》を吐いてはいけない。物を盗んではいけない。命は大切にしなければならない。物心ついたときから、わたしは道徳や倫理観というよく分からない代物《しろもの》に苦しめられてきた。

わたしの家庭環境は特殊だった。園畑市議会議員の父と専業主婦の母の間に生まれ、ＮＨＫ教育テレビが垂れ流しているタイプの良い子ちゃん教育を受けて育ったわたしは、おかげで散々な学生生活を送ることになった。当時の園畑は再開発が始まる前で、今よりもやくざや不良や素性の知れない外国人が街に溢れていた。不良から身を守るには格上の不良に守ってもらうしかないし、そいつらの機嫌を取るには金が要る。ガキが大金を手に入れる方法は、自分より弱いガキを脅すか、商店のレジを荒らすくらいしかなかった。

生きるためにすべきことはシンプルだ。でもわたしにはそれができなかった。悪事を働こうとすると喉がからからに渇いて息ができなくなるのだ。後輩の財布から五千円札を抜いた日の夜は、胸が苦しくて眠れなかった。両親の情操教育は見事に成功し、わたしは悲惨な青春時代を過ごすことになった。

とはいえそれは過去の話だ。中三の夏、両親は押し込み強盗に刺されて死んだ。大人になって道徳を都合よくアップデートしたわたしは、新たに「悪いやつには悪いことをしても良い」という行動理念を身に付け、両親の呪縛《じゅばく》から逃れることに成功した。架空請求詐欺を行っている会社のアルバイトで勤務時間を水増しするとか、違法駐車をしている車からバッグを持ち去るとか、暴力を振るう男の家から通帳を頂くといったことは、わたしの中では善行に分類された。借金を返すために迷惑行為や詐欺を働いている会社を探しまわったおかげで、園畑の違法風俗店や、園畑に拠点を持つ詐欺グループにずいぶんと詳しくなった。

そこでこの死体である。

彼女も「悪いやつ」に当てはまると思っていたのだが、駄目だった。昨夜は胃がキリキリと痛み、ぬるい液体が喉にこみ上げてくるせいで一睡もできず、おかげで眼球の裏が捩《ね》じれたように痛んでいた。

よく考えれば当然だ。彼女は被害者であって加害者ではない。あの口の悪い男ならさておき、彼女を殺したことを善行に分類するのは無理がある。

わたしは後悔した。自分でもなぜ彼女を殺してしまったのか分からない。強《し》いて言えば、生きているのが少しかわいそうだったからだ。

このままでは死ぬまで罪悪感に苦しみ、悪夢にうなされ、他人の目に怯えて生きることになる。そう考えると余計に頭が痛くなった。

「最悪」

浴室を出てタオルで足を拭うと、倒れるように黴《かび》臭い布団に寝転んだ。

汚れた窓の向こうに橋が見える。通行人に部屋を覗かれているような気がして、カーテンを閉めた。

猫の能天気な鳴き声が聞こえる。

園畑市内――特に漆川の南側は野良猫が多い。子どもの頃から猫が苦手で、同級生にからかわれてきた自分には悪夢のような土地だ。一年半前まで住んでいたマンションは猫が少なく快適だったのだが、現在のアパートはあちこちを猫が闊歩《かっぽ》していて、住人より猫の数が多いこともざらだった。

わたしがやつらと相容れなくなった原因ははっきりしている。小学二年生のとき、家で飼っていた雀《すずめ》のぴよぴよが野良猫に食われたのだ。網戸の隙間《すきま》から跳び込んできた野良猫は見たことのない速さでぴよぴよの首の後ろに嚙み付き、窓の外へ消えた。あの恐怖は今も脳裏に焼き付いている。

その日の夜、父はわたしを殴った。通学路で弱っていた雀の雛《ひな》を飼い始めた際、わたしは責任を持って世話をすると父に約束していたのだ。

顔を殴られたわたしは、瞼が切れて血が目に流れ込み、父の身体がぐにゃぐにゃに歪んで見えた。

母は床に倒れたわたしを見ても何も言わなかった。

わたしは納得がいかず、瞼を押さえて父に反論した。

――ぴよぴよを殺したのは猫だよ。わたしは助けようとしたのに、なんでわたしが殴られるの？

父の答えは、正しい子育てを実践する親として満点のものだった。

――猫は生きるために雀の命を頂いたんだ。でもお前は違う。命を粗末にしたんだ。

「――ん？」

ふと我に返った。

瞼の古傷を撫でながら深呼吸をする。

今の自分の状況は、あのときと少し似ていた。

布団から起き上がり、浴室を覗き込んだ。死体が濁った眼球で宙を見つめている。

なぜ猫は雀を殺しても咎《とが》められなかったのか。捨てたのではなく、食べたからだ。奪った命を食べるのは、動物として極めて自然で、正しい営みなのだ。なぜこんな単純なことに気づかなかったのだろう。

浴室の床に膝をついて、死体に鼻を近づける。死斑が浮き出て痣のようになっているが、まだ腐ってはいない。

部屋に戻ると、台所の収納を眺めた。死体の解体に使えそうなのは洋包丁が一つだけ。これでは心もとない。

わたしはホームセンターにノコギリとナイフを買いにいくことにした。

6

十月三日。会社の後輩たちとバーベキューに行く秀樹を送り出してから、ポケットにスタンガンを忍ばせてグリーンテラス園畑を出た。漆川を渡り、スピカ園畑を見上げる。

二週間前の夜、東条はここで姿を消した。スピカ園畑のどこかの部屋に連れ込まれたのだ。彼女がまだ同じ場所で監禁されている可能性は十分にある。警察は頼りにならないが、証拠を突き付けられれば動かざるをえないはずだ。

東条の姿が見えたのは、雷が河川敷を照らした一瞬だった。犯人の顔は見えなかったが、肩にラインの入った白いシャツを着ていた。同じシャツを着た人物がいればそいつが犯人ということになる。

橋の中ほどから川に面した壁を見たところ、スピカ園畑は三階建てで、各階に三つの部屋があった。ただしほとんどの部屋は空室で、カーテンや洗濯物が見える部屋は三つだけだった。

手始めに空室のドアノブをいくつか捻ってみたが、どのドアも錠が閉まっていた。通りすがりの不審者が空室に連れ込むようなことはできない。犯人は三つの部屋の住人の中にいるはずだ。

階段の裏でスタンガンが動くのを確認して、一つ目の部屋——102号室へ向かった。

ドアの横に古いママチャリが置いてある。インターホンを鳴らすとすぐに足音が聞こえ、十秒ほどでドアが開いた。

「はい」

快活そうな男が顔を出した。年齢は二十歳くらいだろうか。小学生みたいな幼い顔立ちだが、身長は百八十センチ以上あり肩幅も広い。白いTシャツを着ているが肩にラインはなかった。左手の袖からはジグソーパズルのタトゥーが覗いている。右足にはバニラ色の包帯を巻いていた。

「あの、突然すみません。ちょっとお伺《うかが》いしたいことがありまして」

「どうしました？」

アパート中に響くような声量で言う。

「二週間前、すぐそこの路上で引ったくりに遭ったんです。それで目撃者の方を探しているんですけど」

事前に考えておいた台詞《せりふ》だった。

「警察には？」

「取り合ってもらえませんでした。でも目撃者がいれば動いてくれると思うんです」

さすがに怪しまれるかと思ったが、男は梨沙子の言葉を鵜《う》呑《の》みにしたらしく、不憫《ふびん》そうに肩を竦めた。

「ここの警察は尻が重いですからねえ」

「九月十六日――すごい雷雨だった日なんですけど、あの日の七時半くらいに不審者を見たり、物音を聞いたりしませんでしたか」

インターホンの辺りを見るふりをして、さりげなく男の表情を見つめる。

「雷が鳴ってた日ですよね。あの日の夜はヘッドホンを着けてゲームをやってました。足首に怪我《けが》をしてて、他にやることがないんですよ。物音は聞こえなかったですね」

顔色はほとんど変わらなかった。

「骨折ですか？」

「ええ。学校へ行く途中ですっころんじゃいまして」

「学生さん？」

「はい。高専の専攻科です」

男は照れ隠しのように包帯を撫でた。足元を見るふりをして男の背後に目を向ける。玄関の先は引き戸が閉まっていて見えなかった。

「ぼく、角本《つのもと》って言います。何かできることがあれば協力するんで言ってください」

男は育ちの良い小学生みたいな顔で言った。

階段を上ると、踊り場で休んでいた野良猫が立ち上がり、フェンスを越えて植え込みに飛び降りた。

２０１号室のドアの横には小さな鉢植えが並んでいた。ゼラニウムの赤い花が咲いている。ドアの郵便受けから飛び出た厚い封筒には、差出人が園畑市役所障害福祉課、宛名が佐川《さがわ》茜《あかね》と記されていた。

インターホンを鳴らすと、数秒で床板の軋《きし》む音が聞こえた。ドアは開かない。もう一度ボタンを押すと、ようやくドアが薄く開いた。

「はい」

チェーンを掛けたまま女が応えた。年齢は二十代半ばだろうか。中学生みたいな紺色のジャージを着込んでいる。肌が赤く腫《は》れていて、息も荒かった。明らかに体調を壊している――それも風邪を引いたというレベルではなく、重い疾患を抱えているように見えた。

「雷雨だった日の夜、不審者を見たり、物音を聞いたりしませんでしたか」

梨沙子が説明を繰り返して尋ねると、女は顔を伏せて黙り込んでから、

「何も聞こえなかったですけど」

低く擦《かす》れた声で言った。

「七時半ごろはどちらに？」

「家で休んでました」

「失礼ですが、お仕事は何を？」

「言いたくありません」

口調を変えずに言う。梨沙子は病人をいたぶっているような後ろめたい気分になった。チェーンが掛かっているので部屋の中の様子も分からない。足元にペットボトルの溜まったゴミ袋が見えた。

「すみません、ありがとうございました――」

言い終わる前にドアが閉まった。


深呼吸をして気分を変え、二階の廊下を進む。

２０３号室のドアノブには、骨の曲がったビニール傘がぶら下げてあった。

インターホンを鳴らすと、壁の向こうから「へい」と男の声がした。ガチャンと錠を外す音が続く。

「どなた？」

勢いよくドアが開いた瞬間、頭が真っ白になった。

「あれえ」

乱れた蓬髪、浅黒い肌、つぶれた鼻。梨沙子を襲おうとした赤いキャップの男だった。

「やっぱりおれとしたかったんだ」

男は顔一杯に笑みを広げると、廊下に出て梨沙子の肩を摑《つか》んだ。白いシャツが汗で黄ばんでいる。

肩にラインはない。

とっさにスタンガンを突き出すと、男は背後へ飛び退《の》き、正気を疑うような目で梨沙子を見た。

「何すんだよ」

「あんたが東条さんを監禁したんでしょ」

梨沙子は両手でスタンガンを握り締めた。

「東条？　誰それ。おれは岩清水《いわしみず》だよ」

男がしらを切る。梨沙子は男の鼻先にスタンガンを突き付け、ボタンを押してジジジと音を鳴らした。

「二週間前にすごい雨が降ったでしょ。あの日の夜、何してた？」

「雨の日？　昼勤だったから、夜は家で酒を飲んでたぜ」

「女の人を無理やり家に連れ込んだんじゃないの？　あたしにやろうとしたみたいに」

「そんなことしないよ」呆《あき》れたような顔をした。「あれはナンパじゃん」

梨沙子は恐怖を堪《こら》えて男を睨み返した。こいつは女を人間だと思っていない。とぼけていれば何でもごまかせると信じているのだ。

「何の話か分かんないけどさ、おれとやりたいんじゃないの？　違うなら帰ってよ」

男が薄笑いを浮かべて、梨沙子の肩を押そうとする。とっさにスタンガンを突き出し、脇腹に押し付けた。短い悲鳴。男は膝を折って蹲《うずくま》った。

「痛えんだよ、くそやろう！」

男は顔をくしゃくしゃにして叫ぶと、梨沙子の両脚にしがみ付いた。バランスを失い、廊下に尻餅をつく。ワンピースが裂ける音。後頭部がフェンスにぶつかり、視界が明滅した。

「あんた、言ってることもやってることも意味不明だよ。頭おかしいの？」

男は馬乗りになると、右手で梨沙子の口を塞ぎ、左手でスタンガンを奪おうとした。息が苦しい。無我夢中で男の手を振り解くと、スタンガンを顔に押し付けた。

「ぐええっ」

電流の流れる音。滑るような感触で、スタンガンの先端が右目に当たったのが分かった。男が顔を押さえて横に倒れる。すかさずスタンガンを握り直し、男の胸に押し当てた。掌《てのひら》に振動が伝わる。男は悲鳴を堪えるように唇を噛み、全身を大きく痙攣させた。

今しかない。梨沙子は立ち上がると、２０３号室のドアを開けた。

「……東条さん？」

玄関の先の引き戸が開いていて、四畳半の部屋が見えた。卓袱《ちゃぶ》台と煎餅《せんべい》布団を並べた部屋に、煙草と焼酎《しょうちゅう》とカップラーメンの臭いが充満している。丸めた作業服と見覚えのある赤いキャップが冷蔵庫の上に載っていた。便所や風呂場も覗いてみたが、人の姿はなかった。

梨沙子は廊下に倒れた男を見下ろした。嘔吐《おうと》する寸前みたいな顔で白目を剝《む》いている。失神したようだ。

すでに東条をどこかへ運んだのか、あるいはこの男は犯人ではなかったのだろうか。考えるほどに分からなくなる。

梨沙子は男の身体を部屋に押し込むと、逃げるようにスピカ園畑を後にした。

橋を渡っただけで、自分の家に帰ってきたような安堵《あんど》感《かん》を覚えた。

グリーンテラス園畑へ戻り、玄関ロビーを抜けてエレベーターに乗り込む。壁にもたれて深呼吸をすると、だいぶ気持ちが落ち着いた。

102号室の角本、201号室の佐川、そして203号室の岩清水。三人から話を聞いたが、決定的な証拠は見つからなかった。犯行当日と同じ服を着回すほど馬鹿ではないようだ。

七階でエレベーターを降りると、不動産会社の男が701号室の前に立っていた。

「あ、どうも」

男がぎこちなく頭を下げる。馬の尻尾みたいに束ねた長髪が肩に乗っていた。色の入った眼鏡のせいで表情が分かりづらい。

「東条さんから、その後、連絡はありましたか」

「いいえ。もうすぐ次の入居者が決まりそうですよ」

男はバインダーをバッグに仕舞って、エレベーターで一階へ下りていった。

何気なく701号室の前を通り過ぎようとして、ふと足が止まった。重要なことを忘れているような気がする。

答えはすぐに見つかった。傘だ。十六日の夜、今と同じように七階でエレベーターを降りると、701号室のメーターボックスの下に蝙蝠傘が立てかけられていた。だが十七日の午前十一時過ぎにはその傘はなくなっていたのだ。東条が十六日に拉致《らち》されたとすれば、傘は誰が持っていったのだろうか。

「――そうか」

いくつかの光景が脳裏を駆けめぐる。

東条を連れ去った犯人が、ようやく分かった。

＊

午後一時。防災行政無線の受信機から、光化学スモッグ注意報が響いている。

わたしはレインパーカーを着込み、両手にゴム手袋を嵌《は》めて、死体を見下ろしていた。

浴室の床には洋包丁が二本とノコギリ、果物ナイフが並べてある。換気扇とドアの通気口は臭いが洩れないようにガムテープで塞いであった。

とても一日や二日で食べきれるサイズではない。うちの冷凍庫は大きい方だが、死体を丸ごと詰め込むのは不可能だ。保存のためにバラバラに解体する必要がある。

「失礼します」

まずは血抜きだ。硬くなった首を引っ張って、右の側面に包丁を刺した。死後半日以上経《た》っているので鮮血が噴き出すようなことはないが、どろっとした血が溢れ、黄ばんだ床に血溜まりが広がった。血と糞《くそ》が混ざったような異臭が充満する。出血は五分くらい続いた。

このまま首を切断してしまうのが手っ取り早いだろう。包丁で皮と肉を切り落としてから、ノコギリで頸椎を切断した。刃の振動に合わせて血が跳ねるせいで顔が血まみれになる。最後は口に指を入れて頭蓋骨を摑み、頭を引っ張って胴体から引き千切《ちぎ》った。ブチブチと皮が裂ける音がして、頭が床に転がった。

同じようにして右腕、右脚、左脚、左腕と順に切り落とした。死後硬直で筋肉が硬くなっているが、無理やり関節を曲げれば冷凍庫に収まりそうだ。

問題は胴体だった。こればかりは折り曲げようがない。腹を裂いて内臓を抜き、肉を切り出すしかなさそうだ。
鳩尾《みぞおち》に包丁を刺し、臍《へそ》の下まで真っすぐに切れ目を入れた。ゴム手袋をした両手を腹の中へ突っ込む。死んでから半日以上経っているのに、身体の中は温かかった。何だか分からない臓器が腕にまとわり付く。摑み取りの要領で臓物を引っ張ると、腸と腎臓と卵巣《らんそう》が団子になってぷりんと飛び出した。首の切断面からヒュウと音が鳴る。ぺしゃんこになった腹に手を入れ、残りの肝臓や膵臓《すいぞう》もまとめて引き摺りだした。

臓器は表面の血を洗い流して、食品用ラップに包んでおくことにした。火を通せばだいたいの臓器は食べられるはずだ。腸から宿便が出てくるので、シャワーヘッドを食道に押し込んで無理やり洗い流した。

腹の中が空になると、洋包丁と果物ナイフで骨にこびり付いた肉を剝がしていった。腹や尻の肉はすぐに剝がれるが、鎖骨や胸骨にこびり付いた肉を剝がすのは一苦労だ。剝がした肉は食べやすいようにカットしてラップに包んだ。

死体の解体を終え、冷凍庫にすべての肉と臓器を詰め込んだときには、夜の十一時を過ぎていた。十時間、飲まず食わずで死体を弄《いじ》っていたことになる。

顔に付いた血を洗い流して、布団に倒れる。すぐに睡魔が襲ってきた。

深く、心地よい眠りだった。

翌朝からさっそく調理に取りかかった。

人間の解体はさておき、料理には自信がある。わたしの料理の腕前はある友人に仕込まれたものだ。

その友人は児童養護施設の同級生で、彼女が当番の日だけご飯がファミレスみたいに美味しくなるので、みんなからシェフと呼ばれていた。どうせなら毎日美味しいご飯が食べたいので、わたしもシェフの真似をしているうちに、少しずつ腕が上がった。

シェフは心臓に持病があり、一年半前に発作で死んでしまった。彼女の味を受け継いでいるのはこの世で自分一人だ。まさか彼女も、自分が残した技能が、人間の調理に使われるとは思わなかっただろう。

冷蔵庫を開け、大量の肉と臓器を眺める。まずは腹の肉を焼いてみることにした。

二センチほどの厚さにスライスして、ごま油を引いたフライパンに載せる。ジュッと音が鳴り、香ばしい薫りが漂《ただよ》った。一分もせずにキツネ色の焼き色が付く。千切りにした大葉とポン酢を入れ、大根おろしと合わせて皿に盛り付けた。

ついでに一品、晩酌用にレバーペーストを作ることにした。肝臓を半分に切って筋を取り除き、玉葱、葫《にんにく》と炒める。白ワインを足して煮詰めてから、ボウルに移し、擂粉木《すりこぎ》でペーストにした。

買い置きのロールパンと合わせて、料理を炬燵机に並べる。こんなに豪勢な食事は久しぶりだ。

ステーキに嚙み付くと、口の中で肉汁が躍った。とろけるように柔らかい。うまみが強く、いつまでも舌で転がしていたくなる。癖になりそうだ。

レバーペーストをパンに付けて頰張ると、ほどよい苦みが広がった。くさみがなく、ビールにも合いそうだ。

これだけ美味しく食べてもらえれば彼女も天国で喜んでいるだろう。

冷凍庫に詰まった肉と臓物を眺めて、次のメニューに想像を膨《ふく》らませた。

7

「人が監禁されてる？　このアパートで？」

角本は大声で叫んで、後頭部を勢いよく壁に打ち付けた。

スピカ園畑、１０２号室。学校から帰る時間を見計らって、梨沙子は角本の部屋を訪れていた。

「はい。でも証拠がないんです。あの人について知ってることを教えてくれませんか」

梨沙子は焦《あせ》っていた。東条が失踪してから今日で十八日が経つ。梨沙子が何もせずに過ごした一日が、東条の最後の一日になるかもしれないのだ。

「この前は引ったくりに遭ったって言ってましたよね」

角本は眉根を寄せ、忙《せわ》しなく前髪を掻き回した。

「あのときは住人の皆さんを疑ってたんです」

「二階に住んでる女性って、あの具合が悪そうな人ですか」

「はい。佐川さんです」

「たまに見かけますけど、話したことはありませんね」

「この二週間ほどで、様子が変わったところはありませんでしたか」

「変わったところ？」角本はふいに髪を弄っていた手を止めた。「そういえば、二、三日前に階段を下りたところで鉢合わせしたんですけど。色の濃いサングラスと大きなマスクを着けてました。言われてみると、顔を隠してるみたいでしたね」

思わず息を呑んだ。梨沙子が２０１号室を訪ねたときも、佐川はドアのチェーンを外さず、顔を見せないようにしていた。梨沙子のような目撃者が現れたときのために顔を隠していたのだろう。

「でもやくざや金貸しから逃げ回ってる人なんてたくさんいますよ。顔を隠しただけで犯罪者と決め付けるのはどうかと思いますけど」

「他に気づいたことはありませんか。どんな些細《ささい》なことでもかまいません」

「そう言われてもなあ。失踪したのはどんな人なんですか？」

「二十代半ばの女性。身長はあたしと同じくらいで、髪はピンクベージュのセミロング」

「え、女性？」角本は前髪を引っこ抜いた。「犯人が女だから被害者は男かと思ってました。それなら犯人は佐川さんで間違いないですね」

「は？　なんで？」

思わず大きな声を出した。角本の言葉に頭が付いていかない。

「二週間くらい前だったかな。橋を渡っているときに、２０１号室の窓に知らない女の人が見えたんです。若くてきれいな人で、髪が赤みがかっていました。川を見てるのかと思ったら、ぼくの方を見て慌ててカーテンを閉めたんです」

全身に鳥肌が立った。

見間違いでも早とちりでもなかった。やはり東条はこのアパートにいたのだ。

「どうしてそれを早く言わないの」

「友だちだと思ったんです。よく考えると、あの人が友だちと一緒にいるのなんて見たことないですけど」

角本は洗い場の布巾《ふきん》を手に取り、顔をゴシゴシ擦った。

梨沙子は天井の斜め上を見つめた。東条はまだ２０１号室にいるだろうか。

「どうするんですか？」

「通報します。目撃者がいれば警察も動くはずですから」

梨沙子は深呼吸をして、ポケットから携帯電話を取り出した。

＊

殺害から十九日後、冷凍庫がようやく空になった。

腹や尻の肉はすぐに食べ終えてしまい、終わりの一週間は手足の硬い肉や内臓ばかり食べ続けることになった。頭蓋骨を割って脳味噌を掻き出したり、くさみの強い直腸や膀胱《ぼうこう》を煮込んだりするのは苦行《くぎょう》に近かった。

日曜日の夜。人間づくしの食生活が終わり、鯖《さば》の塩焼きと味噌汁に舌鼓を打っていると、インターホンが鳴った。

NHKの集金だろうか。チェーンを掛けてドアを開けると、制服姿の男が二人立っていた。

「夜分に畏《おそ》れ入ります。警察ですが」

若い男が言った。もう一人の年配の男は何も言わずに部屋を覗いている。嫌な予感がした。

「突然すみません。東条桃香という女性をご存じですか」

「東条……知りませんけど」

とっさに嘘を吐いた。

「実は近隣住民の方から通報がありまして。こちらの部屋にその女性がいるはずだというんです」

「何のことか分かりません」

「その方は、こちらで監禁事件が起きているとおっしゃっています」

「監禁？」

予想外の言葉だった。

「我々も通報を鵜呑みにしてるわけじゃないんだけど、万が一ということもあるからね。少し部屋を見せてもらえませんか」

年配の男が口を開く。有無を言わさぬ口調だった。

二日前に突然、部屋を訪ねてきた女のことを思い出す。空き巣に入ったグリーンテラス園畑の住人で、明らかにわたしを疑っている様子だった。十中八九、通報したのはあの女だろう。

「部屋に入るってことですよね。強制なんですか？」

「令状はありませんから、お断りいただいてもかまいません。我々としてはご協力いただけると嬉しいのですが」

さりげなく背後を振り返り、部屋の隅々に視線を這わせた。骨は山に捨てたし、風呂場の血も洗い流したから、死体があったことは分からないはずだ。

「……分かりました。どうぞ」

チェーンを外してドアを開けた。男二人が会釈をして部屋に入り、居間、便所、風呂場を順に覗いていく。鼓動が速まり、掌が汗でびしょびしょになった。

「特に問題ありませんね」

三十秒もせずに、若い警察官が表情を緩めた。年配の警察官はキッチンの刃物が気になるようだったが、手帳にメモを取るだけで何も言わなかった。

「ご協力ありがとうございました」

二人は丁寧に頭を下げて、２０１号室を後にした。
ドアが閉まるのと同時に、わたしは床にくずおれた。もし骨を捨てに行くのがあと一日遅かったら
――そう考えると腹の底が冷たくなった。

翌日からは代わり映えのしない日常が再開した。

警察のことを思い出すと落ち着かなくなるが、できることは何もない。人のものを盗《と》ろうなどと出来心を起こさず、品行方正にアルバイトに励むのが一番だ。

職場の昼休憩でコンビニ弁当を食べていると、五十代の上司が新聞を持って近づいてきた。

「これ、きみんちの近くじゃない？」

上司が地方面の隅を指す。何気なく目を落として、心臓が止まりそうになった。

見出しには「山中で遺体見つかる」とあった。大葉山《おおばやま》で犬の散歩をしていた男性が、犬が掘り返した土の中から骨のようなものを見つけ通報。鑑定の結果、人間の遺体であることが分かった。骨の主は二十代半ばの女性とみられ、警察は身元の特定を急いでいるという。

「――ちょっと近くですね」

舌がうまく回らず、声を出すだけで精一杯だった。

骨を捨てたのはわたしだ。遺体の身元が特定されたら、警察はわたしを疑う。山に埋めれば大丈夫だと高を括っていた自分を呪《のろ》いたくなった。

家に帰るなり缶ビールを開けたが、半分も飲まないうちに吐いてしまった。

鏡を見ると右の瞼が腫れていた。無意識のうちに古傷を押さえていたようだ。ゾンビの出来損ない

みたいな酷《ひど》い顔だった。

吐物を便所に流し、タオルで顔を拭《ふ》く。口をゆすごうとしたところで、インターホンが鳴った。

警察だ。あいつらが自分を捕まえにきたのだ。

息を整える間もなく二度目のチャイムが鳴る。もう好きにしてくれ。期待と諦《あきら》めが混ざった気持ちで錠を外した。

「――」

ドアを開けると、見覚えのある女が立っていた。重く膨れた腹。三日前よりもさらにやつれた頬。

グリーンテラス園畑に住む、あの女だった。

8

「こんにちは、田代梨沙子さんですね」

ドアを開けると制服姿の男が並んでいた。一人は四十代、もう一人は二十代だろうか。紺色の厚いチョッキを着て、制帽には旭日章を光らせていた。

「警察です。昨日の十八時四十分、スピカ園畑201号室で女性が監禁されている疑いがあると110番通報されましたね？」

若い方の男が、ちらりと梨沙子の腹を見て言う。

「はい。東条さん、無事でしたか」

緊張で声が硬くなる。

「201号室で任意の捜索を行いましたが、部屋にいたのは住居人の女性のみでした」

警察官は口調を変えずに言った。胸のうちに失望が広がる。

「別の場所に連れて行ったんだと思います」

「事件性を疑わせる物証や痕跡もありませんでした」

「疑われてるのに気づいて、証拠を消したんじゃないですか」

「あなた、二カ月前にも通報をしてるね」

ふいに年上の警察官が口を挟んだ。

「だから何ですか？」

「緊急性のない事案での110番通報は控えるように。あと、嘘の通報をすると偽計業務妨害罪や軽犯罪法違反になることもあるから」

数秒の間、目の前の男が何を言っているのか分からなかった。この警察官は梨沙子が嘘の通報をしたと決め付けているのだ。

「おい、どうした？」

エレベーターのドアが開き、秀樹が駆け出てくる。

「ご主人ですか。実は奥様がですね――」

警察官は頬を緩め、肩の荷が下りたような顔をした。


安産祈願のお守りがテーブルの下に落ちている。

フローリングが涙で濡れていた。二カ月前は新築のようにピカピカだった床が、埃や食べ滓《かす》や毛髪ですっかり汚くなっている。

梨沙子は涙を堪えて顔を上げた。呼吸が苦しい。息を吸うたびに鼻汁が喉へ流れ込む。

「お前は赤ん坊が大事じゃないのか?」

なんて卑怯《ひきょう》な言い草だ。

梨沙子は右の頰を押さえて、秀樹を睨み付けた。

「よその家のことに首を突っ込むなと言っただろ」

違う。梨沙子が東条を助けようとしたのは、彼女のためだけじゃない。

「初めての出産で心配なのは分かる。でもこんなことをしていったい何になる?」

やめてくれ。勝手な想像を押し付けないでくれ。

「もう二度とこんなことしないと誓ってくれないか。それができないなら——」

秀樹が梨沙子の頭を摑んで、双眸《そうぼう》を覗き込んだ。秀樹の瞼も赤く腫れている。この男が何を考えているのか分からなくなった。

「分かりました。ごめんなさい」

梨沙子は老人みたいに嗄《か》れた声で言った。


十月六日。

いつまでもこんなことを続けるわけにはいかない。東条を追うのは今日で最後と決めていた。

スタンガンだけでは心もとない。先の尖《とが》った洋裁鋏《ばさみ》をバッグに忍ばせ、グリーンテラス園畑を出た。

橋の上は十月とは思えないほど肌寒かった。厚い雲が垂れ込め、川上から冷たい風が吹いてくる。足元からはごうごうと唸《うな》るような水音が聞こえた。

顔を上げると製油工場が見えた。太い煙突を守るように、金属の腕が縦横無尽に延びている。ふいに子どもの命が搦《から》め捕られるような恐怖を感じ、視線を落としたまま足早に橋を渡った。

スピカ園畑の階段を上ると、通路でゼラニウムの鉢植えが横倒しになっていた。フェンスごしに辺りを見渡したが人の姿はない。

咳を一つして、２０１号室のインターホンを鳴らした。

例によって床板の軋む音が聞こえたが、ドアは開かなかった。もう一度ボタンを押す。ガチャンと音がして、ドアが薄く開いた。

「――――」

女がドアノブを引く前に、スニーカーをドアに挟んだ。チェーンが揺れ、爪先に痛みが走る。

「お願いです、話をさせてください。東条桃香さんはどこですか」

「知りません」

芯《しん》の通った声だった。顔色は相変わらず良くないが、顔の腫れは少し引いている。

「これを付けていた女性です。本当に知りませんか？」

パールのピアスを突き付けると、女はまばたきを止めてピアスを見つめた。梨沙子は畳みかけるように、雷雨の中で東条を見かけてからスピカ園畑へやってくるまでの経緯を説明した。

「なぜわたしなんですか。住人は他にもいますよね」

「いえ、犯人はあなたです」梨沙子は声を低くした。「証拠は傘と猫です」

「……傘と猫？」

「東条さんが攫《さら》われた九月十六日の夜、彼女が住んでいる７０１号室の前に蝙蝠傘が立てかけてありました。でも十七日の昼前にはその傘がなくなっていたんです。当然、誰かが傘を持って行ったことになります。

グリーンテラス園畑の一階にはオートロックのドアがあります。鍵を持っていないよその人間が立ち入ることはできません。では鍵を持っている人間――つまりグリーンテラス園畑の住人が、東条さんの傘を拝借したのでしょうか。でも蝙蝠傘の持ち手には目印になるようビニールテープが巻いてありましたし、一階の郵便受けの裏には住人用の傘立てがありました。住人が傘を借りるならこちらのものを使うはずです。

では傘を持って行ったのは誰なのか。その人物は住人ではないのに、グリーンテラス園畑へ入ることができました。なぜでしょう？　それは東条さんの部屋の鍵を持っていたからです。傘を持って行ったのは、東条さんを拉致した犯人だったんです」

女は肯定も否定もせず、ドアの隙間から梨沙子を見つめている。

「犯人が傘を取りに戻ったのは、その傘が自分のものだったからです。犯人は十六日に701号室を訪れた際、傘を置いたままにしていたんです。

事件に関する出来事を整理しましょう。何かの都合で鍵を手に入れた犯人は、十六日の夜、空き巣を働くために701号室へ侵入しました。ところが部屋の中で東条さんと鉢合わせし、重傷を負わせてしまいます。慌てた犯人は、東条さんをおぶってマンションを出ると、雨の中を自宅へ運びました。しかし人間を担ぎながら傘を差すことはできません。犯人はいったん東条さんを運び出した後、ふたたび傘を取りに戻ることになったんです」

女が俯《うつむ》いて下唇を舐《な》めた。焦りを隠しているのだろう。

「ここで不思議なのは、犯人が701号室の前に蝙蝠傘を置いたことです。一階の傘立てに差しておけば誰も気づかずに済んだはずなのに、なぜ七階まで傘を持って行ったのか。傘立ては玄関ロビーから見える位置にあるので、犯人が気づかなかったとは思えません」

梨沙子は言葉を切って、女の足元にある、大量のペットボトルが入ったゴミ袋を見た。

「答えは簡単です。十六日の夜、傘立てには野良猫が座っていました。犯人は猫が苦手で、傘立てに傘を差すことができなかったんです。

水を入れたペットボトルを並べておくと猫除《よ》けに良いと言いますが、あれはガセです。効果があるのは、食用酢や米のとぎ汁、柑橘《かんきつ》類の皮、重曹《じゅうそう》、ルーやタンジーといったハーブ、そしてゼラニウムです。あなたは猫を寄せ付けないために随分と試行錯誤をしているようですね」

女はドアを閉めず、梨沙子の足元に目を落とした。ドアに挟んだ足を抜いて、通路に倒れた鉢植えを見下ろした。ゼラニウムの赤い花が咲いている。

「もう一度聞きます。東条桃香さんはどこですか？」

梨沙子は噛んで含めるように言った。

部屋の中で、カタン、と何かが倒れる音がした。女が背後を振り返る。ビニールテープを巻いた蝙蝠傘が転がっていた。

時間が停まったような沈黙。

「ちょっと待って」

女はドアを閉めると、チェーンを外してドアを開けた。梨沙子を玄関に引き入れ、すぐにドアを閉める。梨沙子はバッグに手を入れ、洋裁鋏を摑んだ。背筋を脂汗が流れる。

「あはは、取って食いやしないから大丈夫。東条はここにいるよ」

女は子どもみたいに笑った。

四畳半の部屋には炬燵机と座布団があるだけで、人の気配はない。

「どういうこと――」

「分かんないの？　東条桃香はわたしだよ」

9

「どこから話したもんかな」

東条桃香は梨沙子を座布団に座らせると、缶ビールを飲み干してゴミ箱に放り込んだ。

短い黒髪。眠そうな目。丸く潰れた鼻。座布団にあぐらをかいた女は、梨沙子が知っている東条とは何もかも違っていた。

「傘と猫の推理はなかなか面白かったけど、結論がおかしいよ。わたしを拉致した不審者はわたしの部屋の鍵を持ってたんだよね。なんでそいつは、自分の目印が付いた蝙蝠傘を、隣人の目に付く部屋の前に置いていったの？　鍵を持ってるんなら部屋の中に入れておけばいいと思うんだけど」

東条は呆れたような笑みを浮かべた。

「興奮してて頭が回らなかったんだと思います」

「わたしが不審者に運ばれるところを見たとも言ってたね。でも不審者は肩にラインの入ったシャツを着てたんでしょ。そいつがわたしをおんぶしてたんなら、わたしの腕が肩にかかるはずだから、肩のラインは見えないんじゃない？」

確かに彼女の言う通りだ。何度も思い返したはずの光景が、急にぼやけて像を結ばなくなる。

「それじゃ、あたしが見たのは――」

「わたしが佐川さんの脇に手を入れて、彼女を後ろから抱き起こしてるところだね。だから肩がはっきり見えたんだよ」

「どうしてそんなことを？」

「話すと長くなるよ。わたし、中三で両親が死んで、児童養護施設に入ったんだ。その施設に、すごく料理の上手《うま》い女の子がいてね。心臓に持病があるらしくて、口数も少ないんだけど、彼女が当番の日のご飯はいつも絶品だった。卒業してからは二人とも園畑に住んでたから、たまに街中《まちなか》ですれ違って、たわいもない思い出話をした。一度だけ家にも連れてってもらったかな。仕事はしてなくて、外出するのは病院に行くときくらいだって言ってた。それがこの部屋の本当の住人――」

「佐川茜さんですね」

「そう。一方のわたしは親の遺産で分譲賃貸のグリーンテラス園畑701号室に住み始めたんだけど、当時の彼氏がわたしを連帯保証人にして闇で金を借りまくった挙句《あげく》、泥酔して線路に落ちて死にやがってさ。借金を返すためにお水の仕事を始めたんだけど、いくら働いても借金が減らなくてね。すっかりノイローゼになって、街のちんぴらがみんな借金取りに見えるくらいだった」

梨沙子はポケットの中で、東条にもらったリップスティック型のスタンガンを転がした。

「そんなある日、寝酒をしながら窓の外を眺めてたら、河川敷で人がうつ伏せに倒れてんのが見えた。慌てて駆け付けると佐川さんだった。雨のせいでよく分からなかったけど、心臓は止まってたと思う」

東条は感触を思い出すように両手を見つめた。

「救急車を呼ぼうと思ったとき、ふと魔が差したの。この死体を隠して佐川さんに成りすませば、生き地獄から抜け出せるんじゃないかって。佐川さんは家族も友だちもいないし、近所付き合いもない。わたしと入れ替わっても気づく人は誰もいない。あの子には申し訳ないけど、借金取りに怒鳴られない生活を想像したら、わたしは誘惑に勝てなかった。

わたしはまず佐川さんのアパートに死体を運ぶことにした。わたしは佐川さんの脇に手を入れて身体を抱き起こし、橋の柵にもたれさせて仰向《あおむ》けに引っくり返してから、背中に乗せておんぶをした。あんたが見たのは佐川さんを抱き起こした場面だね」

東条は悪戯《いたずら》っぽく笑った。雷が光った瞬間、東条が人の背中にかぶさっているのを見て、梨沙子は東条が運ばれていると勘違いしてしまったのだ。

「わたしは佐川さんが持ってた鍵でドアを開け、死体をこの部屋に運んだ。それから夜が更けるのを待ってグリーンテラス園畑に戻り、自分の部屋から金目のものを持ち出した。蝙蝠傘を持って帰ったのはこのとき。行きは佐川さんの傘を使ったんだけど、あんまりボロボロだったから、帰りは自分の傘を使ったの。

翌日、不動産会社に電話をして、家財を処分するように伝えた。佐川さんの死体は一週間かけてばらばらにして、肉は川に、骨は山に捨てた」

「……その顔は？」

「借金取りにばれないように病院で弄ってもらった。鼻に入れてたプロテーゼと、埋没法の糸を抜いたくらいだけどね」

東条は腫れた瞼をそっと撫でた。102号室の角本は、橋の上から東条を見かけて、佐川の友人が部屋にいると思ったのだろう。外出時にサングラスとマスクをしていたのは手術後の腫れを隠すためだ。

「ごめんなさい。あたし、迷惑でしたよね」

梨沙子は頭を下げた。東条が潰れた鼻を膨らませる。

「そりゃそうだ。三日前、家に来たときは殺してやろうかと思ったよ」

「すみません」

「でも、心配されるってのも悪い気分じゃないね」

東条は腕を伸ばして布団に倒れた。

四畳半の部屋は黴と埃にまみれていたが、舞い上がった埃は眩しく光っていた。

「わたしのことは忘れていい。腹の子を大事にしてやれよ」

東条が天井を見上げたまま言った。

*

ドアを開けると、生ぬるい風が顔面に吹き付けた。

女は怪物のような風体《ふうてい》をしていた。眼窩《がんか》が窪《くぼ》み、頰は不健康にやつれているのに、乳と腹は重たく垂れ下がっている。妊娠七カ月くらいだろうか。髪を昔のわたしと同じピンクベージュに染めているのも不愉快だった。

「東条さん、本当に知りませんか？」女の声は震えていた。「娘がどこにもいないんです」

思わず胸がざわついた。本名で呼ばれるのは一年半ぶりだ。この女——田代梨沙子は、わたしが佐川茜に成りすましていることを知っていた。

「わたしのことは忘れてって言ったでしょ。それに——」

お前の娘が死んだのは、お前のせいだ。

喉元へ出かけた言葉を、ぎりぎりで吞み込んだ。

一年半前の記憶がふとよみがえる。わたしがスピカ園畑で暮らし始めた三週間後、梨沙子が突然、この部屋を訪ねてきたのだ。彼女はもっともらしい理屈をこねて、わたしが監禁犯だと言い募った。

梨沙子の言い分は的外れだったが、わたしには、彼女が自分を訪ねてきた理由が想像できた。理想に現実が追い付かないと、人は焦りや不安に呑まれ、ときに見当違いな行動を取る。当時の彼女は、一人前の母親にならなければという強迫観念に駆られ、ひどく空回りをしていた。向き合うべき問題に気づいているのに、それを認めるのが怖《こわ》くて、監禁犯を追うことで気を紛《まぎ》らわせていたのだ。

そんな梨沙子の姿が、両親の理想的な教育に囚《とら》われて二進《にっち》も三進《さっち》も行かなくなった、かつての自分に重なって見えた。だからわたしは、危険を承知で、自分の過去を打ち明けたのだ。覚悟さえあれば、人はどんな呪縛からも逃げられる。そんな想いが伝わってほしいと願っていた。

結果、どうなったか。一年半が過ぎても、梨沙子は見栄に執着し、夫のもとを離れられずにいる。あるときは人前で暴言を浴びせられ、あるときは痣だらけで部屋の外に閉め出され、それでもディナーには赤ん坊を置いて揚々《ようよう》と出かけていく。挙句の果ては、凝《こ》りずに二人目の赤ん坊をつくっているのだから手の施しようがない。

彼女は結局、変わらなかったのだ。

「何ですか。何か知ってるんですか?」

梨沙子はわたしの肩を摑んで、ぼろぼろと涙を落とした。傷んだ髪が顔にふりかかる。取り乱し方が一年半前の比ではない。

わたしはとっくに梨沙子に愛想を尽かしていたが、まさか彼女の娘を殺すことになるとは思っていなかった。702号室に忍び込んだのは、あくまで家賃を払うためだ。だがダイニングの奥の部屋を覗き、赤ん坊の顔を見た瞬間、わたしの胸にはっきりと殺意が芽生えた。赤ん坊の額に、青黒い痣があったのだ。

あれが虐待によるものかは分からない。だがあんな親のもとに生まれた子どもに、まともな人生が歩めるはずがないのだ。

わたしは彼女が不憫でならなかった。だから殺したのだ。

「ぜんぶ、お前のせいだよ」

気が付くと言葉がこぼれていた。

梨沙子が狐につままれたような顔をする。返事を待たずにドアを閉めた。

膝を折って蹲ると、瞼から右目に血が流れ込んだ。瞼の古傷は、軟骨を固定していた糸を抜いたときにできたものだった。

ドアの向こうから、梨沙子が娘を呼ぶ声が聞こえる。這うように便所へ駆け込み、腹の中のものをすべて吐いた。胃液の苦みに混じって肉の味がした。

赤ん坊を調理して食べたのは、罪悪感から自由になるためだ。彼女を殺した記憶を、些末《さまつ》で、取るに足らない過去の一つにしてしまうためだ。それなのに今も、喉の奥に、赤ん坊の記憶がべったりとこびり付いている。

トイレットペーパーで唇を拭《ぬぐ》い、首を上げて小窓を眺めた。

製油工場は何事もないかのように煙を吐き続けている。

ちびまんとジャンボ

Mystery Overdose

0

バケツのフタを開けると、フナムシがキィキィと耳障りな音を立てていた。

無数の触角がバケモノの体毛みたいに蠢《うごめ》いている。フナムシの大群が自分に襲いかかってくるような気がして、反射的にフタを閉めた。

「――最悪」

乾いた唇を舐《な》めて深呼吸をした。右手に持ったペンライトの明かりを除けば、地下倉庫は暗闇に覆《おお》われている。壁を照らすと、組み上げられた戸棚にバケツや機材が無造作に並んでいた。四階で行われているイベントの様子が脳裏によみがえる。

時刻は午前六時過ぎ。もうすぐ人通りが増え出す時間だ。躊躇《ちゅうちょ》している暇はない。ライトを床に置くと、ポケットから携帯用の灰皿を二つ取り出した。小銭入れほどの大きさで、どちらにもトリカブトの茎を乾燥させて磨《す》り潰《つぶ》した粉末が入っている。

息を止めると、バケツのフタを開けてフナムシに粉末を振りかけた。一カ所にかたまらないように灰皿を動かしながら、まんべんなく粉末をまぶしていく。

これで自分も人殺しだ。明日の夜、あいつはアコニチン中毒で死ぬ。

本当は人を殺したくはなかった。やつのことは憎んでいるが、自分の手で殺したいと考えたことは一度もない。それでも自分は、やつに毒を盛らなければならないのだ。脳裏に浮かぶのは、一緒に泥沼から抜け出そうと誓った友人の笑顔だった。

「最悪だよ」

灰皿の底を指で弾《はじ》くと、残っていた粉末がひらりとバケツに落ちた。

1

『――こちらが十四日の夜、ちびまんさんが参加したイベントが行われていたテナントビルです。一階には八百屋が入っています。四階のフロアで開催された早食い大会で、ちびまんさんがフナムシを喉《のど》に詰《つ》まらせ、意識を失ったまま舞台裏へ運ばれた――そんな証言が、イベントを観覧していた男性から寄せられました』

トレンディ俳優みたいな風采のリポーターが熱弁を振るっている。カメラがゆっくりとズームアウトし、スキヤキビルが四階までテレビに映った。

『ちびまんさんは家族や友人とも連絡が途絶えており、現在も安否の分からない状態が続いています。番組では早食い大会を主催していたもぐもぐ興行へ取材を試みましたが、イベントのチラシに記載された電話番号は解約済みのものでした』

テレビの明かりがちびまんの死体を照らしている。ちびまんは風俗情報誌の表紙モデルみたいに、美人だが個性のない顔をしていた。ワンピースには小便を引っかけたみたいなシミができている。

事務所には団子三兄弟が顔を揃《そろ》えていた。レザーチェアで脚を組んでいる態度のデカいデブが長男のもぐら、ソファで白湯《さゆ》を飲んでいる陰気なデブが次男のもぐり、部屋の真ん中でおれの両腕を締め上げている力士みたいなデブが三男のもぐるだ。この胃もたれしそうな三人組が、おれのばあちゃんを騙《だま》してケツの毛まで毟《むし》り取った挙句《あげく》、借用書と引き換えにおれの人生を奪ったもぐもぐ興行の役員たちだった。

「困ったな」

もぐらはテレビを消すと、億劫《おっくう》そうにちびまんの死体を見下ろした。役員名簿には三人仲良く名を連ねているが、事業に携《たずさ》わっているのは長男のもぐらだけで、もぐりともぐるが仕事をしているところは見たことがなかった。

「困ってんのはおれだよ。このデブを何とかしてくれ」

おれはうんざりした気分で言った。もぐるは一時間近く、ドラム缶みたいな図体でおれを床に押さえ付けている。うなじに鼻息が当たって気持ちが悪い。もぐるは三兄弟の中でも特盛りのデブで、不審者に腹を刺されても顔色を変えず、自分の脂肪を千切《ちぎ》って投げ返したという武勇伝を持っていた。

もぐらは気《け》だるそうに息を吐いて、床に押し付けられたおれの顔を見下ろした。

「自分がなぜ捕えられたか分からないのか？」

「それが分からねえんだ。まさかちびまんが死んだからとは思えねえしな」

おれは唇にくっついた埃《ほこり》を鼻息で吹き飛ばした。先週の大食いヘルス嬢バトルロイヤルでも、素人《しろうと》がパエリアに入ったカタツムリを喉に詰まらせて死んだばかりだ。参加者が死んだくらいで騒いでいたら仕事にならない。

「それはそうだ。大食いの他に取り柄のないバカが長生きしても意味がない」

「若い女は美味《うま》いしね」

もぐるが相槌《あいづち》を打つ。もぐるはＸＬサイズの胃袋を活《い》かして、二人の兄が殺した人間を処分する役目を果たしていた。

「でもな、バレたらダメなんだよ」もぐらが子どもを躾《しつ》けるみたいに言う。「さっきのテレビは何だ？　こいつが死んだことが世間にダダ洩《も》れじゃねえか。おれは口の軽いやつと正義ヅラしたやつが大嫌いなんだ」

「よく聞いてくれ。おれは悪くないんだ」

おれは首をもたげて言った。もぐらが苛立《いらだ》たしげに舌打ちする。

「お前はもぐもぐ興行のイベント運営責任者だ。どう考えてもお前が悪い」

「違う。ちびまんが死んだのを知ってるのは、あの日もぐもぐランドにいた一三五人のオタクだけだ。おれは全員に『何があっても自己責任、何を見ても口外しない』って誓約書を書かせてる。誰かが誓約を破って、マスコミに情報を流したんだ」

「分かってるよ。ちびまんのファンだろ」

「そうだ。だから悪いのはおれじゃない。その裏切者だ」

「誰が情報をリークしたか分かるのか？」

「リストがある。端から順に締め上げれば誰かが吐くだろ」

おれがオットセイみたいに上半身を持ち上げると、もぐるがおれの右腕を後ろに捻《ひね》った。身体《からだ》の中から杖を折ったような音が聞こえる。おれは悲鳴を上げて冷たい床に倒れた。

「すすむ、お前は事態の深刻さが分かってない。テレビも新聞もちびまん死亡疑惑を報じてる。この事務所にも今朝、週刊誌の記者が来たらしい。なあもぐる」

「うん。センズリこいて一本吸おうとしたら、ウツボみたいな女が玄関にいてびっくりした」

もぐるが気の抜けた声で答える。

「今ここにいるのも危ないってことだ。一三五人を締め上げる？　そんな能天気なことを言ってる場合じゃない」

「お前は警察を買いかぶりすぎだ。令状がなけりゃ事務所にも入れやしない。あと一週間は大丈夫さ」

「バカはそうやってヘマをやらかすんだ。一週間でできそうなことは大抵《たいてい》一日でできる」

「急に社長ぶり始めたな。とにかくオタクを締め上げるしかねえんだよ。こんなときのためにあのネクラを飼ってんだろ?」

　おれは顎《あご》でもぐりを指した。次男のもぐりは人間を解剖するために医学部へ入った筋金入りの人体破壊マニアだ。チンピラを腰まで土に埋めて稲刈り機で轢《ひ》き殺したり、老人の胃に手術で穴を開けて餓死《がし》させたりと、誰もやったことのない方法で人を殺すのが楽しくてしかたないのだという。

「もぐりに手伝わせるのか。悪くない。おいもぐり、じょうろだ」

　もぐらが言うと、もぐりは無言のまま立ち上がってロッカーからブリキのじょうろを取り出した。側面にもぐらマークのシールが貼られている。注ぎ口の先っぽが注射針みたいに尖《とが》っていた。最悪な予感がする。

「待てよ。おれを嬲《なぶ》っても何も解決しねえぞ」

「そうでもない。もぐる、すすむの頭を押さえろ」

　ニキビだらけの腕がおれの首を絞める。息を吸おうと口を開けた瞬間、もぐらがじょうろの注ぎ口を喉へ突っ込んだ。喉仏の裏の辺りに激痛が走る。腹の底から嘔吐《えず》きが込み上げた。

「ぴったりだ。こいつでお前の胃袋へちびまんの煮込みを突っ込んでやる。それからお前を川に投げ込むんだ。海辺で死体が見つかるまでにトンズラを決めれば、事件は変態カニバリストの猟奇《りょうき》殺人として片が付く」

「なるほど、兄ちゃんは天才だなあ」

　もぐるが腹の肉をぶるぶる震わせて笑った。ジョークでないことは分かっている。こんな八つ当たりみたいな計画で殺されたらとても成仏できない。

「はへ、はへふへ」

おれはもぐるの隙《すき》を突いて腕を伸ばすと、もぐらのズボンの裾を引っぱった。

「どうした、早くエサが欲しいのか？」

もぐらがじょうろを掻《か》き回すと、背筋に火箸を刺したような痛みが走った。唇からぬるぬるした液体が溢《あふ》れる。おれはうつ伏せに倒れると、マジシャンになった気分で口からじょうろを引っ張り出した。

「往生際《おうじょうぎわ》が悪いな」

「話を聞いてくれ」おれは咳《せ》き込みながら言葉を吐いた。「おれが悪かった。それは認める。でもおれは死にたくない」

「おれたちだってそうだよ」

「お前は勘違いをしてるんだ。おれを川へ流しても問題は解決しない」

「なぜだ？」

「ちびまんはフナムシを喉に詰まらせて死んだんじゃねえ。あいつは殺されたんだ」

おれは二時間ドラマの刑事みたいに啖呵《たんか》を切った。もぐらが胡散《うさん》臭《くさ》そうに目を細める。

「殺された？　大日本フナムシ食い王決定戦の最中にか？」

「そうだ。ちびまんはＢＡＫＡＧＵＩ時代から活躍するフードファイターだぜ。メシを詰まらせるようなヘマはしねえよ」

「根拠はそれだけか」

「あいつは試合中から様子がおかしかった。身体《からだ》がびくびく痙攣《けいれん》してたし、手も痺《しび》れてフナムシを摑《つか》めなくなっていた。メシを喉に詰まらせた連中とは明らかに違う。あいつは毒を盛られたんだよ」

「もぐる、こいつの言ったことは本当か？」

「さあ。食うのに夢中だったから分かんねえ」

もぐるが澄まし顔で応《こた》える。おれを締め上げているこの男も、大日本フナムシ食い王決定戦の決勝に参加していた。

「メシを食ってるとき、お前は何も考えてないんだな」

「兄ちゃんは何か考えてるのか？」

「当たり前だ。臭い、苦《にが》い、硬い、苦しい。いろいろある」

「そうか。おいらはモンスターだからみんなと違う。食えるものは人間でも食う、大食い糖尿モンスター。その名もジャンボＳＰだ」

もぐるは誇らしげに自身のファイトネームを唱えた。

「もぐり、お前はどう思う。ちびまんは毒を盛られたのか？」

もぐらが医学部の秀才に水を向ける。もぐりはおもむろに腰を曲げると、ちびまんの死体を眺めて頷《うなず》いた。

「質量分析計がないと断言できないけど、アコニチン中毒だと思う」

「アコニチン？」

「トリカブトに含まれる猛毒だよ」

「ほら、おれの言った通りだ。カニバリストが食材を手に入れるのに毒を使うと思うか？」

「うっかり胃袋の中身を食ったら死んじまうな」

「その通り。じょうろでおれの腹にちびまんの煮込みを突っ込んだところで、おれに濡《ぬ》れ衣《ぎぬ》を着せることはできないんだ」

「警察はそんな難しいこと考えないさ」

「百歩譲ってそうだとしても、ちびまんに毒を盛った真犯人は別にいる。お前らは一生そいつに怯《おび》えて暮らすことになる」

「大袈裟《おおげさ》だな。殺せばいいだろ」

「観衆の面前でちびまんを仕留めた切れ者だぞ。簡単に尻尾《しっぽ》を摑ませるようなタマじゃねえ。まして貴重な目撃者であるおれを殺したら、犯人にたどり着くのはますます難しくなる」

おれはヨダレを飛ばして言った。命がかかっている以上、足掻《あが》けるだけ足掻くしかない。

もぐらはレザーチェアに腰掛けると、もぐりの水筒を開けて白湯《さゆ》を喉へ流し込んだ。水筒の縁《ふち》からこぼれた水滴が、掌《てのひら》から肘《ひじ》の先へ伝い落ちる。おれを殺すか悩んでいるのだろう。もう一押しだ。

「おれに一週間くれ。ちびまんを殺した犯人を連れてきてやる」

「甘えるな」もぐらの声は乾いていた。「一日だ。明日の朝までに犯人を見つけろ。できなきゃお前を殺す」

「一日？　警察だって裏取りに一週間はかかるぜ」

「一週間でできることは大抵一日でできる。できないなら今すぐ死ね」

おれは深呼吸をして思考を落ち着かせた。犯人は大日本フナムシ食い王決定戦の観客の中にいるはずだ。炙《あぶ》り出す方法がきっとある。

「分かった。なんとかしてやる。ちなみに失敗したら？」

「同じだ。その場でお前を殺す」

じょうろの先っぽから血と痰《たん》の混じったどろどろが垂れ下がっていた。

＊

二日前の夜、もぐもぐランドは空前絶後の熱気に包まれていた。

「決勝戦の司会はわたくし、肉汁《にくじる》すすむが務めさせていただきます」

クイズ番組の司会者を真似《まね》たダミ声で叫ぶと、フロアから早くも歓声が上がった。ピンク色のTシャツを着た男たちが狂ったようにちびまんの名前を叫んでいる。もぐもぐランドでは連日のように大食い、早食い、ゲテモノ食いのイベントが開催されていたが、フロアが満員になるのは初めてだった。

「一人目の出場者の登場です。食えるものは人間でも食う、大食い糖尿モンスター、ジャンボSP！」

おれの紹介に続いて、もぐるがステージへ歩み出た。唇がぐいと持ち上がり、胃酸でガタガタの前歯が剝《む》き出しになる。ジャンボSPというファイトネームは、愛用している巨大なスプーンが由来だった。

もぐるはもぐもぐ興行の役員でありながら、白分たちが主催するイベントに出場して数々のタイトルを獲得していた。もぐるが優勝した分だけ、もぐもぐ興行は賞金の支出を減らすことができる。もぐるはもぐもぐ興行の金庫番であり、大食いファンにとっては憎らしい悪玉でもあるというわけだ。

「対する出場者の登場です。揚げまんじゅう屋が生んだ食いしん坊ムスメ、ちびまん！」

ちびまんがステージの袖から飛び出て会釈《えしゃく》をすると、フロアから割れんばかりの歓声が轟《とどろ》いた。ピンク色の応援団は「まん！」「まん！」と奇妙な雄叫《おたけ》びを上げている。

もぐもぐランドが異様な興奮に包まれているのにはわけがあった。ジャンボSPとちびまんの対決はこれが初めてではなかったのだ。

五年前、地方テレビ局が制作したBAKAGUIという深夜番組がきっかけとなり、第二次大食いブームが起きた。大食い競技を勝ち抜いたファイターが初代チャンピオンとなり、予選を勝ち抜いたチャレンジャーとの一騎打ちに挑むというのがBAKAGUIの基本ルールだ。大食い番組としては破格の三千万円の賞金や、試合中のトラブルをそのまま放送するドキュメンタリー風の番組作りも話題となった。そこで無敗のチャンピオンとして君臨したのがジャンボSPであり、チャレンジャーとして数々の名勝負を繰り広げたのがちびまんだった。

BAKAGUIが三年目に突入した矢先、ブームはあっけなく幕を下ろすことになる。小学生がBAKAGUIの真似をしてこんにゃくを喉に詰まらせ、病院へ運ばれる事故が起きたのだ。小学生は一命を取り留めたが、意識を取り戻したときには自分の名前も分からなくなっていた。BAKAGUIは放送中止に追い込まれ、第二次大食いブームは終焉《しゅうえん》を迎えた。

そこで頭を抱えたのが三流以下のフードファイターたちだった。ある者は体重が増えすぎて骨格が歪《ゆが》み、ある者は胃腸がボロボロになって食事と嘔吐《おうと》を繰り返すだけの肉の塊《かたまり》になっていたにもかかわらず、食いぶちの元の番組が突然なくなってしまったのだ。まともな仕事へも復帰できず、大食いでしか生計を立てられないデブが大量に生み出されてしまったのである。

そんな状況に目を付けたのがもぐらだった。当時のもぐもぐ興行は、ローカルタレントを脅迫し、地方の芸能事務所にノーギャラで仕事をさせる悪名高いイベント会社だった。BAKAGUIの放送終了を知ったもぐらは、弟のもぐるを足掛かりに三流フードファイターを掻き集め、独自の大食いイベントを開き始めた。BAKAGUIの終了に不満を抱いていた大食いファンを一手に呼び込もうと考えたのだ。

もぐらの目論見《もくろみ》は成功し、イベントは大きく賑《にぎ》わった。ＢＡＫＡＧＵＩチャレンジャーの中にはアイドル的な人気を持つ女性ファイターも多く、熱狂的なオタクがこぞってイベントに押し寄せた。もぐもぐ興行はスキヤキビルに専用のイベントスペース「もぐもぐランド」を開設し、イベントを連日開いて大食いファンの囲い込みに成功した。

雲行きが変わったきっかけは、もぐもぐ興行が新人ファイターの発掘を始めたことだった。ＢＡＫＡＧＵＩチャレンジャーを呼ぶだけでは集客に限りがあると考えたもぐらが、素人ファイターの参戦を解禁したのだ。

もぐもぐランドは地獄絵図と化した。予算をケチって事前審査を行わなかったため、ずぶの素人が賞金目当てにイベントへ押し寄せたのだ。素人ファイターはステージですぐにゲロを吐いた。観客ももらいゲロを吐いた。フロアに悪臭が漂《ただよ》い、意識を失って運ばれる観客が続出した。そんなイベントが続いたため、アイドルファイター目当てのオタクはたちまち会場から姿を消した。

だがタデ食う虫も好き好きというやつで、もぐもぐランドには吐物《とぶつ》まみれの試合を求めるカルトファンが集まるようになった。世間には人がゲロを吐くのを見て大はしゃぎする悪趣味な人種がいるのだ。もぐらも客層の変化に合わせて次々と過激なイベントを開催したため、もぐもぐランドは異様に生ゲロ臭い熱気を帯びるようになっていった。

そんな中で発表されたのが、アイドル系ファイターのカリスマとして抜群の人気を誇ったちびまんのもぐもぐランド参戦だった。種目はフナムシの早食い。ＢＡＫＡＧＵＩ時代には考えられないマッチメイクだ。ちびまんの参戦はさまざまな憶測《おくそく》を呼んだが、大食いファンの下馬評を裏切って予選を勝ち進み、ついに宿敵、ジャンボＳＰとの決勝に駒を進めたのだった。

「今日の試合はフナムシの早食いです。バケツに入った二十キロのフナムシを先に食べ終えた方が大日本フナムシ食い王となり、賞金三十万円を獲得します」

おれは手元のカンペを読み上げた。低い天井の下に一三五人の観客が鮨詰《すしづ》めになっている。

もぐらが考案したさまざまな競技の中でも、おれが一番嫌いなのがフナムシの早食いだった。二十歳《はたち》の夏に押入れでばあちゃんが腐っているのを見つけて以来、触角の生えたすばしっこい生物を見ると胃酸が込み上げてくるのだ。フナムシはゴキブリを潰して平べったくしたような見た目で、頭からは長い触角が、ケツからは枝分かれした尾が生えていた。エビと同じ甲殻類《こうかくるい》のくせに泳ぐのが下手《へた》で、海に落ちて死ぬこともあるらしい。おれは一刻も早くイベントを切り上げて、冷えた缶ビールを喉へ流し込みたい気分だった。

「なおこの試合はGルールで行います」

おれが言葉を付け足すと、ピンクTシャツの男たちが揃って顔をしかめた。アイドル系ファイターのちびまんにGルールは不利と悟ったのだろう。

ステージでは観客の右手にちびまん、左手にもぐるが座っていた。二人の距離は一・五メートルほど。ちびまんが真剣な顔でフロアを見渡しているのに対し、もぐるは退屈そうに天井の配管を眺《なが》めていた。

「Gルールでは試合開始から五分ごとに、照明を一分間落とすGタイムが設けられます。この一分間、ファイターは足元のエチケットバケツにゲロを吐くことができます」

おれはステージの中央へ進むと、長机にかかったテーブルクロスを捲《めく》った。二人の足元にアルミ製の特大バケツが一つずつ置かれている。

「ただしGタイム終了後に生きたフナムシがバケツに入っていた場合は、その時点で失格となります。

きちんと咀嚼《そしやく》してから飲み込むように気を付けてください。またGタイム以外にゲロを吐いた場合も失格です。お二人ともよろしいですね？」

もぐるとちびまんがばらばらに頷く。Gルールは本来の食事量を超えた大食いが可能になるため、好事家《こうずか》のファンからの支持が強かった。

「それでは今日の勝負を決める、二十キロのフナムシをお持ちしましょう」

おれは舞台袖に引っ込むと、台車を押してステージに戻った。荷台には生臭いバケツが二つ並んでいる。バケツの腹にはモグラをかたどったシールが貼られていた。もぐらが考案したもぐもぐ興行のロゴマークだ。

台車を止めると、バケツを持ち上げて机まで運んだ。二つ目のバケツを運ぶ途中で姿勢を崩し、危うく中身をぶちまけそうになる。見ればバケツの把手《とって》が外れかけていた。もしフナムシの大群に襲われたら泡を吹いて失神しかねない。おれは冷や汗をかきながら、バケツを二人の正面に並べた。

「それでは合図とともに試合を始めます。ジャンボSPとちびまん、大日本フナムシ食い王となり賞金三十万円を獲得するのはどちらか。皆さん、準備はいいですか？」

おれの裏返った声を、観客の歓声が掻き消した。

「よーい、もぐもぐ！」

おれは左右同時にバケツのフタを開けた。もぐるのバケツから水滴が流れ落ちる。

二人はほぼ同時にフナムシにかぶりついた。バケツの中からカサカサと不気味な音が聞こえる。大量の触角が縦横無尽に揺らめいているのを想像して、二日酔いの朝みたいな気分になった。

おれは腕時計を確認しながら上手《かみて》に移動した。ここまでイベントは順調に進んでいる。もぐるは身勝手なデブで、試合開始直後に騒ぎを起こすことが多いのだ。二日前のなめこ早食いトーナメントでも、なめこの量が多いと駄々をこねて、となりの出場者とバケツを取り替えさせていた。おれがきちんとバケツを計量していることを知っているくせにケチをつけるのだから質《たち》が悪い。

おれは柱に寄りかかってフロアを見下ろした。応援だかヤジだか分からない雄叫びが鼓膜に突き刺さる。「食え！」「飲み込め！」「吐け！」「殺せ！」「死ね！」「まん！」「まん！」

スタートダッシュはちびまんがやや優勢のようだった。ちびまんは一匹ずつフナムシに齧《かじ》り付くわんこそば方式で、フナムシを着実に胃へ流し込んでいる。一方のもぐるはBAKAGUI時代から愛用している巨大スプーンでフナムシをすくって、五匹くらいずつまとめて口の中へ押し込んでいた。殻が硬いフナムシにまとめ食いは向いていないようで、咀嚼から嚥下《えんげ》までにかなり時間がかかっている。

「まもなく一回目のGタイムに入ります。五、四、三、二、一、スタート！」

おれは叫びながら、柱の裏のスイッチを下ろした。天井のライトが消え、視界が闇に包まれる。ステージからちびまんの嘔吐きと、バケツへゲロが落ちる音が響いた。フロアからも息を呑《の》む音が聞こえる。おれは柱の裏で蛍光腕時計を見つめた。

「あと五秒でGタイム終了です。三、二、一、試合再開！」

ふたたびライトを灯《とも》すと、二人はすでにフナムシを食べ始めていた。もぐるが口を開いて豪快なゲップをかます。

おれはステージの中央へ進んでテーブルクロスを捲り、腰を屈《かが》めてエチケットバケツの中を確認した。ちびまんのバケツにはフナムシの残骸や生臭い体液が散らばっているが、もぐるのバケツは空のままだ。Gタイムを無視してメシを食い続け、相手と差を付けるのがもぐるの戦術なのである。

「不正なし！　続行！」

腰を上げて叫ぶと、上手に移動してふたたびフロアを見渡した。ちびまん応援団の顔から血の気が引いている。ちびまんの目は赤く腫《は》れており、居酒屋を蹴《け》り出された酔っ払いみたいな顔になっていた。ワンピースにもシミができている。好きだったアイドルの嘔吐直後の顔を見たら、ファンの具合が悪くなるのも無理はない。

「おい、司会者！　便所はどこだ！」

フロアの真ん中あたりから罵声《ばせい》が飛んだ。中年男のとなりで、ピンクTシャツのダルマみたいな男がうずくまっている。もらいゲロをもよおしたらしい。

「この階にトイレはありません。一階の共有トイレを使ってください」

おれはぶっきら棒に答えた。本当はフロアのすぐ後ろにトイレがあるのだが、先週の大食いヘルス嬢バトルロイヤルで死んだエクレアという女が大量のゲロを吐いたため、便器が詰まってしまったのだ。うっかり観客がクソをしないように、トイレのドアはジャンボSPの等身大ポスターで覆い隠してあった。

ダルマ男は口を押さえたまま、ふらふらとフロアを出て行った。

それからもGタイムを重ねるたび、ちびまんはますます苦しげになった。顔が土気色《つちけいろ》になり、頬《ほお》や唇がぴくぴく痙攣している。手から落ちたフナムシが逃げ出しそうになる一幕もあった。

一方のもぐるはというと、ぐぼぅ、げぶぇ、んぐぅ、と牛みたいなゲップを連発しながらも、スタートからペースを落とさずにスプーンを動かし続けていた。カレーでも食べるような顔で、平然とフナムシを頬張り続けている。やはりBAKAGUI初代チャンピオンの実力は伊達《だて》ではない。

異変が起きたのは五回目のGタイムだった。おれがライトを消すのとほぼ同時に、

「おえええええええええええっ！」

もぐるが凄《すさ》まじい嘔吐き声を上げたのだ。気の早いファンが口笛を吹く。もぐるが勝ち試合で見せる、定番のまとめゲロだった。

Gタイムが終わると、ふたたびエチケットバケツをチェックした。もぐるのバケツになみなみとゲロが入っている。咀嚼はちびまんよりも荒いが、生きたフナムシは見当たらなかった。

「不正なし！　続行！」

顔を上げると、もぐるが残りわずかのフナムシをスプーンですくいとるところだった。これは勝負ありだ。やはり初参戦のちびまんにGルールは過酷《かこく》だったのだろう。

「……なんで？」

ちびまんの擦《かす》れ声が響く。

目を向けてぎょっとした。ちびまんの全身がバイブみたいにぶるぶる震え、今にも椅子《いす》から転げ落ちそうになっている。ケツからぶりゅりゅりゅと下品な音が聞こえた。明らかに様子がおかしい。

「だ、大丈夫か？」

ちびまんはもぐるを横目に見ると、両手で摑んだフナムシを無理やり口へ押し込んだ。活け造りの鯛《たい》みたいに首が跳ね上がる。鼻と口から勢いよくゲロが噴き出し、おれの顔面を直撃した。

「うえ！」

おれはゲロにまみれて足を滑らせ、ステージから落っこちた。フロアから悲鳴が上がる。首を起こして周りを見ると、おれを避けようとした観客が将棋倒しになっていた。

「ちびまん選手、嘔吐のため失格！　勝者、ジャンボSP！」

おれはゲロねずみのままステージに這《は》い上がると、もぐるの左手を摑んだ。肩から上がゲロで生温かい。ちびまんは頭をバケツに突っ込んでうつ伏せに倒れていた。

「死んじまうぞ！　何やってんだ！」

観客の下敷きになったピンクTシャツの男が叫んだ。

「うるせえな」

おれはちびまんを荷台に載せると、舞台袖へ運んだ。出場者が倒れたくらいで騒いでいたら、もぐもぐランドの司会は務まらない。観客のヤジは耳に入らなかった。

「えー、ちびまん選手は手当てを受けていますのでおかまいなく。大日本フナムシ食い王のタイトルを獲得したジャンボSP選手に大きな拍手を」

おれはステージに戻るなり叫んだ。もぐるが嬉《うれ》しそうに笑いながら、特大のゲップを決める。ピンク色の集団はパニックを起こしかけていた。

「ジャンボSP選手の獲得タイトルは十七となりました。さすが糖尿デブの怪物！　名勝負を繰り広げたちびまん選手にも大きな拍手を！」

カンペをしまいながら舞台袖に目をやると、ちびまんがゲロにまみれて動かなくなっていた。

2

もぐもぐ興行の事務所を蹴り出されたおれは、中学校の同級生で成績が一番良かった馬喰山《ばくろやま》を訪ねることにした。一日で犯人を捕まえるなんて真似は頭の良いやつにしかできない。餅《もち》は餅屋というやつだ。

「キミ、腕折れてるよ。大丈夫？」

馬喰山はわざとらしく話題を逸《そ》らすと、壁の時計へ目を向けた。すでに午後四時を過ぎている。のんきにおしゃべりしている暇はない。

「話を聞いてたか？　明日までに犯人を見つけねえと殺されちまうんだ。ぶよぶよになって海に浮かぶのに比べりゃこんなの擦り傷だろ。頼む。知恵を貸してくれ」

「どうしてぼくなのさ」

馬喰山は心底迷惑そうな顔をした。

「耳かき水没事件を覚えてるか？　おれはあんときから、お前が天才だと信じてたんだ」

おれは噛《か》んで含めるように言った。中学一年の頃、授業参観に来たばあちゃんが、大切な耳かきを校庭の池に落としたのだ。池の底を浚《さら》ってほしいと頼み込んでも、教師どもは適当にあしらうばかり。落ち込んでいたおれに、救いの手を差し伸べたのが馬喰山だった。この小賢《こざか》しいクラスメイトは、校長のハンコを盗んで池に投げ込んだのだ。校長の命令により、教員たちは総出で池の水を抜く羽目になった。馬喰山は一滴も汗を流さず、池から耳かきを見つけてみせたのだ。

「お前、便利屋になったんだろ。さすがだ。天職だと思うぜ」

「弁理士だよ」

「便利ってことだろ。とにかく助けてくれ」

「勘弁してよ。ぼくはキミらみたいな地元のワルガキとは縁を切ったんだ」

馬喰山は怒りと悲しみの入り交じった複雑な顔をした。何やら事情がありそうだが、こちらも引き下がるわけにはいかない。

「頼む。おれの知り合いで大学を出てんのはお前だけなんだ」

「大学は関係ないよ」

「出来の良い人間はだいたい大学を出てる」

「キミだって中学の成績は悪くなかったでしょ」

「算数と理科だけな。ばあちゃんに計算ができると金持ちになれるって聞いてがんばったんだ。あとは全部ダメ」

「知らないよ。ぼくはもう子どもじゃない。押しかけられても迷惑だよ」

ドアをノックする音がして、秘書らしい三十女が煎茶《せんちゃ》を運んできた。タヌキみたいなふくれっ面《つら》の美人だ。おれが鼻息を荒《あら》らげていると、女は逃げるように応接室を出て行った。おれのシャツのシミが気に入らないらしい。

「お前の愛人か？」

「そんなわけないでしょ」

馬喰山が目を泳がせる。分かりやすいやつだ。テカテカの前髪からポマードの臭《にお》いがした。

「お前の嫁、水死体みたいな顔してたよな。屍姦《しかん》だけじゃ物足りねえのか」

「次のアポまで一時間だけ話を聞いてやる」

「だと思った」

おれは一昨日《おととい》の大日本フナムシ食い王決定戦で目にしたものを、細大洩らさず話して聞かせた。馬喰山は二度トイレに行ってゲロを吐いた。

「ぼくはテレビは見ないんだけど、ジャンボSPって名前は聞いたことがある」

馬喰山はおれの分まで煎茶を飲み干して言った。

「あぐりマンに刺された事件が話題になったからな」

「あぐりマン？」

「素人ファイターだ。元引きこもりで、試合に負けた腹いせにジャンボの脇腹をぶっ刺したんだ。ジヤンボは贅肉《ぜいにく》クッションのおかげでびくともしなかったって噂《うわさ》だけどな」

「きなくさい業界だね」馬喰山が眉をひそめる。「とりあえず一昨日の事件で使われた毒の名前を教えて」

「あほちんこ」

「アコニチンか」

馬喰山はノートパソコンのキーボードを叩《たた》いた。

「致死量は二から六ミリグラム。症状は口唇《こうしん》や舌の痺れに始まり、手足の痺れ、嘔吐、腹痛、下痢、不整脈、血圧低下、痙攣、呼吸不全など。加熱するとアコニンに変化して毒性が二百分の一になるんだって。トリカブトならうちの実家にも生えてたから、入手経路から犯人を絞り込むのは難しいね」

「待ってくれ。加熱すると毒性がなくなるのか？」

おれは馬喰山の背中ごしにノートパソコンを覗《のぞ》き込んだ。

「それがどうしたの」

「ちびまんの死体も煮込めば食えるってことだろ。嫌な予感がする」

「煮込む？　死体を？」

馬喰山は豚のクソを舐めたみたいに怪訝《けげん》な顔をした。

「それより犯人捜しだ。おれはジャンボの古参オタクが怪しいと思う。ちびまんみたいなアイドル系ファイターを毛嫌いするオタクは多いからな」

「どうだろう。その場合、犯人はちびまんだけを殺せる自信があったことになる。キミは二つのバケツをどっちの前に置くか決めてたわけじゃないんでしょ。犯人がちびまんを狙《ねら》い撃ちにするのは簡単じゃないよ」

馬喰山はこともなげにおれの推理を打ち砕いた。

「やっぱりお前、賢いな」

「何にせよ、犯人にはちびまんのバケツに毒を入れる機会があったことになる。混入経路を考えてみよう。フナムシの入ったバケツは本番までどこに置いてあったの？」

「控室だ。舞台袖から廊下を十メートルくらい進んだところにある。試合開始の十分くらい前に、おれが台車で舞台袖まで運んだ」

「控室への出入りはどうなってた？　観客でも忍び込めるの？」

おれは一昨日の控室の光景を思い浮かべた。もぐるの陽気な鼻歌と、ちびまんの険しい表情がよみがえる。

「無理だ。錠はかけてねえけど、ジャンボとちびまんはずっと控室にいたし、おれも頻繁に出入りしてた。誰かがバケツに毒を混ぜてたらバレるはずだ」

「バケツを舞台袖に運んでから本番までの十分間は？」

「それも無理だ。おれは照明や音響の調整でずっと舞台袖にいた」

「なら考えられるのは試合中だね」

「試合中？」おれはオウム返しに尋ねた。「何だそりゃ。観客がステージに毒団子を放り込んだってことか？」

「違う。ステージにいたキミ、ちびまん、ジャンボの中の誰かが、観客の目を盗んでバケツに毒を入れたんだ」

「おれは犯人じゃねえぞ」

「ならジャンボだね。ジャンボが宿敵を殺すために、Gタイムにとなりのバケツに毒を入れたんだ」

「ねえよ。二人の椅子は一・五メートルくらい離れてる。立ち上がって毒を振りかけたら気配や物音でバレるだろ」

「じゃあちびまんだ。彼女は自殺のために自分で毒を飲んだ」

「もっとねえよ。あいつはブルブル震えながら、びっくりして『なんで？』ってつぶやいてた。自分で毒を食らったんならあんな顔にはならねえだろ」

「騙されてたんだよ。フナムシって生臭いんでしょ？　犯人は臭みを消す薬味だとか言って、ちびまんにアコニチンをかけさせたんだ」

「死んだあとで服をさらってみたけど、毒を入れるような容器はなかったぞ」

「じゃあダメだね」馬喰山はあっけなく矛《ほこ》を収めた。「本番前も本番中も犯人がバケツに毒を入れるチャンスはなかった。となると毒はもっと前から入ってたことになる。フナムシの入手経路が知りたいな。キミが一匹ずつ捕まえたの？」

「まさか。もぐらが金を貸してるウニカメ水産って会社の従業員に、浜辺で集めさせたんだ。あいつらがもぐもぐ興行を嵌《は》めるために毒薬をぶっかけたのか？」

「違う」馬喰山は首を横に振る。「それならジャンボも死ぬはずだからね。毒が混入したのは、キミがフナムシを二つのバケツに分けたあとだ」

「それもそうだな」

「だいぶ絞られてきたよ。フナムシはいつ会場へ届いたの？」

「本番前日の昼過ぎだ。ウニカメの社長が魚籠《びく》に入れて持ってきたのを、おれが受け取って地下倉庫に運んだ。二十キロずつ量《はか》って二つのバケツに分けたのもこのときだ」

　思い出すだけで虫唾《むしず》が走る。

「地下倉庫？　それは会場と同じ建物？」

「そうだ。控室は作業するには狭いからな。四階へ運んだのはイベント当日の午後だ」

「つまりバケツは地下倉庫に一晩置きっ放しだったんだね。倉庫の戸締りはどうなってるの」

「してねえよ。盗むようなもんはねえし」

「それだ。犯人は倉庫へ忍び込んで、フナムシにアコニチンをまぶしたんだよ」

「なるほど、ありえるな」おれはゆっくり頷いた。「となると、犯人は？」

「キミがイベント用の食材を地下に保管してることを知ってたやつだ。誰か思い当たる人がいるんじゃない？　酔った拍子に仕事の愚痴を言った相手とか」

「そもそも隠れて運んでたわけでもねえからな。あの辺りは人通りも多いし、おれを見張ってれば誰でも分かるだろ」

「そうなの？　じゃあ犯人は分からないや。もぐもぐ興行のことが嫌いなどっかの誰かだね」

「は？」おれは馬喰山の胸ぐらを摑みそうになった。「分からねえの？」

「しかたないでしょ。錠の閉まってない地下倉庫にバケツを放置したキミが悪い」

「ふざけんなよ。犯人は一三五人の観客の誰かだろ？」

「可能性は高いだろうね。犯人が現場に戻ってくるってのは本当みたいだし。でも断言はできない」

「待て。今のは何のための演説だったんだ。お前の舌はクソの役にも立たねえな」

デスクの電話が鳴った。馬喰山が受話器を取り、相槌を打ってこちらを振り返る。

「愛人か？」

「来客だよ。もう帰ってくれるかな」

「おれを見殺しにすんのか。同級生が水死体になってもいいのか？」

「あと十秒で部屋を出ないと、業務妨害で警察を呼ぶ」

馬喰山は受話器を握ったまま言った。目ん玉に気迫がこもっている。

「クソ野郎。生き延びてお前の愛人の尻にフナムシを突っ込んでやるから覚えとけよ」

おれは捨て台詞《ぜりふ》を吐いて、馬喰山の事務所をあとにした。

3

見覚えのない男女が、スキヤキビルの入り口を見張っていた。

どちらも肩からデカいバッグを提げている。警察官にしては女の化粧が濃すぎるから、新聞か週刊誌の記者だろう。

「こちらのビルの方ですね？」

「もぐもぐランドで行われているイベントについてはご存じでしたか？」

エントランスに入ると、案の定、男女がばらばらに声をかけてきた。男が無理やり名刺を押し付けてくる。腕をへし折ってやりたいところだが、騒ぎを起こしても自分の首が絞まるだけだ。おれは黙ってエレベーターに乗り込んだ。

四階で降りると、裏口からもぐもぐランドの控室へ入った。金庫のダイヤルを回し、誓約書の束を取り出す。観客の名前をインターネットで検索して、怪しいやつを見つける作戦だった。こんなイベントを観にくる連中だから、脛《すね》にキズのあるやつもいるだろう。そいつがクロなら大当たりだし、シロでも犯人に仕立て上げるしかない。賢い作戦とは言えないが、他に方法は思い付かなかった。

丸椅子に腰を下ろして、パソコンの電源を入れる。煙草《たばこ》に火を点《つ》けたところで、背後のドアが開いた。

「こんにちは」

振り返るのと同時にシャッター音が響いた。厚化粧の女がレンズを覗いている。年齢は二十代半ば。エントランスで馴《な》れ馴《な》れしく声をかけてきた、あいつだ。

「勝手に撮るんじゃねえよ。誰だてめえは」

「週刊ゴアの真野《まの》マリナです」

女が背を伸ばしたまま言う。息を吸うたびに薄い唇がぱくぱく開く。もぐもぐ興行の事務所に現れたというウツボ女はこいつだろう。

「今すぐ出ていけ。警察を呼ぶぞ」

「捕まるのはあなたですよ、肉汁すすむさん」

女は気の強そうな眉を吊《つ》り上げて笑った。その表情にふと既視感を覚える。数日前にももぐもぐランドで同じ顔を見た記憶があった。

「お前、大日本フナムシ食い王決定戦の観客か？」

「よく覚えてますね」女はくるりと目を回した。「地下フードファイトの記事を書こうと思って、たまたま一昨日の試合を見にきたんです。ジャンボSPとちびまんさんのカードは話題でしたからね。もぐもぐランドは初めてだったので、Gルールの説明を聞いたときは驚きました」

「そしたらちびまんがゲロを噴いてぶっ倒れたわけか。運の強いやつだな」

「こうして司会者さんとも再会できましたしね。少し力を貸してもらえませんか？」

おれは腰を上げると、スニーカーで女の腹を蹴り飛ばした。女の口からゲロが飛び散る。後頭部がドアに激突し、腰を折ってうずくまった。足元に携帯用のナイフとスタンガンが落ちる。

「何だこりゃ。やる気マンマンだな」

「護身用です」

「あいにくおれは立て込んでんだ。ケンカしてる暇はない。二度と来るな」

おれはナイフとスタンガンをポケットにしまった。

「話を聞いてください。あなたは嵌められてます」

女は老婆みたいに顔を歪めて言った。おれが嵌められてる？　こいつは何を言っているんだ。

「鎌をかけたつもりか」

「違います。あたしはちびまんさんに毒を盛った犯人を知ってます。でも記事にするには証拠が足りません。だからあなたの力が必要なんです」

女の声は真剣だった。

「犯人を知ってる？」

「はい。ちびまんさんを殺したのはジャンボSPなんです」


イベントフロアで待つよう真野に伝えると、おれは控室のドアを閉めて深呼吸をした。

もぐるが犯人？　そんなことがありえるのだろうか。

計画的に人を殺すような知恵がバカの三男にあるとは思えない。真野の言ったことが本当だとしても、もぐるは単なる実行犯で、計画を立てたのはもぐらだろう。となればおれに命じられた犯人捜しも、端《はな》から茶番だったことになる。

だがもぐるは本当に犯人なのだろうか？　馬喰山との話し合いの結論は、犯人が地下倉庫に忍び込んでバケツに毒をまぶしたというものだった。もぐるが犯人だとすると、もぐらは二分の一の確率で弟が毒を食う危険を冒したことになる。あの男が立てた計画にしては、あまりに杜撰《ずさん》だ。

「――――」

一つの考えが頭に浮かんだ。

いつも怠けてばかりの脳細胞が猛烈に動き始める。この推理が正しければ、もぐらの態度にも、ステージで起きたことにも説明がつく。

おれはジャケットから携帯電話を取り出し、もぐもぐ興行の事務所の番号を鳴らした。十秒ほど発信音が続いたあと、受話器を取る音が聞こえた。

「すすむだな。もう降参か？」

もぐらの得意顔が瞼《まぶた》に浮かぶ。

「違《ちげ》えよ。話したいことがあるんだ」


廊下を抜けてイベントフロアへ向かうと、真野がステージの縁に腰掛けていた。

見慣れたフロアに違和感を覚える。ジャンボＳＰの等身大ポスターが斜めに傾いていた。もぐらたちに見張られているようでうんざりした気分になる。

「あの、すいません」

真野がしおらしく肩をすぼめ、ポスターの前の床を指した。タイルの上で特大のゲロが飛沫《しぶき》を散らしている。おれに腹を蹴られたのが応えたらしい。

「気にすんな。ここじゃゲロは挨拶《あいさつ》みたいなもんだ」

おれはステージからフロアへ下りると、壁に寄りかかって煙草を咥《くわ》えた。

「あたしに協力してくれるんですか？」

「それはお前の話を聞かなきゃ決められねえよ。なんでジャンボが犯人だと思ったんだ？」

真野は不安そうに言葉を詰まらせたが、覚悟を決めたらしく静かに口を開いた。

「一昨日の大日本フナムシ食い王決定戦でちびまんさんを殺す理由が、ジャンボにしかないからです。他の誰かが犯人なら、わざわざイベント本番中に殺す必要はありません。帰り道に頭でもぶん殴《なぐ》ってやればいいんです」

「ジャンボだって同じじゃねえか」

「違います」真野が首を振る。「ジャンボはフナムシ早食いの参加者ですから、バケツの並び順によってては毒を摂取しかねない状況でした。二分の一の確率で命を落とす危険を冒してまで、ちびまんさんに毒を盛ることはありえない――誰もがそう考えるはずです。ジャンボはイベント中にちびまんを殺すことで、心理的なアリバイを得ることができたんです」

「なるほど。つまりちびまんだけに毒入りフナムシを食わせるトリックを使ったってことだな」

「少し違います。ジャンボは片方のバケツではなく、両方のバケツに毒を入れていたんです」

「それじゃジャンボも中毒になっちまうぞ。あのデブが毒に強い特殊体質だったってのか？」

「そんな人間はいません。大日本フナムシ食い王決定戦を観戦する前から、あたしはジャンボＳＰの周辺取材を進めていました。ＢＡＫＡＧＵＩ時代から現在まで、彼はあらゆる大食い競技で異様な強さを誇っています。特にもぐもぐランドで行われるフナムシ早食い競技の戦績は驚異的で、ほとんど無敗と言える状態です。彼に敗れたファイターから話を聞くうちに、あの人間離れした食いっぷりにカラクリがあるような気がしてきたんです。あたしは引退したファイターたちへの取材を重ねる中で、あぐりマンという男に出会いました」

あぐりマン。聞き覚えのある名前だった。

「ジャンボをぶっ刺したオタク野郎だな」

「ええ。彼は実家に十年以上引きこもった挙句、高級ヘルスに嵌まって実家のうどん屋を潰し、一攫《いっかく》千金《せんきん》を夢見てもぐもぐランドの熱湯がぶ飲みバトルロイヤルに出場します。持ち前の根気強さで予選を勝ち進みましたが、決勝でジャンボSPにボロ負け。路上でヤケ酒を呷《あお》っていたところでジャンボに遭遇し、腹を刺したんです」

「ジャンボは脂肪を千切って投げ返したんだろ？」

「それは知りませんが、刺されても涼しい顔をしていたのは本当みたいです。あぐりマンからこの話を聞いて、あたしはようやくジャンボのカラクリが分かりました」

「どういうことだ」

思わず身を乗りだして尋ねる。

「ジャンボは胃袋にチューブを刺して、口から食べたものを体外へ排出していたんです。ジャンボの腹に垂れ下がっていたのは贅肉ではなく、ゲロを溜《た》めておくタンクでした。もぐもぐ興行の役員には医大卒の男がいますね。もともとはＢＡＫＡＧＵＩの賞金三千万円を獲得するために、その男が胃にチューブを刺す手術を施したんだと思います」

「なるほど。あいつらならやりそうだな」

おれは真野の推理に感心していた。もぐりは半年ほど前、老人の胃に穴を開けて餓死させたことがある。弟の胃にチューブを突っ込むくらいは朝飯前だろう。

「もう一つ証拠があります。一昨日の試合中のジャンボには妙なところがありました」

「いつも通りのクソデブ野郎だったぞ」

「普段の試合よりも、ゲップの数が多かったんじゃありませんか？」

真野が喉を指して言う。

「確かにうるさかったな」

「ですよね。ジャンボの体型が試合の前後で変わっていないことから、タンクは伸縮しない固形の素材でつくられていることが分かります。試合前、タンクの中には空気が入っているはずですね。試合が始まり、タンクにゲロが流れ込むと、タンクの中の空気は胃袋へ押し出されます。ジャンボのゲップの正体は、タンクから溢れた空気だったんです」

おれの鼓膜にぐぼぅというゲップの音がよみがえった。

「一昨日の試合でもイカサマをしてたってことか」

「はい。ジャンボが中毒を起こさなかったのはこのトリックを使っていたからです。ジャンボのバケツにもちびまんと同じ猛毒が入っていましたが、食道から胃へ入ったところで体外に排出されるため、身体に吸収される量は大幅に少なくなります。実際は毒物が致死量に達しないよう、医大卒の男が摂取量を調整したんだと思います」

「でも五回目のGタイムのあと、おれはあいつのエチケットバケツになみなみとゲロが入ってんのを見たぜ。胃の中身がタンクに洩れてたんなら、あのゲロは何だったんだ」

「もちろんジャンボの吐いたゲロです。バケツに毒を入れたといっても、実際に付着しているのは上の方のフナムシだけでしょう。タンクのサイズを調整して一定量のゲロだけが体外へ排出されるようにしておけば、バケツの下の方のフナムシは普通に胃袋に溜《た》まります。これならゲロを吐くこともできますし、観客に怪しまれる心配もありません」

「ずいぶんと綱渡りだな。うっかり毒を吸収しちまったらあの世行きなんだぞ」

「だからあなたに司会をやらせたんですよ。いざというとき罪をかぶせるために」

真野はおれを嘲笑《あざわら》うような顔をして、すぐに口元を隠した。

「最悪なアイディアだな」

「その通りです。あなたが生き延びるには、イカサマの証拠を摑んで警察に駆け込むしかありません。ジャンボが昼寝してるところに忍び込んで、タンクを撮影するんです。どうです、あたしと手を組む気になりましたか？」

「大変光栄なお誘いだ」

おれは煙草を床に放り捨て、スニーカーで火を踏み消した。ステージへ上り、控室へ続くドアに手を掛ける。真野が不思議そうに首を傾《かし》げた。

「悪いがおれには、のんびり証拠を探してる暇がないんだ。さっさと決着を付けよう」

おれがドアを開けると、真野は目尻が裂けそうなほど両目を見開き、口をぱくつかせながらステージから落っこちた。地震みたいにフロアが揺れる。

ドアの向こうには特大の肉がひしめきあっていた。

「押すなよ、兄ちゃん。開いちゃったぞ」

「おれのせいじゃない。勝手にドアが開いたんだ」

「すすむのせいだろ。おいバカ、脅かすな」

「あ、ウツボのお姉さんだ。こんばんは」

野太い声が三つ、フロアに響き渡る。豚小屋の柵が壊れたみたいに、団子三兄弟がステージへ転がり出てきた。

「話があるとは言ったが、盗み聞きをしろと言った覚えはねえぞ」

「おれたちは大人だからな。お前らのアツアツな雰囲気を壊さないでやったんだ。それでいったい何の用だ？」

もぐらが減らず口を並べる。

「ほざいてろ。おれはお前との約束を果たした」

おれは仰向《あおむ》けに引っくり返った真野を見下ろして言った。

「ちびまんを殺したのはこいつだ」

4

「面白そうだな。話を聞いてやる」

もぐらはおれと真野の顔を見比べて、ニヤニヤと品の悪い笑みを浮かべた。

「まずこの女を取り押さえてくれ。おれの命はこいつの首にかかってんだ。逃げられたらシャレにならねえ」

「そうだな。もぐる、こいつが逃げられないようにしろ」

もぐらは楽しそうにもぐるのケツを叩いた。

「オッケー。おいらに任せろ」

もぐるはステージを飛び降りると、真野の頭を摑んでタイルに叩きつけた。スイカを潰したみたいに鼻血が飛び散る。

「バカ、何やってんだよ」

もぐらが苦笑しながらもぐるの頭を突《つっ》く。

「これで逃げられない」

もぐるは得意そうに胸を張った。真野は死にかけのセミみたいに小刻みに震えている。ひん曲がった鼻をもぐりが嬉しそうにつねった。

「で、この女が何をしたって？」

もぐらが顔を上げる。おれはごくりと唾《つば》を飲んだ。

「こいつのやったことを知るには、まず一昨日の大日本フナムシ食い王決定戦で起きたことを正しく理解しておく必要がある。もちろんお前らが仕込んだトリックについてもだ」

「胃袋にチューブをぶっ刺すやつか？」

「それはこの女の妄想《もうそう》だ」

おれは真野の鼻を指した。

「なんでそう言い切れるんだ？　もぐるの腹にはタンクがぐるぐる巻きになってるかもしれないぜ」

もぐらが子どもをからかうような笑みを浮かべる。

「違う。今朝、押さえ付けられたとき、こいつの身体はドラム缶みたいに重かった」

「朝飯がタンクに溜まってたんだな」

「そんなわけねえだろ。仮にもぐるの胃にチューブが刺さってたとしても、あほちんこを体外に排出するトリックは成功しない」

「証拠はあんのか」

「ある。五回目のGタイムのあと、もぐるが吐いた特大のゲロだ」

おれはもぐらを見返して声を張った。

「ゲロ？」

「ああ。おれはばあちゃんのおかげで理科が得意なんだ。この女の言う通りなら、試合の終盤にはもぐるの胃袋もタンクもゲロでぱんぱんだったことになる。タンクに入っていた空気は、すべてゲップとして外へ出たあとだ。この状態で胃袋のゲロを吐いたら何が起こる」

「ははん」もぐらが顎を撫《な》でた。「逆流だな」

「そうだ。胃袋とタンクをチューブでつないだ状態で、胃袋のゲロが外へ飛び出たら、タンクのゲロも同時に胃袋へ逆流する。とはいえチューブは食道よりも切り口の面積が小さいはずだから、タンクから胃袋へのゲロの移動にはより時間がかかる。胃袋とタンクの中身を同時に吐き切ることはできない。嘔吐が終わった時点で、タンクから逆流したゲロは胃袋に留まっていたはずだ。このゲロにはあほちんこが含まれてるから、胃粘膜から吸収すれば確実に死ぬ。もぐるがぴんぴんしてんのが、この女の推理がデタラメな証拠だ」

「なるほど。おいもぐる、お前が証拠だぞ」

もぐらがもぐるの腹を突くと、

「おいらが証拠かあ」

もぐるはまんざらでもなさそうに頭を掻いた。

「これで話が振り出しに戻ったわけだ。おれたちはイカサマをしていなかった。犯人はどうやってちびまんに毒を飲ませたんだ？」

「違う。胃にチューブをぶっ刺さなかっただけで、お前らがズルをしていたのは事実だ。お前らはもっと簡単な方法で、試合の勝利を確実にしていた」

「簡単な方法？　何のことだ」

もぐらがわざとらしく肩を竦《すく》める。往生際の悪いやつだ。

「ヒントは水滴だ。試合開始の瞬間、おれがバケツのフタを開けたら、もぐるのバケツから水滴が落ちたんだ。熱々のちゃんこを入れてたわけでもねえのに、なんで水滴が流れたんだ？」

「フナムシが湿ってたからだろ」

「違うね。フナムシは泳ぐのが下手で、自分から海には入らない。雨で濡れていた可能性はあるが、それなら水はバケツの底に溜まるはずだ。バケツの縁から流れ落ちることはない」

「熱々のフナムシラーメンでも入ってたのか？」

「ゲロだよ。バケツの中にほかほかのゲロが入ってたんだ」

おれの唾が飛んだのと同時に、真野がカニみたいな泡を噴いた。

「もぐるのバケツには、上半分にフナムシ、下半分にゲロが入っていた。おれが試合前にうっかりバケツをこぼしそうになったのは、把手が外れかけていただけじゃなく、中身が揺れやすいゲロだったからだ。前列の観客や対戦相手が臭いで気づきそうなもんだが、もとからフナムシが生臭いせいで分からなかったんだ」

「おれの弟はゲロ食いマニアだったのか？」

「ちびまんに勝って賞金を守るための工作に決まってんだろ。試合が始まると、もぐるはデカいスプーンで豪快にフナムシを頬張るふりをして、実際はフナムシを少しずつ食い進めた。バケツの上半分のフナムシを食い尽くせば、バケツの中身はほとんどゲロになる。そこでGタイムを利用して、机の上と下のバケツを入れ替えたんだ」

「愉快なアイディアだ」

「考えたのがお前だからな。バケツにもぐもぐ興行ロゴのシールを貼っておいたのは、Gタイム中に剝がしてエチケットバケツに貼り換えることで、バケツの入れ替えをごまかすためだ。あとは豪快な嘔吐き声を上げておけば、観客にはもぐるが特大のゲロを吐いたように見える。最後にちょっとだけ残しておいたフナムシを食って、もぐるがちびまんに競《せ》り勝ったように見せるまで、全部お前のシナリオだったんだろ」

「想像に任せるよ」もぐらが澄まし顔で言う。「一つ質問がある。お前は試合前、バケツの並べ順を決めていなかったはずだ。もしもバケツの位置が逆で、ちびまんがゲロを食うことになったら、もぐるはどうするつもりだったんだ？」

「駄々をこねてバケツを入れ替えさせればいいだろ。こいつがメシの量にケチをつけんのは日常茶飯事だ」

「ゲロ入りバケツも上半分はフナムシなんだろ。それじゃ半分食うまでアタリかハズレか分からないぞ」

「目印を決めりゃいいじゃねえか。把手がちゃんと付いてる方のバケツがゲロなし、外れかけてる方がゲロありとかな。そろそろ認めろよ。お前らはイカサマをしてたんだろ？」

団子三兄弟は顔を見合わせて、ヘラヘラと下品な笑みを浮かべた。

「ちびまんは人気だからな。しかも食うのが速い」

「そうだ。あいつはずるい。真面目《まじめ》なおれたちがずるに負けるのは良くない」

「だからおいらもちょっとずるをしたんだ」

もぐるは自分のおっぱいを摑むと、腕を捻って左右を無理やり入れ替えた。もぐらが豪快な笑い声を上げる。

「楽しそうだな」

「司会者の頭がここまでキレるとは思わなかったからな。で、肝心の話はいつ始まるんだ？　おれたちはちびまんを殺した犯人が知りたいんだ」

もぐらが息を落ち着かせて言う。おれも一つ咳《せき》ばらいをした。

「ちびまんを殺したのはこの真野って女だ。初めに控室で話を聞いたときから、おれはこの女を疑っていた。こいつがなぜか、ちびまんが毒を盛られたことを知ってたからだ」

「ニュースで見たんじゃねえのか？」

「テレビじゃちびまんはフナムシを喉に詰まらせて意識を失ったってことになってる。ちびまんが窒息死じゃないことに気づいたのは、おれがこれまでメシを詰まらせて死んだ連中を散々見てきたからだ。試合を見ていた連中も、あれが中毒症状だとは気づいてなかった。なのにこの女は、どういうわけかちびまんが毒を盛られたことを知っていたんだ」

「マヌケな女だな」もぐらが鼻を鳴らす。「自分から乗り込んできて、自分から正体を明かしちまったのか」

「ただこの女の推理も途中までは正しかった。地下倉庫に保管してあった二つのバケツのうち、ちびまんがどっちを食うかは予測できない。この女は両方のバケツに毒をぶっかけたんだ」

「どうしてもぐるは死なないんだ？」

「イカサマの下準備のおかげさ。もぐるは試合の前に、フナムシを半分食ってゲロを吐く必要があった。観客が見てるわけじゃねえから、生きたのをそのまま食う必要はない。お前は食いやすいようにフナムシを調理したんだろ。あほちんこは加熱で毒性がなくなる。だから中毒を起こさずに済んだんだ」

「そうなのか？」

もぐらが水を向けると、

「おいら、煮た」

もぐるがぺこりと頷いた。

「そういうことだ。試合中に生で食ったフナムシは、もともとバケツの底にいたやつらで、あほちんこも大してかかってなかったんだろう。でも大事なのは手段じゃない。なんでこの女が、わざわざ試合中のファイターを殺そうとしたかだ」

「そりゃちびまんを恨《うら》んでたからだろ。こいつらの人間関係までは知らねえよ」

「違う。大食いの試合なんてどんなトラブルが起きるか分かったもんじゃねえ。もぐるが序盤でうっかりゲロを吐いたら、その時点で試合は終わっちまうんだ。この女が本当にちびまんを恨んでたんなら、もっと安全にブチ殺す手段を選んだはずだ」

「本当の狙いはもぐるを殺すことだったのか？」

「可能性はある。頭をバットでぶん殴れば死にそうなちびまんと違って、こいつを殺すのは至難の業《わざ》だ。なんたってナイフで刺されても死なねえ怪物だからな。いろいろな方法を検討した結果、毒を盛る以外に手がないという結論に至ったのかもしれない。だがこの女の腹を蹴ったとき、妙なことがおきた」

「今度は何だよ」

「スタンガンとナイフが落ちたんだ。こいつは今朝、事務所でもぐると顔を合わせてる。いくら贅肉のバケモノでも、電流を食らってナイフで急所を刺されたら助からない。標的がもぐるだったんなら、こんな機会を逃《のが》す手はなかったはずだ。でもこいつはもぐるを殺さなかった。この女はちびまんにももぐるにも殺意を抱いていなかったんだ」

「殺意がない？　じゃあ何のために毒を入れたんだ」

「それが分かったのは電話でお前を呼んだあと、フロアでこれを見たときだった」

おれはポスターの前に落ちたゲロを見下ろした。フードファイターのゲロを見慣れていると、一般人のゲロがかわいく見える。

「控室にもゲロが落ちてたが、なんで吐いたんだ？」

「さっきも言った通り、おれがこいつの腹を蹴ったんだ。控室でゲロを吐いたあと、グロッキーなまこっちへやってきて、お代わりにもう一発ゲロを吐いたんだ」

「床に向かってか。大胆だな」

「だろ？　まともな教育を受けた大人は、吐きたくなったら便所へ駆け込むもんだ。こいつは便所を探す余裕もなかったんだろうか」

「ん？　ここの便所は使えないはずだろ」

もぐらはジャンボSPの等身大ポスターを振り返って、はっと息を呑んだ。ポスターが傾いていることに気づいたのだ。

「あんたの言う通り、そこの便所は使えない。一週間前にヘルス嬢がゲロを詰まらせたからだ。観客が間違ってクソをしないように、ドアごとポスターで隠してある。でもどういうわけか、そのポスターがズレてたんだよ」

「この女がポスターを剥がそうとしたんだな」

「そういうことになる。でも吐き気がこらえられなくなって、ポスターの前でゲロを吐いたんだ。だがこいつは、もぐもぐランドへ来たのは一昨日のフナムシ食い王決定戦が初めてだと言っていた。そのとき便所のドアはポスターで覆い隠してあったはずだ。なんでこいつは、ポスターの裏に便所があることを知ってたんだ？」

「うちの隠れファンだったのか」

もぐるが皮肉めいた笑みを浮かべる。

「Gルールも知らねえやつがファンとは思えねえが、ヘルス嬢バトルロイヤル以前にここへ来てたのは確かだ。週刊誌の記者で、記事を書くためにフナムシ食い王決定戦を見にきたってのもウソだろう。何らかの理由で、過去にもこの場所へ足を運んでいたんだ」

「不思議だね。何をしに来たんだろ」

「もう一つ分からねえことがある。この女が今日、おれに会いにきたことだ。ウソの推理を披露《ひろう》してまで、おれに何をさせようとしていたのか。おれはこの女ともぐもぐランドの接点が何かを考えてみた。手掛かりになったのは、あぐりマンだった」

「懐かしい名前だな」

もぐらが遠い目をしてつぶやく。もぐるは誇らしげに腹の肉を撫でた。

「この女は引退したファイターへ取材する中であぐりマンに会ったと言っていた。こいつが記者ってのが出まかせなら、そんな取材もなかったことになる。この女はもとからあぐりマンと知り合いだったんだ」

「あんなオタクに若い女の友人がいるとは思えないが」

「やつは十年来の引きこもりで、高級ヘルスにドはまりして実家を潰したらしい。この真野って女がヘルス嬢だったと考えれば、すべて説明がつく」

おれはスニーカーで真野の股間《こかん》を突いた。

「そもそもこの女がもぐもぐランドへやって来たのは、競技に参加する同僚を応援するためだった。こいつが見にきたのは、一週間前の大食いヘルス嬢バトルロイヤルだったんだ。だがその友人はパエリアを喉に詰まらせてトイレへ駆け込み、控室に運ばれたきり戻らなかった」

「エクレアだな」

「そうだ。待てど暮らせど同僚は帰ってこない。こいつの頭は不安でパンパンになった。エクレアは死んだのか？　それなら死体はどこへ消えたのか？　やがてこいつは悍《おぞ》ましい想像にたどりついた。『食えるものは人間でも食う』という二つ名の通り、ジャンボＳＰがエクレアを食ったんじゃねえかと考えたんだ」

「大正解だな」

「若い女は美味いからな」

もぐらともぐるが顔を見合わせる。

「交番に駆け込んだところで相手にされるとは思えねえ。かといってジャンボがエクレアを消化し終えちまったら、真相は永久に藪《やぶ》の中だ。こいつは悩んだ挙句、ジャンボを毒殺することにした」

「なんでだよ。もぐるが死んだら事件の解明はますます難しくなるぞ」

「だから毒を盛ったのさ。おれの友人に便利屋の男がいるんだが、こいつがガキの頃から切れ者でね。ばあちゃんが池に落とした耳かきを見つけるために、校長のハンコを池に投げ込んで、教師どもが池を浚うように仕向けたんだ。この女の動機もよく似てる。こいつはもぐるの胃袋からエクレアの残骸を発見させるために、もぐるに毒を食わせて、警察がもぐるを解剖するよう仕向けたんだ」

おれが人差し指をもぐるの腹に向けると、

「お、おいらの解剖？」

もぐるは三歳児みたいな声を上げた。

「たとえわずかな欠片《かけら》でも、死体が見つかれば警察は捜査に動かざるをえない。エクレアの死の真相を知るには、ジャンボの胃袋を調べさせるしかないと考えたんだ」

「計画が杜撰すぎないか？　ステージでもぐるが死んだら、お前は普段通り死体を舞台袖に隠すはずだ。警察に見つかるようなヘマはしない。客としてヘルス嬢バトルロイヤルを見てたんならそれくらい予想できるだろ」

「だからオタクが大量に押し寄せる一昨日の試合に的を絞ったんだ。もぐもぐランドの試合を見慣れてねえやつが多いほど、事件を隠し通すのも難しくなる。実際にマスコミが事件を嗅《か》ぎつけちまったわけだしな」

「こいつの思惑通りにことが運んだのか」

「一方でこいつの企《たくら》みは肝心なところで失敗に終わる。フナムシを煮込んだおかげで、もぐるが運良く中毒を免れたんだ。ちびまんだけが死んだせいで、事件の様相は随分と変わっちまった。だからこいつは作戦を変えて、ジャンボをちびまん殺しの犯人に仕立て上げることにしたんだ。今ならまだ食いかけのエクレアの死体も残ってると踏んだんだろう。記者のふりをしておれに近づいたのは見事だったが、こじつけのためにめちゃくちゃなトリックを披露したのは失敗だったな」

　おれはそう言って、真野の頭を蹴り飛ばした。唇からヒルみたいな舌が飛び出す。

「おれの弟に毒を盛るとはふざけたやつだ」

「おいらもそう思う。とてもひどい女だ」

　もぐるが真野に跨《また》がって首を絞めようとするのを、もぐらが右腕で制した。

「やめろ、殺すな。おいもぐり、ようやくお前の出番だ」

　もぐらがもぐりの肩を叩く。もぐりは唇を舐めてニヤリと笑った。

5

インターホンを鳴らしてしばらく待つと、ドアが開いてふくれっ面の女が顔を出した。

「どうも、宅配便です」

女はおれの顔を見るなり、蜂《はち》にケツを刺されたみたいに跳び上がった。

「悪いな」

ドアの隙間に右足を押し込むと、顔めがけて金属棒を振り下ろした。ボコッと風呂の水を抜いたみたいな音がして、女は仰向けに引っくり返った。

おそるおそる部屋を覗き込む。田舎《いなか》のラブホテルみたいなワンルームから安い芳香剤の臭いがした。テレビの中の女子アナがしたり顔で原稿を読んでいるだけで、部屋に人の姿はない。

おれは安堵《あんど》の息を吐いて、ジャケットからシガレットケースを取り出した。フタを外してフナムシの死骸をつまみ出す。テカテカした背中に触れるだけで胃が締まった。

「屁《へ》をこくなよ」

おれは女のスカートを捲《めく》ってショーツを引き下ろした。ケツ毛を掻き分け、フナムシの頭を尻に突っ込む。肛門からうんこが半分飛び出しているみたいで、思わず噴き出しそうになった。

「便利屋によろしくな」

腰を上げ、シガレットケースをジャケットにしまう。ドアノブとインターホンの指紋をハンカチで拭き取って、廊下へ出た。

ワンルームには女子アナの猫撫で声が響いていた。

『二十五日の深夜に松鳥湾《まつとり》で見つかった遺体の身元は、山台市《やまだい》在住、風俗店勤務の真野マリコさんであることが分かりました。警察は真野さんが何らかのトラブルに巻き込まれたとみて、引き続き捜査を進めています。マリコさんの胃腸から人間のものとみられる肉片が見つかったとの報道もあり、近隣住民には不安が広がっています。――』

ディティクティブ・オーバードーズ

Mystery Overdose

I　マーダーケース

1

　ごおおっと地鳴りのような音がして、座席が左右に揺れた。枝葉がざわめき、椋鳥《むくどり》がバタバタと飛び立つ。左手の急斜面から石や土塊《つちくれ》がごろごろ落ちてくる。

　篤美厚《あつみあつし》は急ブレーキを踏んで、ハッチバックを山道の右側に寄せた。時刻は午後四時三十分。長く伸びた木々の影が激しく揺れている。

　篤美は驚いていた。突然の地震にではない。揺れに戸惑い、慌ててブレーキを踏んだ自分に驚いたのだ。地震。危ない。地震。怖《こわ》い。自分の脳にはこんなにまともな感情が残っていたのだ。思い切って遠出をして正解だった。

　揺れは三分ほど続いた。カーラジオによると、震源は久山《くやま》南西部。最大震度は5弱。久山周辺では先月からマグニチュード5・0を超える地震が頻発しており、気象庁は火山活動への警戒を呼びかけているという。

　随分と危険な場所に呼び出されたらしい。篤美のリハビリにはうってつけだが、泉田真理《せんだまり》あたりはぶつくさ文句を言いそうだ。篤美はかつての仲間たちの顔を思い浮かべながら、アクセルを踏み、白《はく》龍館《りゅうかん》への道を急いだ。

篤美厚は死体に飽きていた。

歌舞伎町《かぶき》二丁目のテナントビルに探偵事務所を開いたのが九年前のこと。せいぜい一年も持てば良い方だと気楽に構えていたのだが、あにはからんや。開業三日目にやくざの幹部が轢《ひ》き殺された事件を解決し、複数の組織を巻き込んだ抗争を防いだのをきっかけに、評判が評判を呼び、やくざに風俗店員、ポン引き、薬物ブローカー、闇金経営者、裏カジノオーナー、家出少女、不法滞在者、ホームレス、その他何だかよく分からない半端者《はんぱもの》たちから休みなく相談が持ち込まれるようになった。

篤美の仕事は、謎《なぞ》を解くとか犯人を当てるとか、そんな高尚なものではない。そもそも裏社会は見栄《みえ》とハッタリの世界である。顔に泥を塗られたまま一度でも芋《いも》を引けば、足元を見られ、仕事が回らなくなる。かといって報復に踏み込むと、暴力が暴力を呼び、引き際を見失って大きな損害を被《こうむ》ることになる。やくざに仲裁を頼むのは代償が大きい。そんなとき、篤美が間に入って、互いに顔の立つような妥協点を提案してやるのである。

仕事の大半は死体絡みだった。肌感覚では、歌舞伎町では毎日、三十人くらい人が死んでいる。半分は殺しだ。手足を切断されたちんぴらの死体。心臓を取り出された子どもの死体。自慢の顔をめちゃくちゃにされたホストの死体。クスリ漬《づ》けにされた女の死体。死体。死体。死体。飯の種とはいえ、そんなものばかり見ていると脳の働きが鈍くなってくる。生きた人間の喜怒哀楽がどうでもよくなるのだ。

こちらの都合などお構いなしに、相談は毎夜舞い込んでくる。篤美は空元気《から》で仕事を続けたが、今年に入ったあたりから脳がさらなるエラーを起こし始めた。その日に出会った死体が夢で律儀《りちぎ》に挨拶《あいさつ》をしにくるようになったのだ。必然的に、篤美が見る夢はすべて悪夢になった。

このままでは早晩気が変になってしまう。休肝日ではないが、死体と会わずに脳味噌《のうみそ》を休ませてやる日が必要だ。

そんなことを考えていたとき、昔の同僚から手紙が届いた。

篤美はかつて、探偵の白川龍馬《しらかわりようま》から技術と心得を学んだ。白川は警察と協力し多くの難事件を解決に導いた、犯罪捜査のプロフェッショナルだ。二十年のキャリアで一一九人の犯罪者を刑務所にぶち込み、二十二件の未解決事件の真相を見抜いた。浮気の写真を撮って銭を稼ぐハイエナ稼業、あるいは出世にあぶれた警察官の転職先と思われていた探偵という職業に、一人の天才が革命を起こしたのである。

もっとも白川は清廉潔白《せいれんけつぱく》な男ではなかった。事務所を開いてからの二年間は、脅迫、恐喝、住居侵入、文書偽造、はては暴行、傷害まで、犯罪まがいの捜査を平然と行っていた。三年目に警察と連携協定を結んでからは幾分大人しくなったが、この二年で買った恨《うら》みは白川を脅《おびや》かし続けた。身を守るためにやくざとも交際を続け、晩年は薬物にも溺《おぼ》れた。脛《すね》は傷だらけ、叩《たた》けば埃《ほこり》まみれの男だったが、そんなことは些末《さまつ》に思えるほどにずば抜けた才能を持っていた。

「死んだらニコチンも吸えない。好きなことはやれるうちにやっとかないとな」

親指くらい太さのある手巻きの煙草《たばこ》をふかしながら、よくそんなことを嘯《うそぶ》いていた。

天才の命は短い。十年前の秋、白川は男に顔をメッタ刺しにされ、四十歳でこの世を去った。

天才を殺した男の名は、丸山周《まるやましゆう》。動機は逆恨《さか》みだ。白川を殺す二年前、丸山は高層ビルの壁をよじ登っていたところを白川に通報され、警察に逮捕された。薬物検査で覚醒剤の使用が発覚し、懲役一年の判決を受ける。丸山は取り調べで「シャバに戻ったら通報した色男の顔をめちゃくちゃにする」と宣言し、釈放から一年後、それを実行に移したのだった。

白川は親分肌の男で、多くの弟子がいた。手紙を寄越した滝野秋央《たきのあきお》もその一人だ。白川の死から十年になるのを機に、久しぶりに集まってみないか、というのが手紙の趣旨だった。

篤美は気乗りしなかった。兄弟弟子はみな独り立ちして、探偵としても名を上げている。篤美の事務所も繁盛はしているが、実態は喧嘩《けんか》の仲裁屋だ。かつての仲間には合わせる顔がない。

それでも参加を決めたのは、昔の仲間と会えば少しは頭の働きが戻ってくるような気がしたからだ。田舎《いなか》へ帰るとガキの頃が懐かしくなり、昔の女を見かけるとあれが硬くなるのと同じ理屈である。この街にいる限り死体は湧《わ》いてくるし、そうなると悪夢からも逃《のが》れられない。その点、探偵ばかりの休暇なら安心だ。まさかそんな場所で人を殺す馬鹿はいないだろうから。

そんなわけで、十月十日の昼過ぎ、篤美は事務所のドアに「臨時休業」と貼り紙を出し、歌舞伎町を後にしたのだった。

白龍館こと白川龍馬記念館は、久山山中の別荘地、倉戸《くらど》から南西へ二十キロ進んだところにある。そこで二泊三日、雑事を忘れて過ごそうというのが滝野の誘いだった。

倉戸は久山に点在する別荘地の一つで、夏は起業家やら芸能人やらスポーツ選手やら鼻持ちならない連中で賑《にぎ》わう。緑豊かな山林に加えて、久山の火口や鍾乳洞《しょうにゅうどう》など観光スポットが多いのも人気の理由だそうだ。

白川の死後、母親の結《むすび》が息子の別荘を改装し、記念館を開いた。七月から九月の避暑シーズンに開館し、白川の活動に関する資料を展示している。といっても一階のロビーが展示室になっただけで、他の設備は別荘だった頃のまま残っていた。今日は十月十日だから、先々週に今年の展示が終わったところだ。

白龍館への道のりは長かった。東名高速道路《とうめいこうそくどうろ》を久山ＩＣで下り、山袖へたどりつくまで一時間半。後は一本道かと思いきやそんなことはなく、迷路のように複雑な山道が待ち受けていた。久山には別荘地が点在しているため、道も細かく枝分かれしているのだ。目印のない山の中で正しい順路を選び続けるのは至難の業《わざ》だった。

午後四時五十分。地震の揺れが収まってから二十分ほど山道を進むと、ふいに樹林が開けた。四方を崖に囲まれた窪地《くぼち》に、二階建ての洋館が佇《たたず》んでいる。「白川龍馬記念館」と彫り込んだ真鍮《しんちゅう》のプレートが門柱に設《しつら》えてあった。

洋館の右手の空き地には赤のクーペが停《と》まっていた。集合時刻は午後五時三十分。一番乗りかと思いきや先客がいたようだ。篤美もハッチバックを停めると、運転席を降り、館の正面へ向かった。

玄関前のポーチをくぐり、門柱の呼び鈴を鳴らす。返事がない。クーペに乗ってきた人物がいるはずだが、なぜ出てこないのだろう。

篤美が立ち尽くしていると、山道から黒のセダンが上ってきて、空き地に停車した。運転席のドアが開き、滝野秋央が降りてくる。

「やあ、篤美。久しぶりだな」

滝野は声も図体も態度もでかかった。身長は百九十センチ、体重は百キロを超えているだろう。肩は牛のように広く、首は豚のように太い。口角をぐいっと持ち上げた微笑《ほほえ》みはプロテインのチラシみたいだ。つまるところ、この男の風貌は十年前とまるで変わっていなかった。

滝野は自他ともに認める白川の一番弟子だ。人を徹底的に観察し、嘘《うそ》やごまかしを見逃さない。些末な矛盾《むじゅん》に食らい付いて、ときに犯罪まがいの手を使っても犯人の尻尾《しっぽ》を引き摺《ず》り出す。白川の捜査手法を誰よりも忠実に受け継いでいるのがこの男だった。もっとも白川を崇拝するあまり、仕草や習慣まで真似《まね》しているのは気味が悪かったが。

篤美が嫌味の一つでも言おうとすると、山道から紺《こん》のワゴンが上がってきて、同じ空き地に停車した。

「二人とも早いね」

泉田真理が運転席のドアを開け、挨拶抜きに言う。こちらは年相応に皺《しわ》が深くなり、髪のツヤが消え、腹と尻がふっくらしていた。といっても老《ふ》けたというより、迫力が増したという表現がふさわしい。眼光は鋭く、言葉も潑剌《はつらつ》としている。

滝野が一番弟子なら、泉田は彼に次ぐ二番弟子だった。東京大学《とうきょうだいがく》大学院医学系研究科の博士課程を出たインテリで、物理、化学、生物学などの自然科学から、哲学、言語、歴史、心理、芸術などの人文学、その他何だかよく分からない分野に至るまで多彩な知識を持っている。知能指数の高い犯罪者を相手に、思考をトレースし、犯人像を絞り込んでいくのが泉田の捜査手法だ。その活躍は犯罪捜査に留《とど》まらず、さまざまな学術分野に及ぶ。最近は国立天文台と協力して、宇宙から届く電波の観測に取り組んでいるという。賢《かしこ》すぎる人間の考えることはよく分からない。

度を越した完璧主義者という印象が強いが、実は意外な弱点もある。血が苦手なのだ。学生時代は病理学の研究者を志していたのに、どうしても血が見られずその道を諦《あきら》めたという。血に出くわす頻度では探偵も大差ない気がするが、そこは助手と協力してうまくやっているようだ。

「おれたちも来たところだよ」

滝野が短く答え、人差し指に引っかけた自動車のキーをくるりと回す。

「先客がいると思ったんだが、館内には誰もいないみたいだ」

篤美は赤のクーペを見て、肩を竦《すく》めてみせた。

「後は岡下《おかした》くんか釧《くし》さんよね。散歩にでも行ったのかしら」

「いや、中にいるよ。ラウンジの灯《あか》りが点《つ》いてる」

フランス窓に額を付けると、カーテンの向こうに橙《だいだい》色《いろ》の灯りが見えた。

「おかしいな。鍵はおれしか持ってないはずなんだけど」

滝野はポーチをくぐると、結から借りたという鍵をポケットから取り出した。鍵穴に差し、がちゃがちゃとノブを鳴らす。

「ドアが開かない」

篤美も鍵を回したりノブを捻《ひね》ったりしてみたが、結果は同じだった。錠が外れた感触はあるのにドアが動かない。

「蝶番《ちょうつがい》が外にないってことは、このドア、内開きよね。さっきの地震でシューズラックが倒れて、玄関が塞《ふさ》がったんじゃないかしら」

「中に誰かいるなら、なんで直さないんだ」

「怪我《けが》をして動けないのかも」

最悪の可能性が頭をよぎる。首を振ってそれを打ち消した。ここは歌舞伎町じゃない。まさかそんなことはありえない。

三人で手分けをして窓やドアを調べてみたが、すべて錠が閉まっていた。

「仕方ない。窓を破ろう。早とちりだったら弁償すればいい」

滝野はセダンのトランクを開け、工具箱からトルクレンチを取り出した。

玄関の左、カーテンの引かれたフランス窓に向けてレンチを振りかぶる。中はラウンジだ。滝野は篤美と泉田の顔を見てから、真っすぐにレンチを振り下ろした。ガツン。砂粒ほどの破片が舞い、ガラスに放射状の罅《ひび》が入る。二度、三度と叩き付けると、パリンと気持ちの良い音が鳴ってガラスが滑り落ちた。

隙間《すきま》に手を入れて掛け金を外す。窓を左右に開け、カーテンを捲《めく》る。

ラウンジは十五畳ほどの広さで、中央にローテーブルとそれを挟む二つのソファ、キャスター付きのキャビネットがあった。ソファにはタブレットが置かれている。奥の壁にはオーディオスピーカーと、女性の横顔をカラフルに描いた巨大なポスター。右手の壁には大型テレビが置かれ、右下にお掃除ロボットのキャンディが佇んでいた。キャビネットが斜めを向いていたり、瓶《びん》や小物が床に散らばっていたりするのは地震のせいだろうか。

滝野に続いて、篤美と泉田もラウンジに上がった。お香《こう》のような甘い臭《にお》いが鼻をつく。少し前まで人がいたようだ。

「あそこだ」

滝野が叫ぶ。向かって左手、ラウンジとキッチンをつなぐ通路に人が倒れているのが見えた。

「いやっ」

泉田が顔を逸《そ》らす。血だ。

「嘘だろ」

滝野がうつ伏せに倒れた男に駆《か》け寄る。篤美も背後からそれを覗《のぞ》く。

男の横顔を見てぎょっとした。白川龍馬とよく似ているが、あいにく十年前に火葬されている。白川の甥《おい》、百谷朝人《ももやあさと》だ。

「こいつも呼んだのか？」

「まさか。呼ぶわけないだろ」

滝野が声を荒《あら》らげた。泉田はと見ると、なぜかソファのタブレットを触っている。

百谷の手首に触れ、瞳孔《どうこう》を覗き込み、滝野は小さく首を振った。

「死んでる」

死体。死体。死体。わざわざ東京から三時間も運転してきたのに、今夜も悪夢を見なければならないのか。おまけに――。

「殺されてる」

百谷の背中には洋包丁が突き立っていた。

2

初めて出会ったとき、百谷朝人は小説家を自称していた。

「空前絶後のトリックを駆使した、ミステリーの歴史に名を刻む傑作です。一冊どうですか？」

その日は白川探偵事務所の忘年会だった。酔いを覚まそうと軒先《のきさき》で風に当たっていると、白川によく似た若僧が馴《な》れ馴《な》れしく声を掛けてきた。

聞いてもいないのに、百谷は自作の小説の解説を始めた。タイトルは『ディティクティブ・オーバードリンク』。ペンネームは百谷暗吾《あんご》というらしい。差し出した本の背表紙には聞いたことのない出版社の名が書いてあった。最後の数ページがポルノ雑誌みたいな袋とじになっていて、そこに事件の真相が記されているという。篤美はまるで興味が湧かなかったが、「袋とじを開けずに犯人を当てられたら一冊あたり十万円払う」という口約束で二冊買った。

数日後、気合いを入れて読んでみると、はたして『ディティクティブ・オーバードリンク』は実にくだらない代物《しろもの》だった。

酒を飲むことで天才的な推理力を発揮する名探偵の新十郎《しんじゅうろう》が、ある難事件の解決祝いに、べろべろに酒を飲んで帰宅する。翌日の昼過ぎ、新十郎が目を覚ますと、ベッドに恋人の梨江《りえ》の死体が転がっていた。犯人は名探偵の自宅でぬけぬけと殺人をやってのけたのだ。いったいどんなトリックを使ったのか——。

匙《さじ》を投げて袋とじを開けると、はたして犯人は主人公の新十郎だった。彼は自らの手で恋人を殺しながら、飲み過ぎて記憶を失くしていたのである。

「何だこのインチキ本は。地の文に新十郎は犯人じゃないって書いてあるじゃねえかよ」

腹を立てた篤美は、電話で百谷にクレームを入れた。

「こういうのを信頼できない語り手というんです」

百谷が得意げに言う。

「何でもありじゃねえか。オホーツク海に飛び込むラストも夢かもしれねえぞ」

「そこは本当です。作者が言うんだから間違いありません」

そう言われても、読者には何が正しいのか判断できない。これでは推理など不可能だ。

古書店へ売る気にもなれず、篤美は二冊とも燃えるゴミに捨てた。


次に百谷と会ったのは四年後の夏、白川が殺される一月前のことだった。百谷はアポもなく事務所にやってきて、伯父《おじ》の白川に金の無心をしたのである。

このとき百谷は二十八歳。顔立ちはますます白川に似ていたが、あいかわらず脳の皺は足りていなかった。百谷はミャンマーの芥子《けし》畑の投資詐欺《さぎ》に引っかかって、友人や消費者金融から金を借りまくった挙句《あげく》、懐《ふところ》がすっからかんになり、借金取りから逃げ回っていたのだ。それまでも何度か白川と連絡を取ろうとしたようだが、白川が相手にしなかったため、身一つで事務所に乗り込んできたのである。

にべもなく蹴《け》り返すのかと思いきや、白川は百谷を事務所に匿《かくま》った。百谷の振る舞いが過去の自分と重なって、他人事《ひとごと》とは思えなかったのだろう。

二日後、百谷は事務所の口座から金を引き出そうとして、事務所を追い出された。百谷は連日のように事務所を訪ね「洗脳されていた」「別の人格がやった」「悪意はなかった」と繰り返したが、白川は聞く耳を持たなかった。本当は胸を痛めていたのかもしれないが、篤美たちの前では厳しい態度を崩さなかった。

それから一月《ひとつき》後、秋の日の夜。百谷が数日ぶりに事務所を訪ねてきた。職員や警備員はすでに退勤していて、残っていたのは白川だけだった。

事務所のセキュリティは堅牢《けんろう》で、内側からロックを解除しないとロビーにも入れない。百谷はインターホン越しに「謝りたい」と訴え、白川は押し切られるようにセキュリティを解除した。

百谷がドアを開けた直後、不審者が百谷に駆《か》け寄り、彼を突き飛ばした。二時間後、百谷が意識を取り戻したときには、不審者は泥酔し、白川は顔をメッタ刺しにされ失血死していた。不審者の正体は、「顔をめちゃくちゃにする」と予告していたちんぴらの丸山周だった。

白川も丸腰だったわけではない。丸山が釈放されたのを知ってから、事務所のセキュリティを強化し、護身用にジャックナイフを持ち歩いていた。もし丸山の侵入に気づいていれば、白川はナイフで応戦しただろう。目の前に丸山が現れる瞬間まで、白川は相手を甥っ子と思い込んでいたのだ。

百谷が篤美たちの前に現れたのは、白川の葬儀以来、十年ぶりだった。

「警察を呼びましょう」

泉田に促され、滝野と篤美もスマホを取り出す。三人とも圏外でつながらなかった。

「参ったな。館《やかた》のすぐ近くまでは電波が届いてたのに」

滝野が親指と中指で顎髭《あごひげ》を捩《ね》じる。この仕草は白川の猿真似だ。

「ここに固定電話は？」

「ない。電波が届くところまで行くしかないな」

「まず館内を調べましょ。犯人が隠れているかもしれないし」

泉田の提案に二人が賛同し、館内を一通り見て回ることになった。

館は二階建て。一階は展示室とラウンジの他に、キッチン、遊戯室、浴室、倉庫部屋がある。ラウンジの引き戸から階段を上った二階には、六つの客室が並んでいる。

地震の揺れのせいか、館内はどこも物が散乱していた。玄関は特にひどい状態で、シューズラックや円柱形の傘立て、消火器などが重なり合っていた。泉田の推測通り、玄関の扉を塞いでいたのはシューズラックだった。

どこにも人がいないのを確認すると、三人はふたたびラウンジへ戻った。

「ところで、なんでこいつがいるの？」

泉田が遠目に死体を見てぼやく。驚きよりも憤《いきどお》りが勝っているようだ。

百谷はラウンジとキッチンをつなぐ通路に、うつ伏せの姿勢で、頭をラウンジに向けて倒れていた。背中には洋包丁が突き立っている。左右のスリッパが脱げ、ズボンのポケットからは長財布が出ていた。

背中の包丁は、白川が生前に愛用していたブランド品だった。フランスかどこかの舶来品《はくらいひん》で、柄《え》にシリアルナンバーが刻印されている。犯人はキッチンの包丁で百谷を襲い、逃げようとする背中を刺したのだろう。

「記念館が開く七月から九月の間、百谷はスタッフとして働いていたらしい。なんでまだここにいるのかは分からないけど」

滝野が冷静に応じる。今日は十月十日。開館期間が終わって十日が過ぎている。

「それより、この部屋、臭《にお》わないか？」

滝野が顔を上げ、犬みたいに鼻を動かした。

篤美も甘い臭いに気づいていた。ラウンジを見回すと、床に茶色の瓶と黒い筒、それに付箋のような紙束が落ちている。

「大麻ね」

泉田が瓶を手に取り、口から中を覗く。蓋《ふた》はない。スポンジを砕いたような緑色の粉末が底に溜《た》まっていた。

キャスター付きのキャビネットの天板にも同じ色の粉末が付いている。ここに大麻の吸引具が揃《そろ》えてあったのが、地震で床に落ちたのだ。

「この子に違法薬物を買う度胸があったとは思えない。白川さんの遺品かしら」

泉田は黒い筒を手に取る。蓋を開けると、細い刃が垂直に並んでいた。大麻を砕くグラインダーだ。付箋のような紙束は大麻の巻き紙だろう。

「白川さんが愛用してたのはコカインと幻覚剤だ。手巻きの煙草はよく吸ってたけど、大麻を吸ってるのは見たことないぞ」

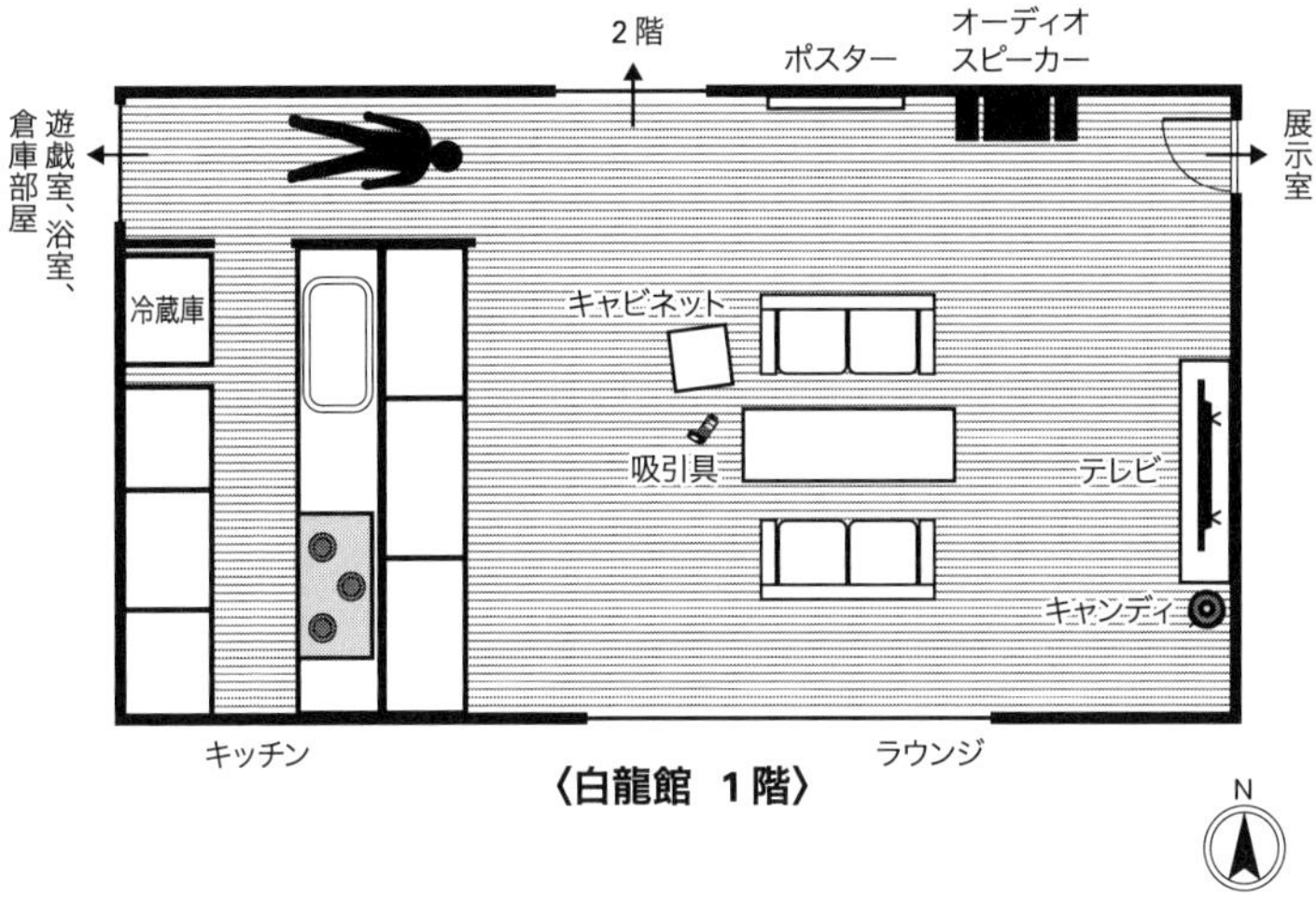

〈白龍館　1階〉

滝野は釈然としない様子で、死体の腕を持ち上げる。

「隠れて吸ってたんでしょ」

「大麻だけならそうかもしれないけど、ほら」

滝野はシャツの袖を捲る。死体の肘《ひじ》の内側が変色し、角質化していた。注射痕だ。肌の膨《ふく》れ具合を見るに、最後に打ったのは一、二日前だろう。

「シャブだ。百谷が自分で仕入れたのは間違いない」

白川は違法薬物を常用していたが、覚醒剤は絶対に使わなかった。理由は単純で、アレルギーがあったのだ。百谷が覚醒剤を使っていた以上、白川のお下がりではなく自分で持ち込んだことになる。

「百谷は開館期間が終わってからも白龍館に居座っていた。結さんが高齢で様子を見に来られないのを良いことに、吸ったり打ったりしながら悠々自適《ゆうゆうじてき》に過ごしていた。そこへ何者かがやってきて、百谷を刺し殺した」

滝野は死体の手足を曲げたり腹を覗いたりする。

「死後硬直は起きていない。死斑もまだ。死後三十分から長くて二時間ってところだ。今は午後五時三十分だから、百谷は三時三十分から五時までの間に殺されたことになる」

「もっと絞り込めそうだよ」

泉田はソファのタブレットを手に取り、画面をタップした。乳の大きな女子高生のイラストが背面に貼られている。

「死体を見つけたとき、すぐに電源を入れてみたの。ボタンを押したら画面がついて、パスワードは要求されなかった」

泉田が画面を二人に向ける。コントロールパネルが開いていた。

「最後に操作してから十五分で画面が消え、二十五分でスリープ状態になるように設定されてる。画面が消えただけなら電源ボタンを押せば作業を続けられるけど、スリープ状態になるとパスワードを入力しなきゃならない。死体を見つけたとき、タブレットはスリープになっていなかった。死体発見が午後五時だから、その二十五分前、四時三十五分まで百谷はタブレットを操作していたことになる」

「百谷が死んだ後、犯人が操作した可能性もあるだろ」

「何のために？」

「データを消したか、百谷に成りすましてメールを打ったとか」

泉田は返事をせず、画面を何度かタップした。ふいに後ろのオーディオスピーカーから女の喘《あえ》ぎ声が流れる。

「何だ？」

「エロ動画だよ」

泉田が画面を二人に向ける。貧相なおっさんが女の尻の穴を舐《な》めていた。ファイル名はkurumi_

anal.mp4。Bluetooth接続でオーディオスピーカーから音声を流していたようだ。

「ストレージの中身はすべてアダルト動画だった。Wi-Fiもつながってない。このタブレットは百谷が自慰《じい》のために持ち込んだもの。犯人が操作する理由があるとは思えない」

人を殺した後にアダルト動画を観る変態もいるだろうが、今回の現場にその手の異常性は感じられなかった。泉田の言う通り、最後に操作したのは百谷と見て間違いないだろう。

「それじゃ死亡推定時刻は、四時三十五分から五時までの二十五分間に絞られるってことか」

ふと疑問が浮かんだ。

「地震が起きたのは四時三十分だよな。こんときの揺れでシューズラックが倒れて、玄関の扉が塞がっちまったんだろ。百谷が殺されたのが四時三十五分以降なら、白龍館は密室だったことになる。犯人はどうやってこの館から出て行ったんだ？」

正確に言えば、犯人が何らかの狙《ねら》いで、自らシューズラックを倒した可能性もある。その場合も犯人が白龍館から出られないことに変わりはない。篤美たちが中に入れなかったのと同じで、扉が開かなければ犯人も外に出られないのだ。

「篤美くんの言う通りね。わたしたちの推理はどこかが間違ってる。犯人はわたしたちを騙《だま》そうとしてるみたい」

泉田が即答する。篤美が思い付くようなことは承知の上らしい。

「犯人はおれたちがここへ来るのを知らなかったはずだろ」

「そうとは限らない」

「なんでだよ。この集まりのことはおれたち五人しか知らないんだから――」

そこまで口にして、ようやく泉田の考えが分かった。

「篤美くんは空き巣か何かの犯行だと思ってるみたいだけど、それは違うよ。第一に、百谷は金銭を盗《と》られていない。ポケットには財布が入ったまま。他の部屋の様子を見ても、高価な品がなくなったり金庫が荒らされたりはしていない。第二に、百谷は館の中で殺されていた。窓もすべて閉まってたから、犯人は結さんに借りた鍵を持っていたか、百谷が扉の錠を開けて犯人を招き入れたことになる。犯人は結さんか百谷、あるいはその両方と知り合いってこと。第三に、百谷はキッチンの包丁で刺されていた。犯人は百谷を殺すために白龍館へ来たんじゃない。別の理由でここへやってきて、百谷の振る舞いにかっとなり、その場にあった包丁で百谷を刺し殺したの。犯人は百谷を憎んでいて、かつ今日、この場所に来る理由のある人物だよ」

篤美は唾《つば》を呑《の》んだ。

腕利《き》きの探偵が集まっているところで、人を殺すような馬鹿がいるはずがない。ついさっきまでそう信じていたのに。

「おれたちの中に犯人がいるってことか」

よりによって、その探偵の一人が人を殺したのだ。

「犯人は一番乗りで白龍館へやってきて、百谷と会い、彼を殺した。それから急いで館を離れると、いったん山道を引き返して、後から来たようなふりをした。容疑者はおれたち三人に、釧ちゃんと岡下を加えた五人だな」

滝野が説明を継ぐ。白龍館へ至る山道は複雑に枝分かれしているから、順路と違う道に入れば、後から来た車をやり過ごすのも容易だ。

「もう集合時刻を過ぎてる。残りの二人はどこにいるのかしら」

壁の時計は五時四十分を指している。

「岡下からは連絡があった。ここへ着く少し前、四時四十五分くらいかな。姪《めい》っ子がノロでお腹を下してるらしい。症状が治まったら来るそうだ」

もちろん、岡下が本当のことを言っているとは限らない。百谷を殺してから嘘の電話をかけた可能性もある。

そのとき、窓の外から自動車のエンジン音が聞こえた。山道らしからぬ猛烈《もうれつ》な速度でミニバンが飛び出し、館へ突っ込んでくる。タイヤが唸《うな》って、窓から数メートルのところに車体が停まった。運転席のドアが開いて、釧邦子《くにこ》が転げ落ちる。

「苦しいっ。苦しいっ」

声を出すのと、咳《せ》き込むのと、ゲボを吐くのが同時だった。

毒でも盛られたのだろうか。三人で外に飛び出し、釧に駆け寄る。

すぐに異臭に気づいた。卵が腐ったような臭いが窪地に充満している。

「硫化水素だ。みんな、息を止めて」

泉田がシャツの袖を顔に押し付けて叫ぶ。滝野は釧を抱きかかえてラウンジに駆け込んだ。泉田がカーテンを閉め、壁との隙間《すきま》ができないようにソファを押し付ける。

釧は激しく咳き込んでいたが、蹲《うずくま》ったまま深呼吸を繰り返し、五分ほどで落ち着きを取り戻した。

「びっくりした。死ぬかと思った」

充血した目を擦《こす》り、死体に気づいて「ひゃあ」と悲鳴を上げる。ふたたび呼吸困難になる前に、滝野がことの経緯を説明した。

釧は弟子の中では最年少で、いつもびっくりした子どもみたいな顔をしていた。やんちゃでそそっかしく、人の言葉をすぐ鵜呑《うの》みにしてしまうので、どう考えても探偵には向いていない。白川の事務所で働いていた頃から、陰謀論や都市伝説の類《たぐい》に飛び付いては周囲を呆《あき》れさせていた。とはいえ柔らか過ぎる思考が良い方に働くこともあって、まれにとんでもない大手柄を上げるのが侮《あなど》れない。

「百谷の死亡推定時刻は四時三十五分以降。根拠はこれだ」

滝野がご丁寧《ていねい》にアダルト動画を再生し、スピーカーから喘ぎ声を流した。釧は「うげえ」と小学生みたいに舌を出す。

「そんなの後で良いでしょ。釧ちゃん、何があったの？」

泉田が話を元に戻した。

「でこぼこ道に酔っちゃって、車の窓を開けたんです。そしたらひどい臭いがして。あっという間に頭が痛くなって、息もできなくなってました」

一同は泉田に顔を向けた。訳の分からない自然現象は泉田に聞くのが一番だ。

「分かんないの？　さっきの地震で火山ガスが噴き出たんだよ。腐卵臭の正体は硫化水素。身体《からだ》に入るとミトコンドリアの中の酵素に作用して、細胞呼吸を阻害し、呼吸麻痺《まひ》を引き起こす。高濃度の場合はノックダウンと言って、一呼吸で即死することもある」

釧が肩を震わせる。「ひえっ」

「やばいな。早いところ山を下りよう」

「駄目。硫化水素は空気より重いから、窪地に滞留する。今、外に出るのはまずい」

思わず窓の外を見た。白龍館は四方を崖に囲まれている。毒汁の入った碗の底といったところか。

「携帯も圏外。外にも出られない。おれたちはこの館に閉じ込められたんだ」

滝野が分かり切ったことを言う。

悪夢から逃れるために山奥へ逃げてきたはずなのに。気づけば現実が悪夢に呑み込まれようとしていた。

3

探偵たちは冷静だった。これが庶民なら「おれは帰る」などと言い張る馬鹿が現れ、身を挺《てい》して火山ガスの恐ろしさを証明してみせるところだが、さすがは優秀な探偵たちである。滝野が指揮を執《と》り、四人で分担して、手際よく籠城《ろうじょう》の手筈《てはず》を整えた。

まずは火山ガスの侵入を防ぐのが最優先だ。フランス窓の割れ目をローテーブルの天板や戸棚の仕切り板で塞ぎ、館内の換気口もすべてガムテープで遮断した。館の体積から空気中の酸素の量を計算すると、明日いっぱいは酸素が欠乏する恐れはない、というのが泉田の見立てだった。

地震で倒れた家具や散らばった備品もできるだけ片付けた。遊戯室に転がったビリヤードボールを拾い集め、倉庫部屋の棚から落ちた日用品や清掃用具を棚に押し込んだ。玄関の扉を塞いでいたシューズラックを起こし、傘立てや消火器ももとの位置に戻して、出入りができるようにしておいた。

キッチンの収納棚には缶詰やレトルト食品が多く残っていた。電気や水道も問題なく使用できる。外に出られないことを除けば不便はなさそうだ。

六時十五分。一通りの作業が終わると、四人はふたたびラウンジに集まった。

「後は明日中に救助が来るか、火山ガスが引いてくれるのを祈るしかない」

滝野が神妙な顔で窓の外を見て、顎髭をねじねじする。

「岡下が異変に気づいて、救助を呼んでくれたらいいんだけど」

「期待しない方がいいだろうな」

滝野は即座に切って捨てる。

姪っ子が腹を下さなければここにいるはずだったもう一人の探偵は、ひどくしょぼくれた男だった。知恵はある。根性もある。想像力もある。探偵の素質は揃っている。だが貧相なのである。一緒にいるとしみったれた気分になる。だんだん腹が立ってくる。頰を引っ叩《ひっぱた》いてやりたい気分になる。他の四人と同様、十年前に個人事務所を開いたはずだが、評判は一度も聞いたことがない。いくら腕があっても貧相では名を上げられないのだ。

「それより考えることがあるでしょ。この中の誰が百谷を殺したのか」

泉田はそう言いながら、通路の血痕をタオルで隠した。死体はスマホのカメラで念入りに撮影した後、二階の客室へ運び、ベッドに寝かせてある。

傍観者として見れば、この事件にはもっと魅力的な謎がある。犯人はどうやって密室状態の館から出て行ったのか——これだ。とはいえ当事者にとって犯人の特定が優先なのは言うまでもない。

念のため確認しておくと、百谷を殺した犯人は篤美ではない。今日は酒を飲んでいないから、実は記憶を失くしていた、というインチキ小説のようなこともありえない。犯人は残る四人の誰かだ。

「あの。それは本当に、今、考えなきゃいけないことなんでしょうか」

よもや異論はあるまいと思いきや、釧が手を挙げて言った。

「そりゃそうでしょ。人が死んでるんだから」

泉田が眉を寄せる。この女二人は昔から反《そ》りが合わず、思春期の母娘みたいに何かと角突《つの》き合わせていた。

「一番大事なのは命を守ることです。恐れなきゃいけないのは、仲間割れをしたり、パニックになったりすることだと思います。今は犯人捜しより、四人で協力して、生き延びることを考えるべきじゃないでしょうか」

泉田が反論するより早く、釧が言葉を継ぐ。

「もちろん、犯人がさらなる凶行に及ぶ危険があるなら話は別ですよ。でもこれは、そんな事件じゃないですよね」

なるほど。およそ探偵らしからぬ訴えだが、釧の言うことも理に適《かな》っていた。

今回の事件の場合、犯人はさておき動機ははっきりしている。百谷は白川龍馬が死ぬきっかけをつくった張本人でありながら、勝手に別荘を貸し切って、大麻を吸い、覚醒剤を打って、アダルト動画を楽しんでいた。犯人はそれを目《ま》の当たりにして怒りが湧き上がり、背中を刺してしまったのだ。閉ざされた洋館というおあつらえ向きの舞台とはいえ、犯人が次の凶行に及ぶとは考えづらい。少なくとも、探偵たちが犯人を追い詰《つ》めない限りは。

「わたしは賛同できない」それでも泉田は頑《かたく》なだった。「探偵っていうのは信頼で成り立つ商売でしょ。万一、わたしたちがこのまま死んだら、白川龍馬の弟子は四人集まっても犯人を当てられないぼんくらってことになる。天国の白川さんに合わせる顔がない」

引き際を見失ったやくざと同じ理屈だ。

「ちょっと待て。おれに良い提案がある」

この手の揉《も》め事の仲裁は十八番だ。篤美は展示室へ向かうと、受付カウンターの戸棚から雑記ノートを四冊取って、ラウンジへ戻った。

「釧の言う通り、無事にこの館を出るまでの間、犯人を探るのはやめよう。その代わり、真相が分かったら、このノートに書き残しておくんだ。推理を書き終えたら、ノートを客室の金庫に仕舞っておく。万一、ガス中毒で死んでも、真相を見抜いていたという事実は残る。そうすれば探偵の信頼は守られる」

もちろん、白川龍馬の面子《メンツ》もだ。

三人は腹を探るように顔を見合わせてから、

「なるほどね」

「悪くないな」

「そうしましょう」

篤美の提案を受け入れた。


六時三十分。探偵たちは二階へ上がって部屋割りを決めた。

二階は廊下の左右に六つの客室が並んでいた。右手前の部屋には死体が寝かせてある。右手中央と奥の部屋を滝野と釧が、左手手前と中央の部屋を篤美と泉田が使うことになった。

篤美は部屋に入ると、ベッドに寝転がって、長いため息を吐《つ》いた。

首をぐるりと回す。ベッドサイドには貴重品を入れる金庫。天井にはガムテープで塞がれた換気口。壁には薬物中毒者が描いたような趣味の悪いイラスト。窓の外には暗闇が広がっている。

ふと古い記憶がよみがえった。

白川に弟子入りしたばかりの頃、一度だけ別荘に招待され、この客室に泊まったことがある。あの日、喉が爛《ただ》れるほどウォッカを飲んだ篤美は、部屋に入るなりベッドに倒れ込んだ。

吐き気を堪《こら》えながら夢と現実を行ったり来たりしていると、ふいに言いようのない不快感を覚えた。ベッドの右の窓から、じりじりとした視線を感じたのだ。

おそるおそる首を捻り、窓の外を見る。そこには男の死体が浮かんでいた――。

もちろん現実ではありえない。あの頃から、自分には死体の夢を見る素質があったようだ。篤美は窓を見た。死体こそ浮かんでいないが、ガラスの向こうには硫化水素とやらが充満しているという。椋鳥の一つでも激突すれば、自分は死ぬ。そう考えると背筋が寒くなった。久しく忘れていた、身の竦むような恐怖が湧き上がってくる。

ベッドから身を起こすと、両目をぐりぐりと押さえ付け、不安から無理やり気を逸らした。三人の探偵たちは、すでに犯人の目星を付けているだろう。自分のノートだけ真っ白では格好が付かない。現場の光景や探偵たちの言動を思い返し、推理を巡らせた。

六時五十分。篤美が頭を抱えていると、部屋の外から床板の軋《きし》む音が聞こえた。扉の下に五センチほどの隙間があって、廊下の音が聞こえてくる。誰かが階段を下りたのだろう。七時の夕食にはまだ時間があるが、便所だろうか。

その後もあれこれと知恵を絞ってみたが、犯人の目星は付かなかった。

午後七時。ラウンジに集まって夕食を摂《と》った。ローテーブルが使えないので、床にテーブルクロスを広げてグラスや食器を並べる。気分だけはピクニックだ。

「とんでもないことになったが、十年ぶりの再会を祝して」

滝野が音頭を取り、四人でグラスを合わせる。宴会になると出しゃばりだすのも白川ゆずりだ。

篤美は一息にワインを飲み干した。喉《のど》にざらついた感触を覚えたが、芳醇《ほうじゅん》な香りがそれを掻《か》き消した。旨《うま》い。つまみにチーズがないのが残念だ。

男二人はがぶがぶ酒を呑んだ。女二人も初めこそちびりちびりとやっていたが、話が熱を帯び始めると、吹っ切れたようにぐいぐい呷《あお》り始めた。

「お前、宇宙電波の観測って何だ。探偵なら宇宙人じゃなくて犯人を追いかけろよ」

思い出話が一通り済んだところで、滝野が泉田に食ってかかった。この男は酒に酔うと人に喧嘩を売らずにいられないのだ。これは天性の性分である。

「地球外文明の発見は人類の悲願なのよ。あんたみたいにけちな犯罪者を追いかけて終わる人生と一緒にしないで」

泉田が容赦のない反撃を浴びせる。宇宙電波とやらを観測しているのは本当らしい。

「泉田さんって、本当に大学院を出てるんですよね？」

釧が尻馬に乗って毒づく。滝野の暴言は挨拶みたいなものだが、釧の悪態には妬《ねた》みが宿っていた。こちらの方が数段質《たち》が悪い。

「何それ。学歴詐称って言いたいの？」

「もちろんありえないと思ってますよ。けど泉田さんの名前で論文を検索しても、一つも見つからなかったんですよね」

「そりゃ論文を書くだけが研究じゃないもの」

泉田は鼻を鳴らして、ワインで紫になった唇を持ち上げる。

「宇宙人の電波を観測すると、おれの人生に何か良いことがあんのか？」

篤美は話題を戻した。皮肉ではなく素朴な質問だった。

「地球外文明の在処《ありか》を探ることは、人類が地球に生まれた理由を知ることでもある。篤美くんどころか、人類にシンギュラリティを突破するような飛躍をもたらす可能性があるってこと」

よく分からなかった。

篤美はふと、十年前、泉田と一家惨殺《ざんさつ》事件の捜査協力に出かけたときのことを思いだした。殺されたのは函館《はこだて》の大地主の家族で、現場の屋敷も馬鹿が付くほどでかかった。

いつも冷静な泉田が、この日は妙に朦朧《もうろう》としていた。二人で分担を決め、警察に交じって証拠品を探していると、泉田が浴室へ向かうのが見えた。篤美が「そっちは血だまりだぞ」と忠告すると、泉田はなぜか仏頂面《ぶっちょうづら》で「知ってるよ」と言って、そのまま浴室へ向かった。

数秒後、浴室から大きな物音が聞こえた。慌てて浴室へ向かうと、泉田が全身血まみれで尻餅《しりもち》をついていた。泉田はそのまま過呼吸を起こし、何の成果も上げずに自宅へ帰った。

この日の泉田は明らかに様子がおかしかった。単に体調が悪かっただけかもしれない。ただこの日、空に浮かんでいた赤い満月が、不思議と記憶に焼き付いていた。

「宇宙には意思がある」

泉田が唐突に声を張り上げた。釧がぎょっと目を見張る。泉田は天井の照明に両手を翳《かざ》して、肩をびくびく震わせた。目の焦点が合っていない。十年前、浴室で目にした表情と似ている。

「泉田さん、大丈夫ですか」

さっきまで妬みを吐き散らしていた釧もさすがに不安そうだ。

「シンギュラリティ？　宇宙の意思？　おい、泉田が釧ちゃんみたいなことを言い出したぜ」

滝野はまるで異変に気づかない様子で、楽しそうに釧の太腿《ふともも》を撫《な》でた。

「懐かしいなあ。政治家のおっさんが自殺したとき、釧ちゃんがイルミナティの陰謀だって言い出したのは傑作だったぜ。三億円事件は捏造《ねつぞう》で、聖書には暗号が隠されてんだろ？」

釧は眉を寄せ、迷惑そうに足を引っ込める。十年前の釧が陰謀論にかぶれていたのは事実だ。穴があれば入りたい気分だろう。

「もう信じてないですよ。子どもじゃないんですから」

「そうか。釧ちゃんも大人になったか。つまんねえな」

滝野が唇に付いた涎《よだれ》を拭《ぬぐ》う。釧は泉田に視線を戻して、さらに目をでかくした。

「宇宙が……介入する……」

泉田は右手でグラスを傾けながら、左手をデニムパンツに突っ込んで股間《こかん》をまさぐっていた。

「泉田さん、飲み過ぎですよ」

「待ってて……宇宙……」

泉田はショーツから出した人差し指に舌を絡ませる。納豆みたいな臭いがした。

「こりゃ駄目だ」滝野はげっぷをしてから篤美を見て、「おい。お前はどうなんだ。ちっとも話を聞かねえぞ。事務所は閑古鳥《かんこどり》か」盆暮れの親戚みたいなことを言った。

「歌舞伎町は日本一人が死ぬ街だぜ。今日も死体。明日も死体。死体が多すぎて休む暇もねえよ」

「わははは。釧ちゃん、聞いたか。死体。死体。死体としたいだってよ。わははは」

滝野が大笑いする。釧まで手を叩いてげらげら笑い始めた。

「何が楽しいんだ。おれはすっかり死体中毒だぜ。死体を拝み過ぎて、その日に見た死体が必ず夢に出てくんだ」

「じゃあ今日は百谷が夢に出てくんのか」

「災難だろ」

「最悪だな」

「そんな言い方はひどいですよ」

声のした方を見て腰を抜かしそうになった。篤美と滝野の間に、百谷朝人が割り込んできたのだ。背中に包丁の柄がおっ立っているが、意外と血色は悪くない。

「急に出てくんな。びっくりするだろ」

「びっくりしたのはこっちですよ。いきなり背中に包丁を刺されたんですから」

百谷が唇を尖《とが》らせる。滝野は何でもないような顔で腹を掻いている。釧は白い壁を見てげらげら笑っている。泉田は宇宙を感じている。

「で、お前。誰に殺されたんだ?」

「本人に聞くのは反則です。探偵なら自分で考えないと」

百谷が粘っこい笑みを浮かべる。憎らしいやつだ。篤美が頬《ほお》をぶん殴《なぐ》ろうとすると、

「ああ!」釧が唐突に叫んだ。頬が火照《ほて》っている。「犯人、分かっちゃった!」

「何だ。ロスチャイルドか?」滝野がおちょくる。

「いや、レプティリアンですよ」百谷も尻馬に乗る。

「教えませんよ。ノートに書くってみんなで決めたでしょ」

釧はラウンジを出ると、階段へ続く引き戸を開け、うきうきと二階へ向かった。

「ちょっと待て。おれだって犯人くらいとっくに分かってるぜ」

負けず嫌いの滝野が立ち上がり、派手に足音を鳴らしてそれに続く。

「犯人犯人って、そんなの分かり切ってるでしょ」

泉田も半分尻を出したまま立ち上がり、ふらふらと後に続いた。

気づいたときには、ラウンジは篤美と百谷だけになっていた。

「篤美さんはどうですか。ぼくを殺した犯人は分かりましたか」

百谷が大麻を巻きながら言う。

篤美ははっとした。この数年、死体を見るたびに感じてきた身を削《そ》ぐような不安が、完全に消え失

せていたのだ。

「馬鹿にするな。おれだって分かるよ」

百谷がここにいることを考えれば、真相は明らかだ。

篤美は腰を上げ、ラウンジを出た。

やけに心が軽い。羽でも生えたような気分だった。

II　ディティクティブ・オーバードーズ

長年、不思議に思っていたことがある。

わたしはこれまで多くの殺人犯と対峙《たいじ》してきた。中には巧緻《こうち》なトリックを弄《ろう》して事件を事故に見せかけたり、他人に濡《ぬ》れ衣《ぎぬ》を着せたりするやつもいた。この手の犯人は驚天動地《きょうてんどうち》のトリックを考案するくせに、なぜか信じがたいほど稚拙《ちせつ》な手掛かりを残している。詰めが甘いのだ。わたしはそれが不思議でならなかった。

今日、初めて犯人の側に立って、ようやく疑問が解けた。人殺しはとんだ重労働なのである。自分とほとんど同じサイズの動物の息の根を止めるのだから、想像を絶する大仕事だ。でも本当に大変なのはそこからで、現場からあらゆる痕跡を消し去り、矛盾なく嘘を吐き通さなければならない。場合によっては、前例のない斬新なトリックを捻り出し、実行することが必要になる。むろん一つのミスも許されない。

とかく殺人は大変なのだ。わたしの場合、それに輪をかけてタイミングが悪かった。今日、十月十日の白龍館には、五人の探偵が集まることになっていたのだ。

なぜこんなときに百谷を殺したのか。自分でも分からない。強《し》いて言えば、わたしはむなしかったのだ。

独立して十年。それなりの名声を得るにつれ、わたしは恐怖を感じるようになった。探偵には失敗が許されない。一度のミスが積み上げてきた実績を台無しにしてしまう。孤独で気の休まらない日々が何十年も続くのだ。

重圧から逃れようと、薬物にも手を出した。白川のように振る舞えば、この呪《のろ》いからも自由になれるような気がしたのだ。期待した通り、トリップしている間は不安から逃れられた。だが白川の末路を知っているだけに、正気に戻ってからはいっそう気分が重くなった。

そんな八方塞がりの状態だったこともあり、わたしは仲間たちとの再会を心から楽しみにしていた。虫の好かない者もいるが、そんなのは些細《ささい》なことだ。

意気揚々《いきようよう》と自宅を出ると、集合時刻より約一時間早く白龍館に到着した。そこでわたしを待っていたのは、優雅に大麻をふかす百谷朝人の姿だった。

それはあまりに身も蓋《ふた》もない真実だった。神はいない。探偵は報われない。どれだけ孤独な戦いを続けても、十年後に残るのはゴミを漁《あさ》るゴキブリだけ。

わたしはむなしくなった。白川が味わった痛みを目の前の男にも教えてやりたくなった。こんなときにこんな場所で人を殺したら後悔するのは分かっていたが、だからこそ勢い任せにやるしかないという妙な覚悟が芽生えた。

わたしが小腹が空《す》いたと言うと、百谷は億劫《おっくう》そうにソファから腰を上げ、わたしをキッチンに案内した。わたしは戸棚から洋包丁を取り出し、百谷に向けて振りかぶった。

「わはは、なんで？」

百谷は驚きと戸惑いの入り交じった珍妙な顔で、キッチンを出ようとした。わたしはその背中に刃を突き立てた。

ゴキブリは死んだ。

感慨に耽《ふけ》っている暇はなかった。探偵たちがやってくる。集合時刻にはまだ時間があるが、わたしのように早く到着する者もいるだろう。それまでに身を守る策を講じなければならない。

わたしは洋包丁の柄をハンカチで拭うと、玄関へ向かい、とある仕掛けを作った。

材料は三つ。シューズラック、円柱形の傘立て、それにお掃除ロボットのキャンディだ。

まず傘立てを横に倒してから、シューズラックを持ち上げ、前側をキャンディに、後ろ側を傘立てに載せる。キャンディよりも倒した傘立ての方が高さがあるから、シューズラックは前側へ傾くことになる。

この状態で外に出て、ドアを閉める。リモコンでキャンディを起動し、ラウンジのホームベースへ戻るように指示を出す。シューズラックの下からキャンディが抜けると、傾きがさらに大きくなり、ドアを塞ぐように倒れるというわけだ。

シューズラックを倒したのは、百谷が午後四時三十分の地震よりも前に殺されたように見せかけるためだった。

四時三十分——白龍館へ到着する直前、わたしは車を運転しながら、スマホで事務所のスタッフと通話していた。後から確認を取れば、地震が起きたとき、わたしは白龍館に到着していなかったと証言してくれるだろう。もちろんアリバイ工作のために嘘の電話をかけた可能性もあるが、現場を見れば計画的な犯行ではないのは明らかだから、事前に準備工作をしていたとは考えづらいはずだ。

わたしは山道を引き返すと、少し時間を潰《つぶ》してから白龍館へ戻り、初めてそこへやってきたふりをした。死体に驚き、いつもの自分と変わらない反応をしてみせる。隙をついてキャンディのリモコンを戸棚に入れておくのも忘れなかった。火山ガスで館に閉じ込められたのは想定外だったが、すぐに警察を呼ばれずに済んだのは幸運だった。

六時三十分。四人で事件の対応を決めると、二階の客室を選び、各々で休息を取った。

わたしはドアを閉めるなり床に倒れ込んだ。犯人であることを気取《けど》られず、普段通りの振る舞いを続ける。たったそれだけのことにこれほど神経が磨《す》り減るとは思わなかった。

このまま探偵たちを騙し通せるとは思えない。彼らは遠からず真相を見抜き、わたしを犯人と指摘するはずだ。

それでも自白する気にはなれなかった。あんなつまらない男を殺しただけで、十年分の名声を失うなんて耐えられない。絶対にこの窮地を抜け出してやる。

ではどうすべきか。初めから答えは分かっていた。

探偵たちを皆殺しにする。

そして、事件そのものをなかったことにするのだ。

仮に白龍館から無事に逃げられたとしても、探偵たちが生きている限り、わたしの人生に安寧《あんねい》はない。ならばいっそのこと、三人の口を塞いでしまえばいい。毒を食らわば皿までだ。

もちろん一人だけ生き残っているのが警察にばれたら意味がない。救助がやってくる前に三人の死体を処分する必要がある。わたしを含め、四人の探偵を失踪させてしまうのだ。ここは山の中だから、死体を埋める場所には困らない。そして姓名を変え、まったく新しい人生をやり直すのだ。仲間たちの名誉は守られるし、わたしも仕事の重圧から解放される。

問題はどうやって三人を殺すかだ。

客室の扉には錠がない。寝静まった深夜に部屋を回り、刃物で刺し殺すか？　深夜といえど探偵たちは侵入者への警戒を怠らないだろう。探偵を殺すには、彼らの想像を超える手を考えなければならない。

ふと顔を上げる。窓の外が夜闇《やあん》に沈んでいた。一見ただの窪地だが、この場所には致死性のガスが溜まっているという。これを利用しない手はない。

計画はすぐに練り上がった。決行は明朝。日が上るまでに倉庫部屋から竹箒《たけぼうき》とビニール紐《ひも》、遊戯室からビリヤードボールを調達しておく。竹箒は刷毛《はけ》の部分を外して、竹の柄を取り出す。ビリヤードボールはビニール紐で十字に縛《しば》り、紐の一端を三メートルほど伸ばした状態にしておく。

三人が起床し、ラウンジに集まったタイミングで、階段を下り、ラウンジと階段の間の引き戸を塞ぐ。階段側の溝に竹を挟んでおけばラウンジ側からは開けられない。

階段を上って客室に戻ると、息を止め、窓を細く開く。左手で紐の端を掴《つか》んだまま、右手でバルコニーの向こうにビリヤードボールを投げる。ボールは宙へ飛び出した後、弧を描いて客室の下、一階のラウンジの窓に激突する。窓ガラスが割れ、ラウンジにガスが侵入。探偵たちは中毒症状を起こす。硫化水素は空気より重いから、逃れるには二階へ上がるしかない。だが階段へ続く扉は塞がっている。三人は息絶え、わたしだけが生き残る。

「できるできるできる」

声を出して床から立ち上がった。

部屋を見回して、ふと違和感を覚える。息を止め、じっと部屋を観察した。

目に留まったのは金庫だった。扉にテンキーが付いていて、ものを入れるときに六桁の暗証番号を入力する仕組みだ。

篤美厚の発案により、探偵たちは推理をノートに書いて金庫に仕舞っておくことになっていた。六桁の暗証番号はそう簡単には当てられない。無事に三人を殺しても、金庫を開けようと手こずっているうちに救助が来てしまったらお終《しま》いだ。

たった一晩、探偵たちが推理をせずにいてくれれば、わたしの計画は成功する。だが探偵に何も考えるなと言うのは、息をするなと言うようなものだ。夕食でワインをがぶ飲みさせてやれば少しは思考力が落ちるかもしれないが、彼らの肝臓に運命を委《ゆだ》ねるわけにはいかない。

ベッドに横になり、必死に知恵を絞った。あと一つ名案が浮かべば、この危機を乗り切れるはずだ。

ふと顔を上げる。壁を覆《おお》うように、大きな縦長のポスターが飾ってあった。

カラフルに着色された女性の横顔が、万華鏡のように無数に反復している。ラウンジに飾ってあったのと同じ、ピーター・マックスのアート作品だ。幻覚剤のイメージを盛り込んだサイケデリックアートである。客室に置くには強烈すぎるが、白川らしいような気もする。

気になったのはポスターの配置だった。下の半分ほどがベッドのヘッドボードに隠れているのだ。

先ほどの違和感の正体はこれだった。自慢のポスターをわざわざ半分見えない位置に飾るはずがない。別荘が完成し、ポスターを飾ってから、何かの理由でベッドを動かしたのだ。

白川はこの別荘でコカインや幻覚剤を嗜《たしな》んでいた。万一の家宅捜索に備え、薬物を隠す手段を用意していたはずだ。この部屋にも秘密の隠し場所があり、それが見つかりにくいようにベッドを動かしたのではないか。

わたしはベッドの脚を持ち上げ、床のカーペットを剝《は》がした。

床板が長方形に刳《く》り抜かれ、空洞に木箱が入っていた。

箱を取り出し、蓋を開ける。錠剤を包装したアルミシートが詰め込まれていた。錠剤の表面にACIDと彫ってある。棚から牡丹餅《ぼたもち》、床下からLSDだ。生まれて初めて神様を信じる気分になった。

時刻は六時五十分。夕食まであと十分ある。わたしは部屋を出ると、階段を下り、ラウンジからキッチンへ向かった。人の気配はない。カクテル用のマドラーにラップ、そしてワインボトルを抱え、部屋へ引き返した。

アルミを破って桃色の錠剤を取り出す。デスクにラップを敷き、マドラーの先端で念入りに擂《す》り潰す。ラップを四方から持ち上げ、粉末を中央にまとめて、ワインボトルに粉末を流し込み、マドラーで攪拌《かくはん》する。

この後の夕食で、探偵たちはLSD入りのワインを飲むことになる。LSDは中枢神経系のセロトニン受容体と結合する。知覚が増幅し、世界が歪《ゆが》み、存在しないものを目にする。果ては自己と他者の境界を消し、宇宙と同一化したような万能感をもたらす。持続時間は六時間から十四時間。探偵たちは推理どころではなくなり、気づけば朝日を迎えているというわけだ。

もちろん一人だけワインを飲まないわけにはいかない。幸か不幸か、わたしは過去に何度かLSDを摂取している。耐性が付いているから、飲み過ぎなければトリップはしない。

わたしはふたたびキッチンへ向かうと、ワインボトルを置いて、何食わぬ顔で部屋へ戻った。

＊

〈篤美厚のノート〉

百谷朝人を殺した犯人は誰か。その人物はどのように白龍館から脱出したのか。ここに記すのは以上の二点への解答である。

まず冒頭の設問は誤りである。百谷朝人は生きている。わたしたちが愉快に酒を飲んでいると百谷朝人もそこに現れ一緒に酒を嗜んでいた。思うに宴会が羨ましかったのであろう。これを読んだ警察諸君は指紋や歯型や血液型をよく鑑定し死体が百谷朝人でないことを第一に確認されたい。

では殺されたのは誰か。百谷朝人によく似た別人すなわち白川龍馬である。百谷朝人は若き日の白川龍馬と瓜二つであった。百谷朝人はそれを利用したのである。白川龍馬は十年前に暴漢に顔を刺され死んだとされるがこれは半分正しく半分誤りである。

白川龍馬には多くの敵がいた。警察と連携するまでの二年間は犯罪まがいの捜査を繰り返し各界に敵対者を生んだ。命の危険を感じた白川龍馬は風体の似た者を用意しこれを殺すことを決意した。赤の他人を身替わりにして死んだふりをしようと企んだのである。

白川龍馬は十年前に事務所で男を殺した。顔を執拗に損壊したのは入れ替わりのためである。白川龍馬は死体を残して事務所を去ろうとした。そこへ百谷朝人が訪れた。白川龍馬は死体を隠し百谷朝人を事務所に招き入れた。だが丸山周が百谷朝人を昏倒させ事務所に侵入した。丸山周は白川龍馬を刺した。白川龍馬は死んだ。丸山周は泥酔により昏倒した。百谷朝人はやがて目を覚ました。百谷朝人は借金を重ね追われる身である。百谷朝人は白川龍馬の目論見を見抜き自らもそれに倣った。すなわち白川龍馬の死体を自らの身替わりにしようと企んだのである。

百谷朝人は事務所から死体を運び出したがこの計略には問題があった。瓜二つといえど白川龍馬と百谷朝人は十二の年の差がある。髪や肌を比べれば明らかに別人であり身替わりとするのは困難である。ゆえに百谷朝人は死体を亜空間に保存した。亜空間には質量も時間も存在しない。ゆえに死体は腐敗を免れる。百谷朝人は白川龍馬の死体を隠し将来の危機に備えたのである。

十年が過ぎた。百谷朝人は三十八になり風貌はますます晩年の白川龍馬に近づいた。借金が膨らみ首の回らなくなった百谷朝人は死体と入れ替わることを決意し亜空間から死体を取り出した。

百谷朝人は死体をキッチンの冷蔵庫に隠した。百谷朝人は偽装殺人の準備のため白龍館を離れた。だが本日の地震で冷蔵庫の扉が開き死体が転げ落ちた。扉はその後の揺れで閉まった。やがてわたしたちが現れた。わたしたちは突然現れた白川龍馬の死体を百谷朝人の死体と勘違いした。

この勘違いは探偵には許されぬ過ちであるがやむを得ぬ面もある。わたしは白龍館に入るなり何者かが大麻を吸ったことに気づいた。それゆえ無断で白龍館に居座り大麻を嗜むような愚か者は百谷朝人の他にないと思い込んだのである。

推理は以上である。殺されたのは白川龍馬であり犯人は丸山周である。密室で人が殺されたのではなく密室内に保管されていた死体が転がり出たのである。

余談だがわたしたちの世界と亜空間の接点はここ倉戸にあると考えている。火山から放出される熱が空間の境界を溶かしているのではないかと推察する。

白龍館では他にも不可解な事象を目にしている。女の服が透けたり背に羽が生えたりキッチンの床の砂糖が覚醒剤に変わったり窓の外に死体が浮かんだりといったものである。これらは亜空間の影響によるものと思われる。

わたしはこの筆を置いた後に亜空間へ向かう。かつて死体を見たベッドの右の窓こそ亜空間の入り口である。あなたがこれを読んでいるときわたしは生きているだろうか。それは亜空間が決めることである。

〈滝野秋央のノート〉

おれは白川さんを尊敬している。探偵を続けるほどに憧憬は大きくなるばかりだ。最近は白川さんの真似をして馬のあれほど太い煙草を吸いチェーン酒場でしゃぶしゃぶを食べアグネス・ラムを雇っている。白川さんの幽霊に命令されたらホカホカライフのアダルト本コーナーで表紙のAV女優とセックスをするのも厭わないが幽霊は女の尻を追うばかりでおれには見向きもしないだろう。白川さんは通信簿にシャブ中と書かれたがこれは二つの意味で間違っている。第一に白川さんが好んだのはコカインとLSDだ。白川さんはアレルギーで覚醒剤を打てなかった。一度打ったときは顔がピンクになって病院に運ばれた。白川さんを殺すにはナイフで首を絞めるか覚醒剤を打つことだ。おれは砂糖を覚醒剤に変えられるからいつでも白川さんを殺すことができる。信じられないならキッチンの床を見てほしい。本当は白川さんを殺すのではなく生き返らせられるようになりたい。第二に白川さんはどんな薬よりも女に溺れていた。それは死の恐怖の裏返しだった。白川さんはやくざにも政治家にも家族にも命を狙われたびたび暴漢に襲われダンプに撥ねられ自宅に火をかけられしゃぶしゃぶにヒ素を入れられた。仕事というのは本来やればやるほど人生が安定するものだが探偵とチェーン酒場の店長と下請けのＳＥはなぜかやればやるほど寿命が短くなる。事件を解決すれば犯人に恨まれ失敗すれば警察や遺族に恨まれる。いくら払ってももらえない年金みたいなものである。八方塞がりである。それでも探偵を続けると生きているのか死んでいるのか分からないゾンビになる。晩年の白川さんがそれだった。白川さんは女に溺れた。白川さんの女漁りは常軌を逸していた。どんな色情魔も手を出す女は似通ってくるものだが白川さんはヒトの雌なら赤ん坊も後期高齢者も選り好みしなかった。白川さんはセックス中毒だったが性倒錯者ではなかった。性倒錯とは露出窃視糞尿嘔吐窒息流血殺人食人埋葬臍などに性的興奮を抱く類のものであるがもとよりこれらの嗜好はカミングアウトされることが少ない。性倒錯者には殺人者が多いと思われがちだが殺人者しか性倒錯をカミングアウトする機会がないのである。五階から落ちるより十階から落ちる方が怪我が少ないと言うヤブ医者のようなものである。よって白川さんが糞尿や吐物を愛好していた可能性もゼロとは言えないがおれの知る限り白川さんのプレイは平均的だった。百谷朝人の小説くらい退屈でホカホカライフのアダルト本コーナーに置いても差し支えのないジャンルのものだった。好きなタイプは太陽の恋人アグネス・ラム。十人並みだ。なのにセックスの相手は一切選り好みせず誰でもベッドに連れ込むのである。おれは白川さんになぜ年齢容姿問わず穴さえあれば突っ込むのかと尋ねた。お前は時間に縛られているのだと白川さんは答えた。人間のすべては他者と自己により形成される。他者は感覚器から中枢神経系へ届けられた物理的化学的刺激の集積であり世界とも呼ばれる。自己は刺激に対する心的現象の総体であり意識とも呼ばれる。見た景色聞いた音嗅いだ匂いは他者だが汚いやかましい臭いといった感情は自己の一部である。他者はその一端に触れることしかできないが自己は訓練によりコントロールできる。では時間はどちらか。目を閉じ耳を塞ぎ鼻を摘まんでも人は確かに時間を感じる。時間は物理的科学的な刺激ではなく自己の中に存在しているのである。アルツハイマー型認知症の患者は時間の流れを正しく認識できないことがある。おれもLSDやPTAをキメると時間が変速したり拡張したり逆行したり分岐したりする。これは意識が時間を生み出している証拠である。つまり時間はコントロールできる。お前のベッドに二十歳のアグネス・ラムが眠っている。それは本当に二十歳のアグネス・ラムか。むろんアグネス・チャンではないがお前の意識が二十歳と判断したに過ぎず実際は過去のアグネス・ラムと未来のアグネス・ラムが重なり合ったいわばシュレディンガーのアグネス・ラムである。おれは女を抱くとき自己から自由になる。時間にとらわれず存在そのものを抱くことができる。ゆえに赤ん坊も老婆も変わらない。白川さんはそう答えた。白川さんがどれだけ真面目に答えたのかは幽霊を見つけて聞いてみないと分からないしゾンビにまともな回答を求めるのは酷だがおれは正直な答えだったのではないかと思う。白川さんは時間を手懐けており女の年齢に興味を持たなかったのである。さてセックスの話ばかりでは目に毛が生えそうなので本題に入る。白龍館の殺人である。白川さんはセックス中毒の天才だが百谷朝人は薬物中毒の穀潰しでどうしようもない人間のくずだった。あるときは退屈な小説を押し売りしあるときは白川さんに金をせびっていた。投資詐欺に遭ったと嘯いていたが本当は薬を買う金が欲しかったのである。どうせ年金も住民税も給食費も払っていない。そんな百谷が死んだ。百谷は今も薬に溺れていた。大麻のやり過ぎで大麻になりかけていた。動くと肌から大麻がぽろぽろ落ちた。問題は密室である。犯人は館に閉じ込められたはずなのに中へ入ると人はいなかった。犯人はどこへ行ったのか年金のように消えたのか。そこで思考の転換が必要となる。ヤブ医者のように現象に囚われず本質を見なければならない。三次元に犯人の逃げ道はないが四次元にはそれが残されていた。時間である。犯人は過去から現在を訪れ百谷を殺し過去へ戻ったのである。犯人は時間を制御できる白川さんである。十年前の白川さんは悩んでいた。百谷に改心する気があるなら手を貸してやりたいがずるずると金をたかられるなら縁を切りたい。そこで十年後の百谷を見ることにした。意識の制約にとらわれず十年後の世界と対峙した。悪夢だった。白川さんはとうに死んでいて百谷は大麻や覚醒剤やAVを楽しんでいた。白川さんの血は煮えたぎりしゃぶしゃぶができた。もとより白川さんは刺す焼く嬲るを厭わぬ男である。白川さんは百谷を刺した。くずは死んだ。弟子がやってくる音が聞こえた。白川さんは慌てて十年前に意識を戻した。こうして現在の白龍館に百谷の死体が現れたのである。あと少し早く白龍館へ到着していればおれは十年ぶりに白川さんと再会することができた。おれはホカホカライフのアダルト本コーナーでAV女優とセックスをする最後の機会を逃したのだ。それだけが無念で仕方ない。

〈泉田真理のノート〉

地球外文明（ETC）はなぜ地球にやってこないのでしょうか。
アメリカの天文学者フランク・ドレイクは、銀河系における人類と交信可能な文明の数《ナンバー》Nを、

$N=R\times f_p\times n_e\times f_l\times f_i\times f_c\times L$ という等式に表しました。パラメータは銀河系で一年に星が生まれる確率《レート》R、惑星《プラネット》を持つ恒星の割合《フラクション》f_p、そのうち生命が維持できる環境《エンヴァイロンメント》を持つ惑星の数n_e、そこに実際に生命《ライフ》が育つ割合f_l、その生命が知的能力《インテリジェンス》を発達させる割合f_i、そこに恒星間通信のできる文化《カルチャー》が発達する割合f_c、その文化が通信を行う期間の長さ《レングス》Lです。

　これらのパラメータの〝分からなさ〟にはばらつきがあります。f_i、f_c、Lなどは憶測の域を出ず、したがってNの値を正確に求めることは不可能です。ただし地球や太陽系は特別な存在ではないと考える平凡原理に基づき、楽観的な概数を当てはめると、$R=10$（一年に十個の星ができる）、$f_p=0.5$（半分の恒星に惑星がある）、$n_e=2$（そこに生命が維持できる環境のある惑星が二つある）、$f_l=1$（生命を育てうるすべての惑星には生命が育つ）、$f_i=1$（生命が育てば知的生命が生まれる）、$f_c=0.1$（知的生命の十分の一は通信を行う文明を持つ）、$L=10^6$（文明はおよそ百万年にわたり通信を行う）といった値になるでしょう。結果は$N=10^6$、すなわちわたしたちと通信できるETCが百万あるということになります。

　これは極端な例ですが、多くの研究者が算出した解は$N>1$となっています。またドレイクの等式は銀河系のみを対象としていますが、宇宙には二兆もの銀河が存在しており、ETCが存在する可能性は極めて高いと言えます。

　一九六〇年代から現在に至るまで、地球外知的生命体探査（SETI）が積極的に行われてきました。しかし人類は未だETCとの交信に成功していません。人類と交信可能な生命が存在するのであれば、なぜ人類はそれを発見できないのでしょうか。

　この問いはイタリア出身の物理学者、エンリコ・フェルミの名にちなんでフェルミ・パラドックスと呼ばれ、ドレイクが前述の等式を発案する前から議論されてきました。ETCは人類へメッセージを発信しているが、人類の技術的限界によりそれを受信できていない。逆にETCが地球と交信する技術を持たないため、人類からのメッセージを受信できていない。あるいはETCの形態が地球上の生命と著しく異なるため、人類がその存在を認識できていない。変わり種では、ETCが高度に発達した結果、仮想現実を好むようになり、他の文明との接触を望まなくなったという説もあります。他にも多くの仮説が科学者によって議論されています。

これらの説に共通するのは、人類とETCが未だ接触していないという事実を、生命体が持つ知覚や知性、技術水準などによって説明していることです。しかし生命体には多様性があります。地球と交信する技術を持たないETCが存在するとしても、すべてのETCが地球と交信していないことの説明にはなりません。地球上の生命と形態の異なるETCが存在するとしても、人類が一つのETCも認識できていないことの説明にはなりません。人類やETCの性質に要因を求める仮説は、無数に存在しうるETCが一つも人類と接触していない事実の説明としては不十分です。

ではあらためて人類がETCと接触できない理由を考えてみましょう。それは生命体よりも高次元の存在が、生命体同士の衝突を避け、生態系を保全しているからです。この存在を宇宙意思と呼びます。宇宙意思は人類とETCとの交信を完全に阻むことのできる超科学的な存在です。現在の人類の技術水準ではこの存在を理解することはできません。

これはハーバード大学のジョン・ボールが唱えた仮説――地球の生態系がETCによって保護されているとする動物園シナリオとは異なります。

現在の自然科学では、すべての力の間に観測される関係を説明する理論、すなわち万物理論は発見されていません。しかし万物理論には複数のパラメータが存在することが予測されています。アメリカの理論物理学者リー・スモーリンは、無作為にパラメータを設定した宇宙において、生命が生まれる確率を10^{229}分の一と推定しました。現在の宇宙は、到底起こりえない偶然の産物なのです。
スモーリンはブラックホールから子宇宙が生まれると仮定し、そこにダーウィンの進化論を当てはめることで、想像を絶する偶然が生じた原因を説明しようと試みました。しかしこれは証明不可能な憶測です。ブラックホールから宇宙が生じるという仮定に根拠がない以上、物理法則とは次元の異なる存在、すなわち人類の精神活動に似た意思が、パラメータを調整していると考えるべきです。

宇宙意思の具体的な介入方法は分かっていません。ここでは事実から法則を導く帰納的推論が有効ですが、過去に宇宙意思の介入が観察されたことはありませんでした。

しかし本日、わたしは宇宙意思の介入と思われる事象を観察しました。

観察場所は静岡県久山市倉戸南西部。介入の対象となったのは三十八歳の男性Mです。Mは十月十日午後五時ごろ、滞在先の別荘で死亡しているのが発見されました。死因は背後から刃物で刺されたことによる心肺機能の停止と見られます。

わたしは別荘を訪ねた際、宇宙意思からメッセージを受け取り、Mが大麻を常用していたこと、ポスターのイラストと性行為を行っていたことを知りました。イラストの女性は白を切ろうとしましたが、宇宙意思に擬態を解かれ、わたしの前で卑猥な声を出しました。

宇宙意思の介入理由は、特定個体の排除による生態系の維持です。大麻に含まれるテトラヒドロカンナビノールは男性ホルモンの一種であるテストステロンを減少させます。イラストと性行為に及んだことからも、Mが生殖の意思を失っていたことは明らかです。宇宙意思はこうした個体を除去することで、人類に生殖活動、ひいては多様性の維持を促したのです。

Mが滞在していた別荘は外部との出入りが遮断されていました。宇宙意思は直接的な接触を伴わない作用、すなわち地球の遠心力を利用してMを殺害したものとみられます。

天体の表面重力は質量に比例します。地中物質の密度が下がれば表面重力も低下します。宇宙意思は倉戸南西部の地下三十五キロ以深のマントルを一時的に拡散させ、表面重力を減少させたのです。地表の固定されていない物体は空中に投げ出されます。Mの身体が空中に舞い上がったところに、誘発された地震の揺れによりキッチンから刃物が飛び出し、Mの背中に突き刺さりました。館内の物が床に落ちたり、位置がずれたりしていたのはこのためです。周辺に硫化水素が滞留したのも地殻変動の影響の一つと思われます。

この文書を発見された方は、ぜひ今回の記録を、宇宙意思の解明に役立てていただきたいと思います。いつか人類が宇宙意思の介入を阻止し、あるいは打ち破って、ETCとの交信を果たす日が来ると信じています。

〈釧邦子のノート〉

ワインを飲み過ぎた。シラカワ探偵事務所の先輩たちと会うのは久しぶりの先輩たちと話したせいで随分とワインを飲んだのは久しぶりの先輩たちだ。

ん？

負けず嫌いのタキノさんは相変わらず酒を飲むとセンダさんへ見栄を張ろうとしても教養の差はとても大きな態度でわたしを揶揄していた学歴詐称のセンダさんが宇宙人を見つけるため電波を探索しているコンピュータが苦手なアツミさんも歌舞伎町の真ん中に事務所を開いて水商売の女たちのとぼけた質問に答える探偵の仕事にはうんざりしている。

何だこりゃ？

深呼吸をする。鉛筆を置く。両手を開く。腰を曲げる。手首を捻る。肩を叩く。夜風に当たりたい。でも死にたくない。やめておこう。鉛筆を握る。

モモヤアサトは死んだ。わたしは真相を知っている。それを書き残す義務がある。酔ったまま仕事をするのは不本意だがやむをえない。わたしは鉛筆を走らせる。

誰かがドアをノックした。振り返る。ドアは閉まっている。部屋が歪んでいる。壁を見る。ぎょっとする。ポスターが風船みたいに膨らんでいる。カラフルな女性が喘いでいる。身体が大きくなる。色が薄くなる。臍のあたりに鉛筆を刺す。ぱん、と音が鳴る。ポスターが萎む。赤、橙、黄の光が溢れる。五角星が舞う。粘弾性の物質が零れ落ちる。そこから湯気が上がる。ふつふつと泡が浮かぶ。目玉焼きの匂いがする。ふうふうと息を吹きかける。ニョキニョキと手足が生える。飛沫が飛ぶ。指が生える。水掻きができる。丸い頭が持ち上がる。目玉がくるりと回る。そしてわたしを見る。生物が生まれる。

「センダマリの脳を啜った容疑でお前を逮捕する」

刑事はわたしの腰に尻尾を巻き付けた。尻尾は半透明の甲羅に覆われていて表面には細かな毛が生えていた。

「お前はサンテ刑務所に収監される。判決は死刑」

「わたしはノートに推理を書いている最中です」

「死刑囚がノートに推理を書くことは認められない」

刑事はわたしの喉に毒針を押し付けた。わたしは部屋を出た。パトカーの後部座席に乗り込んだ。刑事はわたしをサンテ刑務所に運んだ。

サンテ刑務所は四階建てだった。中央の柱に大時計が付いていた。小学校の校舎に似ていた。雑居房では五人の囚人が大麻を吸っていた。

「東京から来ました。釧です。クッシーって呼ばれてます」

わたしは転校生のような挨拶をした。囚人たちも順番に自己紹介をした。

チンパンジーのジャノは「営業成績が下がった者は首を切るように」という社長の命令に従って新入社員の首をスライスして死刑判決を受けた。

ウシのモーガウルは自作の小説を王様のブランチで特集させようとTBSテレビを脅迫して死刑判決を受けた。

スカラベのチャンプは死体のふりをして人体の不思議展に忍び込んで死刑判決を受けた。

バフンウニのオゴポゴは青山一丁目の家賃相場を下げるため飛び降り自殺をして死刑判決を受けた。

量子人間のイッシーは物体を透過するためすべての密室殺人の実行犯として死刑判決を受けた。

いずれ劣らぬ悪党たちだった。

「新入りは何をした」

ジャノが尋ねた。

「わたしは同僚のセンダマリの脳を啜りました」

わたしは答えた。本当はセンダマリの脳を啜った覚えはなかった。しかしわたしはセンダマリを憎んでいた。わたしはセンダマリの脳を啜ったのかもしれなかった。

「どうして同僚の脳を啜った」

「センダマリが高学歴だからです。でもセンダマリの脳はスカスカで味がしませんでした」

「センダマリは本当に高学歴なのか」

「センダマリの学歴は詐称の疑いがあります」

センダマリは東大の大学院を出たという。わたしは大学院を出たことがない。聞くところでは大学院を出るには論文を書く必要があるという。わたしは論文を調べた。センダマリの論文は見つからなかった。

「お前はセンダマリの脳を啜った。お前は悪党だ。お前は仲間だ」

ジャノはわたしにクシャクシャの大麻を差し出した。

「わたしは脱獄しなければなりません。力を貸してください」

「脱獄を試みた者はみな巨人に踏み潰された」

オゴポゴが答えた。オゴポゴはサンテ刑務所のベテランだった。

イッシーが壁の鉄板を外した。四角い穴があった。

穴からはたくさんの牢が見えた。イエティ、クラーケン、サンダーバード、ジャージー・デビル、フライングホース、オルゴイ・コルコイ、ンデンデキ、ルスカ、チュパカブラなどが収監されていた。

広場の真ん中には看守のビッグフットが座っていた。

「ここを出る方法を教えてください」

わたしはビッグフットに尋ねた。ビッグフットは立ち上がった。身長は二十メートルほどだった。

全身が蓑のような毛に覆われていた。ビッグフットは雑居房を覗こうと膝を曲げた。

「いけね」

ジャノは大麻を口に隠した。ジャノが息を吐くと鼻から粉末がこぼれた。モモヤアサトの死体から出てきた大麻に似ていた。

ビッグフットはじっと雑居房を覗き込んだ。皮袋がゆさゆさと揺れた。

「サンテ刑務所を出る方法はあるべき姿でいることだ。ビーユアセルフ」

ビッグフットは言った。そしてまた腰を下ろした。

「死刑囚は死刑囚らしくしていろってことさ」

イッシーは悲しそうだった。

「どうしたらこれ以上死刑囚らしくできるってんだ」

モーガウルが目に角を立てた。

「もっと暴れたり叫んだりするのはどうだ」

ジャノが提案した。

「もうやったよ」

モーガウルが首を振った。

「瞑想はどうだ」

「毎日やってる」

「フォークで壁を削るのはどうだ」

「疲れるのは嫌だ」

「鼠を飼うのはどうだ」

「汚いのも嫌だ」

「詩を書くのはどうだ」

「詩を書くのは良いな。かなり死刑囚らしい」

モーガウルは鼻をひくひくさせた。

「おい新入り。詩を書くからノートと鉛筆を貸してくれ」

「それがないから困ってるんだけど」

わたしは肩を竦めた。

サンテ刑務所を出る方法はあるべき姿でいることだ。巨人はそう言った。これは死刑囚は死刑囚らしくしていろという意味なのか。ここは怪獣刑務所だ。あるべき姿とは怪獣のことではないか。

「脱獄の方法が分かった」

わたしは言った。

「おれはノートと鉛筆をよこせと言ったんだ」

「脱獄すればノートと鉛筆は簡単に手に入る」

「それを先に言ってくれ」

モーガウルはにこにこした。

「動物には癌細胞を自死させる機能が備わっている。細胞が癌化すると、その細胞は収縮し、核が濃縮・断片化し、アポトーシス小体を形成する。アポトーシス小体はマクロファージによって処理される。これをアポトーシスという」

「分かりやすく説明してくれ」

「動物は、体内の邪魔者を自殺させることで、あるべき姿を保っている」

「良かったね」

「ここは怪獣刑務所だ。受刑者は怪獣だ。わたしたちは怪獣の身体の一部だ。いわば怪獣の体細胞だ。だがこの怪獣はアポトーシスを行っていない。そのため邪魔者が排除できずにいる。わたしたちは邪魔者を自殺させることであるべき姿を取り戻すことができる」

「譬え話を使って説明してくれ」

「白川龍馬記念館という退屈な施設がある。そこは白川龍馬の記念館だからそこにいるのは白川龍馬だ。そこにセンダ、クシロ、タキノ、アツミ、モモヤがいた。全員で一人の白川龍馬だった。でもそこには癌が交ざっていた。白川龍馬はアポトーシスを行った。癌は排除された。白川龍馬はあるべき姿を取り戻した」

「誰が排除されたんだ」

「モモヤだ。細胞たちはそれぞれ白川龍馬の素質を担っていた。センダは学識。クシロは想像力。タキノは行動力。アツミは暴力。でもモモヤは何もなかった」

「そいつは邪魔者だ」

「名前もそうだ。センダのセンは『白い水』と書く。クシロは『金の川』と書く。タキノのタキは『水の竜』と書く。アツミのアツは『竹の馬』と書く。それぞれの文字を揃えると白川龍馬になる。モモヤだけ何もなかった」

「そいつは癌だ」

「だからモモヤはアポトーシスにより排除された」

「当然だ」

「わたしたちも同じだ。わたしたちは邪魔者を排除しなければならない」

「誰だ」

「モーガウルだ。わたしたちは皆、怪獣だ。クッシー、ジャノ、チャンプ、オゴポゴ、イッシー。これらは湖の怪獣だ。でもモーガウル、あなたは海の怪獣だ。あなたは邪魔者だ。あなたを自殺させることで、わたしたちはあるべき姿を取り戻すことができる。さあモーガウル、自殺するんだ」

モーガウルは目をくるくる回した。

「そうすればノートと鉛筆が手に入るんだな。そうしよう」

モーガウルは壁に頭突きをする。何度も頭突きをする。わたしは振動する。モーガウルの頭が勦くなる。ツノが曲がる。皮が裂ける。血が跳ねる。頭蓋骨が割れる。脳が洩れる。悪臭が漂う。鱗が光る。触手が伸びる。吸盤が吸い付く。光が溢れる。わたしは鉛筆を走らせる。

何だこりゃ？

Ⅲ　フーダニット・オーバードーズ

1

　ついに幻覚が見え始めたようだ。

　血まみれの男を目にして、岡下収《おさむ》はそう確信した。

　十月十二日、午後三時。予定通りなら二泊三日の日程を終え、白龍館を引き払う準備をしているはずの時間だが、岡下はようやく白龍館にたどりついたところだった。

　昨日までの二日間はろくに寝ていない。そのうえ今日の百五十キロのドライブである。疲労で目が擦《かす》れ、首が凝《こ》り、手足の感覚がぼんやりしている。幻覚の一つや二つ見てもおかしくない。

「あれ、何だろ？」

　助手席のいろりが館の前を指して言う。ついさっきまで呑気《のんき》にヤクルトを飲んでいた少女が、自分と同じ幻覚を見るとは思えない。まさか本物なのか。岡下は目をごしごし擦った。

「いろり、中で待ってて――」

　忠告するより先にいろりは軽自動車を降りていた。小銭でも見つけたような顔で男に駆《か》け寄る。岡下もエンジンを切り、運転席を降りた。

　玄関ポーチの左手、フランス窓から一メートルほどのところに、男がうつ伏せに倒れていた。白川龍馬の弟子の一人、篤美厚だ。うなじから肩にかけて、杭《くい》を打ったような穴が空いている。こぼれ出た肉に蠅《はえ》がたかっていた。死斑の状態から見て、死後三十時間ほどだろうか。

死体のすぐ近く、槍《やり》のように尖った門柱の先端に、べったりと血が付いていた。視線を上げると、二階のバルコニーの窓が開いている。篤美はバルコニーから飛び降りたか、あるいは突き飛ばされて落下し、喉を門柱に刺したのだ。なんとか首を引き抜き、逃げようとしたところで力尽きたのだろう。

それにしても、なぜ誰もいないのか。探偵ばかり集まっているのだから、事件が起きたら現場を調べるなり警察を呼ぶなりするはずだ。

「誰かいませんか」

呼び鈴を鳴らす。返事はない。数秒待ってドアノブを捻ったが、ドアは動かなかった。

一歩下がって館を見回す。窓を順に見ていくと、玄関ポーチの左手の窓が割れていた。板をいくつか貼り付けて、内側から割れ目を塞いである。

「収さん、開けて」

いろりが言う。

岡下はガラスの尖った部分に注意して、掌《てのひら》で板を押した。ガムテープが剝がれ、板が内側に倒れる。穴から腕を入れ、掛け金を外した。

いろりがフランス窓を開け、ラウンジに飛び込む。岡下もそれに続いた。

ラウンジは雑然としていた。壁には派手なポスター、床のテーブルクロスには食器やワインボトルが並んでいる。酒とスナック菓子、それに卵の腐ったような臭い。キッチンへ続く通路にタオルが置かれ、下から血痕が覗いていた。

いろりはラウンジを一通り観察すると、引き戸を開け、階段を上った。

「気を付けて」

いろりの背中に声を掛ける。返事はない。

客室のドアを次々と開く音。

そしていろりが叫んだ。

「みんな死んでる！」


岡下収が二日遅れで白龍館へやってきたのは、ノロウイルスに罹《かか》った姪のいろりを昨日まで看病していたからだった。

いろりは妹の稲子《いねこ》の娘である。稲子はコカインを吸い過ぎて鼻の穴が一つになり、昨年から府中《ふちゅう》刑務所で簞笥《たんす》を作っている。いろりは父親が分からず、稲子の友人も揃って塀《へい》の中に入ってしまったため、やむなく岡下がいろりの面倒を見ることになった。

四十過ぎのおっさんに母親の代わりが務まるのか不安だったが、いろりとは思いのほか馬が合った。怖いもの知らずなところは母親譲りだが、妙に大人びたところは岡下にも似ている。すぐに知らないおっさんと寝てしまうが、面倒が起きたときの折り合いの付け方を考えておく周到さも持ち合わせている。以前から母親の無鉄砲ぶりには幻滅していたようで、酒もクスリもやらずに毎日職場へ通っている岡下のことはそれなりに尊敬しているようだった。

岡下は北千住《きたせんじゅ》に探偵事務所を構えている。といっても依頼は月に数件、その大半は浮気調査だ。白川のもとで働いていた頃の貯金で食いつないでいるが、事務所は五十二カ月連続で赤字を記録。難解な殺人事件を解決して名を上げる日を夢見て十年が過ぎた。これで白川龍馬の弟子を名乗っているのだから詐欺師みたいなものである。

そんなありさまだったので、滝野秋央からの手紙には驚いた。かつて切磋琢磨《せっさたくま》した仲間たちは、それぞれの才能を活かし、探偵として活躍している。浮気したおっさんの尻を追い回しているのは自分くらいだ。そんな自分にも声を掛けてくれるなんて義理堅い。岡下はすぐに承諾の返事を書いた。

だが人生は上手《うま》くいかないものである。十月十日の朝、岡下が歯を磨いていると、便所から凄味《すごみ》のある臭いが漂《ただよ》ってきた。おそるおそるドアを開けると、いろりが便器に頭を突っ込んでいる。聞けば一晩中、いろいろなものを吐き続けていたという。前日はアプリで出会ったおっさんと茅ヶ崎《ちがさき》へ出かけていたらしいが、どんな不衛生なプレイをしたのかは聞いていない。

岡下はいろりを看病してやることにした。ませていても十三歳の少女だ。こじらせて大事になったら稲子に顔向けできない。病院に連れて行くと、いろりはノロウイルスと診断された。特効薬はなく、症状が治まるのを待つ他ないということだった。

「申し訳ない。姪っ子の具合が良くなったら行くから。よろしく」

岡下は滝野に電話を入れた。滝野は「相変わらずだな」と笑っていた。何が相変わらずなのかはさておき、この電話を居間からかけたのがいけなかった。いろりに話を聞かれてしまったのだ。

いろりは翌日も胃液を吐き続けた。このまま死ぬんじゃないかと不安になったが、はたして翌朝にはすっかり元気を取り戻した。そしてあろうことか、一緒に白龍館へ行くと言い始めたのだ。目当ては言うまでもない。名探偵、滝野秋央だ。この少女はごつごつした筋肉質のおっさんに目がないのである。

「連れてってくれないと、また具合悪くなるかもよ」

とんだ屁理屈《へりくつ》だが、ここで一発ゲボを吐かれると、岡下は旧友との再会を果たせなくなってしまう。

岡下は悩んだ末、いろりを助手席に乗せて久山へ出発したのだった。

「予定通りここに来てたら、収さんも殺されてたんじゃない？　あたしのおかげで命拾いしたね」

いろりが得意そうに言う。いろりというよりノロウイルスのおかげだ。

白龍館の二階には六つの客室がある。そのうち四つの部屋に死体が転がっていた。

右の手前の部屋に百谷朝人。中央に滝野秋央。奥に釧邦子。左の中央の部屋に泉田真理の死体があった。左の手前の部屋に死体はなかったが、窓が開いていて、バルコニーの下に篤美厚の死体が落ちていた。

白川の弟子が全員死んでいたことにはもちろん衝撃を受けたが、そこに百谷の死体が交ざっていることも驚きだった。この男は白川の弟子ではない。十年前、白川の事務所に隠れていたことはあるが、それだけで滝野が百谷を誘うとは思えなかった。探偵たちが集まるのを聞き付けたか、あるいは白龍館に棲《す》み付いていたのだろうか。

百谷はベッドにうつ伏せに倒れていて、背中に洋包丁が刺さっていた。一見すると寝込みを襲われたようだが、よく見るとシーツには血が付いていない。一階の通路で死んだのをベッドに運んだようだ。衣類には血が滲《にじ》んでいるが、他に汚れはない。手足の関節を曲げると死後硬直が解け始めていた。死後二日といったところか。左腕には死亡する一、二日前に打ったらしい注射痕が残っていた。

滝野、泉田、釧の死体は状態が似ていた。三人とも床に蹲って、手足を曲げ、歯を嚙《か》みしめている。致命傷となるような外傷はないが、喉を掻き毟《むし》ったような傷が残っていた。服を脱がせると、背中に緑色の死斑ができている。硫化水素中毒だ。天井の換気口がガムテープで塞がれていることから、外からの硫化水素の侵入を防ごうとしたのが分かった。角膜は混濁し切っているが死後硬直は解けていない。篤美と同じく、死後三十時間ほどだろうか。

泉田と釧のスマホはロックが掛かっていたが、滝野のスマホは中身を見ることができた。十日の午後五時五分に110番通報を試みた履歴が残っている。アルバムには二階へ運ぶ前の百谷の写真があった。

以上を踏まえると、白龍館ではこんなことがあったと想像できる。

十日の午後、百谷朝人が背中を刺されて死んだ。同日午後五時ごろ、白龍館を訪れた探偵たちが死体を発見する。前後して硫化水素が発生し、探偵たちは白龍館に籠城する。だが十一日の午前、篤美がバルコニーから飛び降りて死亡。このとき篤美が窓を開けたため、館内に硫化水素が侵入する。客室の扉の下には五センチくらい隙間があるから、部屋にいても硫化水素からは逃れられない。残りの三人も中毒を起こして死んだ。

百谷には殺される理由がある。白川がちんぴらに殺されたとき、事務所のロックを解除させたのが百谷だったのだ。ここに集まった探偵なら、誰が百谷を殺してもおかしくない。だが篤美がバルコニーから飛び降りた理由には見当がつかなかった。

「収さん、ちょっと来て」

いろりに呼ばれ、右手中央の客室へ向かう。ドアを開けると、いろりが滝野の股間を突《つ》いていた。

「せっかく逢《あ》いにきたのに。つまんないの」

悄然《しょうぜん》とつぶやく。

「何？」

「これ見て。いっぱい字が書いてある」

いろりがデスクを指す。鉛筆とノートが置いてあった。他の三人の部屋にも同じものがあったのを思い出す。

「遺書？」

二人はそれを皮切りに、客室を回りながら、四つのノートに目を通した。

どれも奇妙な文章だった。百谷を殺した犯人を考察している点は同じだが、それを中心に書いているのは篤美くらいで、残りの三人は寝言じみた与太話《よたばなし》に大半を費やしている。肝心の推理も真面目に考えたとは思えない代物ばかりだ。

いろりは時折り質問を挟みながらノートを読んでいたが、最後に釧のノートを読み終えると、

「犯人は自分以外の三人を殺すつもりだったんだろうね」

あっけらかんとした顔で言った。

「三人を殺す？」

岡下が鸚鵡《おうむ》並みの返事をする。

「収さん、分かってないの？」

「いや、ええと……、どういうこと？」

いろりは苦笑を嚙み殺して、釧のノートを手に取った。

「四つのノートにはいくつか不思議なことがある。なぜ探偵たちはノートにそれぞれの推理を書いたのか。なぜその推理は普通じゃないのか。なぜノートは部屋に置かれたままだったのか。大きくはこの三つだね。

一つ目、なぜ探偵たちはノートに推理を書いたのか。探偵はお役人じゃないんだから、犯人が分かったら普通は口で説明するよね。わざわざ文章を書いたのは、人にそれを読んでもらいたかったからだ。火山ガスが発生し、探偵たちは館に閉じ込められていた。携帯もつながらない。生きて帰れるか分からない。だから万一の場合に備えて、ノートに推理を残したんだ。

ただ不思議なことに、探偵たちが書き残した推理はばらばらだった。正誤はさておき、四人で話し

合っていれば、推理は一つに絞られたはずだ。彼らは犯人捜しをしなかった。この状況で犯人を特定するのは危険と判断したんだ。逆上した犯人が窓を開けたらみんな一たまりもないからね。とはいえ探偵としての意地もある。いつ死ぬか分からないのに、推理を頭の中に留めておくのは耐えられない。だから四人はそれぞれに推理を書き残したんだ。

でもその推理は、優秀な探偵が綴《つづ》ったとは思えない代物だった。これが二つ目の疑問だ。どれだけ真実が含まれているかはさておき、まともな人間が書いた文章には見えない。これは薬物だよ。四人の文章にも百谷さんが大麻や覚醒剤を使っていたって記述がある。この館には他にも薬物があったんじゃないかな。そこにいない人が見えたり、時間感覚が狂ったり。宇宙の意思を感じたり、自分と他人の境界が曖昧《あいまい》になったり。四人の文章を読む限り、幻覚作用のあるLSDやMDMAを使ったんじゃないかと思う。

気になるのは、一人や二人じゃなく、全員の頭が変になって見えることだ。命の危険に瀕《ひん》して何人かが幻覚剤を使ったのなら分かる。でも四人揃って手を出すとは思えない。この人たちは自分で幻覚剤を使ったんじゃなく、知らぬ間に摂取させられたんだ。探偵に正気でいられると困る人物、つまり百谷を殺した犯人によってね。

四人は犯人捜しをしない代わりに、推理を書き残しておくことを決めていた。でも自分が死んだ後、犯人にノートを処分されたら元も子もない。推理を書いたら、ノートを金庫に入れておく約束だったんじゃないかな。

それに慌てたのが犯人だ。ノートに正しい推理を書かれたら、警察に自分のやったことがばれてしまう。だから探偵たちがまともな推理を書けないように、食事に幻覚剤を混ぜたんだ。

とはいえ幻覚剤は万能じゃない。いつか必ず切れる。ひとたび正気に戻れば、探偵たちは自分の身に起きた異変に気づくはずだ。奇策は時間稼ぎにしかならない。犯人は探偵たちがラリっている間に、三人を殺すか、その準備を整えるつもりだった。

でも見ての通り、ノートは机に置きっ放しにされていた。推理を書いた探偵が金庫に入れることも、犯人が処分することもなかった。その前に死んでしまったからだ。篤美さんは幻覚を見たまま窓を開けてバルコニーから飛び降りた。亜空間へ飛び込もうとしたんだ。そして館内に硫化水素が流れ込み、犯人を含む探偵たちは全員死に至った」

「ははあ」

そんな声を出すのが精一杯だった。

なぜ姪っ子が推理を披露《ひろう》して、自分がそれを聞いているのか。これも幻覚だろうか。

階下から物音が聞こえ、岡下は我に返った。モーターが振動するような低い音が鳴る。

「誰かいるのかな」

「いないよ。みんな死んだんだから。話聞いてた？」

いろりは減らず口を叩くと、ドアを開け、階段を下りた。岡下も後に続く。

ラウンジではキャンディが右往左往していた。時刻は午後四時。この時間に起動するよう設定されているのだろう。

「何この玩具」

薬物には詳しくてもお掃除ロボットのことは知らないらしい。キャンディはソファやキャビネットを器用に避けながら、部屋の奥へ進んでいく。

「キャンディだよ。床を掃除するロボット」

「飛ぶの？」

噴き出しそうになった。

「飛ばないよ。UFOじゃないんだから」

「ふうん」

いろりは生返事をして、視線を下ろした。ラウンジの床にはテーブルクロスが敷かれ、食器や空のワインボトルが並んでいる。この中のどれかに幻覚剤が混ぜられていたのだ。キャスター付きのキャビネットには茶色の瓶や巻き紙が置かれていた。

「白川さんは大麻も好きだったの？」

いろりは瓶を覗き込んで、すぐに岡下に手渡した。

「大麻は吸わなかったと思う。手巻きの煙草ならいつも吸ってたけど」

岡下が瓶をキャビネットに戻すと、いろりはなぜか白い壁を見つめていた。こっちも幻覚を見ているのだろうか。

「おい、大丈夫か」

「へ？」いろりが振り返る。「大丈夫だよ。あのタブレット、百谷さんのかな」

今度はソファのタブレットを手に取る。胸の大きな女子高生のイラストが背面に貼ってあった。

「パスワードが必要みたい。数字四桁だって。収さん、百谷さんの財布持ってきて」

当然のように命令される。岡下は二階へ上ると、死体のポケットから長財布を抜き、ラウンジへ戻った。

「誕生日は？」

「１１１５」

岡下が免許証の数字を読み、いろりが画面をタップする。ブブッ。外れだ。

「生まれた年は？」

「1980」

ブブッ。

「うーん。百《ひゃく》と谷《や》だから、1008とか？」

ブブッ。

「あの人の名前、何だっけ」

「朝の人で朝人《あさと》。ペンネームは暗い吾《われ》で暗吾《あんご》」

「ははあ。安吾忌《あんごき》かな」

0217と入力すると、ロックが外れた。

「何それ」

「坂口《さかぐち》安吾の命日だよ。小説家志望でペンネームがアンゴ、しかもかっこつけて覚醒剤を使ってたとくれば、坂口安吾に惚《ほ》れ込んでたとしか思えないでしょ」

随分こまっしゃくれた数字を設定していたらしい。

タブレットのトップには動画ファイルがたくさん格納されていた。kurumi_anal.mp4といったタイトルから察するに、どれもアダルト動画のようだ。

いろりはコントロールパネルを確認すると、タブレットをソファに置いて、通路からキッチンへ向かった。

「ちょっと来て」

ふたたび岡下を呼ぶ。

通路からキッチンへ向かう。通路の床は血痕の他に目立った痕跡はない。キッチンに入ると、いろりが冷蔵庫の扉を開けていた。

「いいもの見つけた」

ドアポケットから小さな容器を取り出す。ヤクルトだった。

「それだけ?」

「違うよ。この冷蔵庫、持ち上げてほしいんだけど」

妙なことを言う。理由を聞いても「いいから」と誤魔化される。

冷蔵庫はホテルの客室にあるような小型のもので、壁にぴったりと背を付けて置かれていた。高さは五十センチほど。ドアポケット以外は空っぽだが、死体を入れるにはかなり窮屈《きゅうくつ》だ。

岡下は底面《ていめん》に指をかけ、抱きかかえるように冷蔵庫を持ち上げた。腰が震えるが、持てない重さではない。十五キロくらいだろう。

「うん。なるほど」

いろりが膝を落として、冷蔵庫の底を覗き込む。ゴム製の脚が四つ。特に異常はない。

「ありがと。もう大丈夫」

いろりは素っ気なく言って、ラウンジへ引き返した。

岡下は冷蔵庫をもとの位置に置いて、キッチンを眺めた。高級そうな食器や調理器具とは対照的に、収納棚には缶詰やレトルト食品が押し込まれている。キッチンの床を見ろと滝野のノートにあったが、怪しい粉末などは見当たらない。

ラウンジへ戻ると、いろりがソファで胡坐《あぐら》を掻いていた。キャンディは掃除を終えたらしく、ホームベースに引き返している。

「収さん。あたし、分かったよ」

いろりが嬉《うれ》しそうに言う。

「何が？」

「決まってんじゃん。百谷朝人さんを殺して、探偵たちに幻覚剤を盛った犯人だよ」

やはり幻覚だろうか。岡下はもう一度、目をごしごし擦った。

2

岡下が四冊のノートを持ってくると、いろりはソファでヤクルトを飲んでいた。

「ありがと」

ヤクルトの容器を咥《くわ》えてノートを受け取る。この少女は暇さえあればヤクルトを飲んでいる。ヤクルト依存中学生、すなわちヤク中である。

「いちおう確認だけど」岡下も向かいのソファに腰を下ろす。「宇宙意思の介入とか、アポトーシスとか言うんじゃないよね」

「まあ、結論から言うと、違うよ」

妙な言い方をして、空の容器をゴミ箱に放り込んだ。

「探偵って普通、関係者の話を聞いて犯人を推理するもんでしょ。いろりは誰の話も聞いてない。さすがに手掛かりが足りないんじゃないか」

「あたし探偵じゃないし。手掛かりならあるよ。ほら」

いろりはテーブルクロスに四冊のノートを並べた。

ノートが重要な証拠であることに異論はない。だがこれだけで犯人を特定できるとは思えなかった。

推理を書いた四人のうち三人は、幻覚剤で頭がふにゃふにゃになっていた。犯人だけは正気を保っていたかもしれないが、百谷を殺した張本人なのだから本当のことを書くはずがない。

十四年前、百谷は『ディティクティブ・オーバードリンク』なる推理小説を周囲に売り付け、盛大な顰蹙《ひんしゅく》を買った。犯人を当てられたら十万円を払うなどと見栄を切ったくせに、真相がまったく腑《ふ》に落ちない代物だったのだ。作中の描写と真相の矛盾を指摘されると、百谷はいつもこんな言い訳をした。

——これは信頼できない語り手だから。

百谷の言い方に倣えば、四つのノートを書いたのは、すべて信頼できない語り手ということになる。百谷の小説はまだ正しい描写の方が多かったが、四人のノートは幻覚だらけだ。こんなものを手掛かりに犯人を当てるのは不可能ではないか。

「まあ聞いてよ。容疑者は篤美さん、滝野さん、泉田さん、釧さんの四人。犯人は誰で、どうやって密室から逃げ出したのか。この二つが問題なわけだけど」

いろりは飄《ひょう》々《ひょう》と語り始める。

「困ったことに、四人の推理は結論が異なっている。いったいどれが真実なのか」

「全部間違ってるよ。どの推理もまともじゃない」

いろりは眉を顰《ひそ》めた。

「幻覚って簡単に言うけどさ、収さんは現実と幻覚が区別できるの？　滝野さんも書いてるけど、今、こうして見てる世界だって、眼球がキャッチした刺激を脳がつなぎ合わせたものでしかないわけじゃん。LSD や MDMA で鋭敏になった状態で受容した世界が真実なのかもしれないよ」

ませた中学生が言いそうな理屈である。

「そんなこと言い出したら捜査なんてできないよ」

「確かにそう。でも推理が正しいかは検証できる。こうして文章が残ってるからね」

いろりは一つ目のノートを開いた。

「一番まともそうな篤美さんの推理から考えてみよう。一言で言うと亜空間説だ。篤美さんには他の探偵たちに交じって酒を飲む百谷さんが見えていた。これが本物かどうかはさておき、死んだはずの百谷さんがなぜそこにいるのか、彼が生きているなら死体は誰なのか、この二点が篤美さんの推理の出発点になっていた。

死体の正体は百谷さんとよく似た人物、つまり白川龍馬さんだ。十年前、運良く白川さんの死体を手に入れた百谷さんは、いつか訪れる危機に備えて、この死体を保存していた。そして十年後、風貌が瓜二つになったタイミングで、自分の身替わりにしたんだ。

じゃあなぜ密室状態の白龍館に、突然、死体が現れたのか。百谷さんは亜空間から取り出した死体を冷蔵庫に隠していた。でも地震の揺れで冷蔵庫の扉が開いて、死体が飛び出してしまった。さらに続いた揺れで冷蔵庫の扉が閉まった結果、館内に死体が現れたように見えたってわけだ」

いろりは立ち上がってキッチンへ向かった。後に付いてきた岡下を見て、冷蔵庫の天板をぱんと叩く。

「はたして本当にそんなことがありえるかな。この冷蔵庫、床に固定されてるわけじゃないし、あんまり重たくもない。収さんがすぐ持てるくらいだからね。死体の方が冷蔵庫よりずっと重たい。死体が飛び出すほどの揺れがあったのなら、冷蔵庫も位置がずれるはずだ。でもこの通り、冷蔵庫は壁にぴったり背を付けたままだった。

可能性だけを言えば、一度大きく移動した冷蔵庫が、偶然もとの位置へ戻ったってこともありえる。

でも篶美さんの記述によると、キッチンの床には砂糖だか覚醒剤だかが落ちていたらしい。冷蔵庫が動いたのなら、ゴムの脚にそれが付くはずだよね。さっき確認してみたけど、脚には何も付いていなかった」

思わず床に視線を落とす。砂糖も覚醒剤も見当たらない。

「勘違いしないでね。あたしはキッチンの砂糖が覚醒剤に変わったって記述を鵜呑みにしてるわけじゃない。篶美さんが完全な幻覚を見たのか、錯覚の原因となる出来事があったのか、現時点でそれを判断する材料はない。今は床に何もないけど、篶美さんたちが死んだ後でキャンディが吸い取ったのかもしれないしね。いずれにせよ、今言えるのは篶美さんの推理が成立しないってこと」

いろりはラウンジへ引き返すと、二つ目のノートを開いた。

「次は滝野さんの推理。名付けるなら時空殺人説かな。前半のセックス中毒の話はよく分かんないけど、後半の推理はなかなか面白い。この推理では白川さんが時間をコントロールできることが前提になってる。十年前、百谷さんに金をたかられた白川さんは、甥の十年後の様子を見に行くことにした。結果はご承知の通り。百谷さんはこの別荘で淫蕩《いんとう》の限りを尽くしていた。白川さんはかっとなって、百谷さんを刺し殺した。犯人は過去から白龍館に侵入し、ふたたび過去へ帰って行ったんだ。百谷さんもびっくりしただろうね」

いろりはラウンジを横切り、血痕の残る通路を見下ろした。

「この推理で気になるのが、凶器だ。犯人はキッチンの包丁で百谷さんを殺している。

篶美さんの推理と同様、滝野さんの推理にもキッチンの砂糖が覚醒剤に変わったって記述がある。この現象の真偽はさておき、何らかの白い結晶が床に落ちていたのは確からしい。でも白川さんは覚醒剤アレルギーだった。百谷さんが大麻を吸っていた以上、床の結晶が覚醒剤である可能性は否定できない。白川さんが犯人なら、キッチンには近寄らないんじゃないかな」

「犯人は激高していたんだ。他に凶器がなければ、キッチンに入ってもおかしくないと思うけど」

　思わず反論してから、なぜ時空殺人説を擁護《ようご》しているのか分からなくなる。

「他になければね。白川さんは殺される一年前、丸山周が釈放されたときから、護身用のナイフを携帯していた。そのナイフを使えばいいんじゃない？」

「白川さんが現在にやってきたのは、丸山周が釈放される前だったのかも」

「殺される一年以上前ってこと？　白川さんが百谷さんを事務所に匿ったのは、殺される一月前でしょ。未来の百谷さんを殺しておいて、その百谷さんを守るなんておかしいよ」

　いろりが間髪容《かんはつい》れずに答える。反論は浮かばなかった。

「さて三人目。泉田さんの推理は宇宙意思説ってところかな。宇宙の意思を感じてるのは幻覚剤のせいなのに、それを理屈で説明しようとしてるのが面白いね。地球の生態系を保存する宇宙意思とやらが、生殖活動、つまり元気なセックスを人類に促すため、百谷さんを殺した。宇宙意思は白龍館の地下のマントルを一時的に移動させ、重力を減らし、百谷さんを宙に舞い上がらせた。そこに地震の揺れでキッチンから飛び出た包丁が突き刺さったってわけだ。宇宙に命を狙われたらどうしようもないよ」

　いろりは含み笑いを浮かべて、キャスター付きのキャビネットに歩み寄る。男と寝てばかりいるいろりはさぞかし宇宙意思に愛されることだろう。

「ところで死体が見つかったとき、白龍館では物が床に落ちたり、位置がずれたりしていた。泉田さんの説によれば、これは地震で床が揺れただけじゃなく、重力が減って物が吹っ飛びやすくなった結果ってことになる。でも見て」

いろりが茶色の瓶を手に取る。スポンジを砕いたような粉末が底に溜まっていた。

「この瓶には粉末状の大麻が入っている。重力が減少した状態で垂直方向の力が働いたのなら、瓶の中の粉末もラウンジ中に散らばってなきゃおかしい」

乾燥大麻がふわふわ浮かんだ情景が脳裏に浮かぶ。

「重力が戻った後、キャンディが掃除したのかも」

「キャンディは空を飛ばない。掃除できるのは床だけだよ。でも見ての通り。この部屋の壁や天井に大麻はくっ付いていない。よって百谷さんを殺したのは、宇宙意思ではない」

どうりでいろりは壁を凝視していたのか。思わず壁を見たが、もちろん粉末は付いていなかった。

「さて、残ったのが釧さんの推理だ。名付けるならアポトーシス説かな。釧さんはへんてこな世界に迷い込んでたみたいだけど、そこで語られる推理もだいぶ現実離れしていた。白龍館にやってきた弟子たちの集団と、白川龍馬という個人が一緒になってるんだ。白龍館の五人は、全員で一人の白川龍馬だった。でも五人の中に一人だけ邪魔者が交ざっていた。白川龍馬は自らをあるべき姿に保つため、邪魔者の百谷さんを自殺させた」

いろりは唇のヤクルトを舐めて、通路の血痕を見下ろす。

「でも百谷さんは本当に癌だったんだろうか。他の四人がアポトーシスを免れた理由は二つ挙げられている。一つは、彼らが白川龍馬さんの素質を一つずつ受け継いでいること。もう一つは、白川龍馬さんの名前を一字ずつ受け継いでいることだ。

一つ目はかなり苦しい。百谷さんと白川さんにも共通点は多いからね。百谷さんに探偵の素質はなかったかもしれないけど、風貌は白川さんと瓜二つだし、薬物に溺れていたところも同じだった。その気になればいくらでも理屈を付けられる。

問題は二つ目の方だ。確かに泉田さん、釧さん、滝野さん、篤美さんの頭文字から一部を集めると、『白川竜馬』になる。でもこの理屈で言えば、百谷さんの『百』だって横棒を取れば『白』になる。

泉田さんが生き残って百谷さんが死ぬ理由にはならない」

「たまたま百谷が選ばれただけで、どっちかが死ねば良かったんじゃない？」

「違うよ。泉田さんは本名じゃないもの。博士課程を出てるのに論文が見つからないのは、泉田さんが探偵になってから今の名前を使い始めたからだよ」

いろりが当然のように言う。

「根拠はそれだけ？　なんで名前を変える必要があるの？」

「本名が不吉すぎたんだと思う。泉田さんの本名は千田《ちだ》だったんじゃないかな。千田真理、ちだまり、血溜まり」

岡下は以前、篤美に聞いた話を思い出した。

篤美と泉田が一家惨殺事件の現場を訪れたときのこと。篤美が「そっちは血だまりだぞ」と忠告したのに、血が苦手なはずの泉田が「知ってるよ」と言って浴室へ向かい、転倒して血だるまになってしまったのだ。篤美は満月で変になったのではないかと心配していたが、単に「ちだまり」という言葉の意味を取り違えていたのだろう。

「といっても泉田さんは苗字を変えたわけじゃない。やくざが足を洗ったくらいの事情がないと、日本で苗字の変更は認められないからね。本名は千田のまま、仕事では偽名を使ってたんだと思う」

「随分詳しいな」

「あたしも岡下《おかした》いろりだからね。苗字か名前を変えたいと思って調べたことがあんの」

いろりが首を竦める。

「千田真理の頭文字に『白』はない。本当に白龍館で集団アポトーシスが起きたのなら、百谷さんでなく泉田さんが自殺するはずだ。よって釧さんの推理は成立しない。

四人の推理はどれも不正解だ。探偵たちの思考をめちゃくちゃにしてやろうって犯人の企《たくら》みは、見事に成功したわけだね」

3

いろりは二本目のヤクルトで一服すると、

「さあ本題だ。誰が百谷さんを殺したのかを考えてみよう」

容器を潰してテーブルクロスの隅に置いた。

「大前提が二つある。その一、収さんがそうだったように、四人の探偵たちは百谷さんが白龍館にいることを知らなかった。犯行は突発的に行われたことになる。共犯者もいない。

その二、四つのノートに記された推理はすべて間違っている。これは今説明した通り。ただ四つの推理が間違っているからと言って、すべてが幻覚の産物ってわけじゃない。四人の中には犯人がいる。犯人は幻覚剤を摂取していないか、摂取していても最小限に留めていたはずだ。犯人はまともな推理を書くこともできた。でもわざとそうしなかった。全員が奇天烈《きてれつ》な推理を書く中、一人だけまっとうな推理を書いていたら、そいつが幻覚剤を混ぜた犯人だってばれちゃうからね。犯人は残りの三人のノートを参考にして、幻覚を装った文章を書いたんだ」

最後の部分が引っかかった。確かに幻覚剤を使った探偵がどんな推理をするのかは、試してみなければ分からない。犯人が自分の推理を書く前に、他の人のノートを覗いてみたくなるのは理解できる。

客室のドアには錠がないし、金庫も実際は使われなかった。三人は正気を失っているから、その気になれば部屋にも忍び込めただろう。だが——。

「ぼくが犯人なら、ノートを覗く前に相手を殺しちゃうけど」

「ラリってるとはいえ相手は大人。それも熟練の探偵たちだ。ノートを盗み見るくらいはできても、息の根を止める自信はなかったんだろうね」

「犯人が他の人のノートを参考にしたって断言はできないんじゃない？」

「いや。このあと説明するけど、四つのノートの中には、犯人が他の人の文章を真似したとしか考えられない部分がある」

いろりは澄まし顔で言う。収は煙《けむ》に巻かれた気分だった。

「本物の幻覚も偽物の幻覚も、事実じゃないって意味では同じだろ。本人に確認しないと区別できない」

「犯人がまったくミスをしなければ、二つを見分けるのは不可能だったと思う。でも犯人が慌てていたおかげで、しっかり手掛かりを残してくれていた。

ややこしくなるけど、本物の幻覚はさらに二つに分けられる。完全に頭の中だけで生まれた幻覚と、実際の出来事がもとになって生まれた幻覚だ」

「実際の出来事が幻覚になるの？」

「正確に言うと、記憶が曖昧になって幻覚と区別できなくなった状態かな。

一昨日《おととい》の朝、収さんは便所であたしが便器に頭を突っ込んでるのを見た。これはただの記憶だ。あたしが茅ヶ崎で遊んでたって知識や、後で病院に連れて行った記憶が頭の中でセットになっていれば、この記憶が幻覚だと感じることはない。でも収さんがラリった結果、前後の情報が抜け落ちて、あたしが便器に頭を突っ込んでる情景だけが浮かんだらどうか。姪っ子は便器の水が好きでごくごく飲んでいたと思うかもしれない。こうなったら幻覚と同じでしょ」

「ややこし過ぎるな」

「整理しよう。ノートに出てくる幻覚は三つに分けられる」

いろりは左手の指を三つ立てた。

「一つ目は、現実の出来事に影響されず、頭の中だけで生み出された幻覚。二つ目は、現実の何らかの出来事がもとになって生じた幻覚。三つ目は、犯人が幻覚の真似をして書いた偽物の幻覚。分かりやすいように、一つ目を〈完全幻覚〉、二つ目を〈事実幻覚〉、三つ目を〈虚偽幻覚〉と呼ぶことにする」

いろりは右手で薬指をつまんだ。

「大事なのは三つ目の〈虚偽幻覚〉を見つけること。これを書いた人物こそ百谷さんを殺した犯人だからね。じゃあ三つの記述をどう見分ければ良いのか。手掛かりは、その記述を書いた人の数だ。一人だけが書いた幻覚めいた記述があるとする。これは〈完全幻覚〉、〈事実幻覚〉、〈虚偽幻覚〉、すべての可能性がある。文章を読むだけじゃ区別できない。

では二人が書いた記述はどうか。これは一見、現実の出来事がもとになった〈事実幻覚〉のように見える。二人が偶然、同じ〈完全幻覚〉を見ることはないからね。ただ絶対に事実に基づいているとは言い切れない。一人が〈完全幻覚〉を見て、犯人がそれを真似して〈虚偽幻覚〉を記した可能性もあるからだ。よってこの場合も、〈完全幻覚〉、〈事実幻覚〉、〈虚偽幻覚〉、すべての可能性がある。

じゃあ三人以上が書いた記述はどうか。犯人が誰かの文章を真似したとしても、さらにもう一人が同じことを書かなければ、三人の記述が揃うことはない。よってこれは現実がもとになった〈事実幻覚〉と見て間違いない」

「そうやって四人の記述を全部分析するってこと？」

「全部は無駄だよ。犯人を突き止めるために重要なのは、二つ目の、二人だけが書いている記述だ。それが現実に基づく〈事実幻覚〉でなければ、一人が書いた記述をもう一人が真似したことになる。それを書いた二人のどちらかが犯人ってことだ」

いろりはヤクルトの容器をゴミ箱に放り込んで、滝野と釧のノートを開いた。

「具体的に見ていくよ。滝野さんと釧さんの推理には、百谷さんの死体から大麻が出てきたって記述がある。これを記述Aとする。

仮にこれが現実に基づく〈事実幻覚〉だとすると、どんな解釈が成り立つか。優秀な探偵たちがいたずらに死体を弄《いじ》ることはない。百谷さんの死体は一階の通路から運び出されていたから、動かしたのはこのときだけだろう。周囲には何もなかったのに、死体を持ち上げたら乾燥大麻の粉末が現れた。それで死体から大麻が出てきたように見えたんだ。

あたしたちが白龍館に来た時点では、一階の通路に大麻は見当たらなかった。二階のベッドに寝かされた百谷さんの服にも粉末は付いていなかった。だからといってこの描写が〈完全幻覚〉だとは言い切れない。四人が死体を運んだ後、キャンディが床の粉末を吸い取ったのかもしれない。服に付いた粉末は死体を運んだときに落ちたのかもしれない。

ただしこの描写が現実に即した〈事実幻覚〉だとすると、一つ疑問が浮かぶ。なぜ死体の下にだけ粉末が落ちていたのか。瓶が倒れてこぼれたのなら、もっと広い範囲に粉末が落ちていないとおかしい」

「ははあ、なるほど」岡下は足元のロボットを見下ろした。「キャンディだね」

「そう。キャンディには物を避けるセンサーがある。死体の下にだけ粉末が残っていたのは、キャンディが死体を感知して、その場所を掃除できなかったからだ。よって十日の午後四時にキャンディが部屋を掃除したとき、百谷さんはすでに殺されていたことになる。記述Aが〈事実幻覚〉なら、犯行は午後四時よりも前に行われていたことになるんだ」

「あくまで仮定の話だよね」

「うん。今のところはね」

いろりは不敵な笑みを浮かべると、滝野のノートを閉じ、泉田のノートを開いた。

「一方、泉田さんと釧さんの推理には、どちらもポスターの中の女が喘ぎ声を上げたって記述がある。これを記述Bとする。

これが現実に基づく〈事実幻覚〉だったとしよう。ポスターは客室とラウンジに飾られている。もし声を聞いたのが客室だとすれば、壁の向こうから洩れた女性の喘ぎ声を聞いて、イラストが喘いだように聞こえたことになる。でも泉田さんと釧さんの部屋は左右に離れてるから、互いの声が壁から聞こえることはない。

では二人はラウンジで喘ぎ声を聞いたのか。ラウンジのポスターの隣にはオーディオスピーカーがある。ここから突然、喘ぎ声が流れたら、イラストが喘いだように聞こえてもおかしくない。百谷さんのタブレットにはアダルト動画がたくさん保存されていた。タブレットとスピーカーがBluetoothでつながっていて、動画を再生したら喘ぎ声が流れたんだ。

ところでこのタブレットは、最後に操作してから二十五分でスリープ状態になるよう設定されていた。この記述が〈事実幻覚〉だとすると、探偵たちが死体を見つけたとき、タブレットはまだスリープ状態になっていなかったことになる。彼らが110番通報を試みたのは午後五時五分だ。五分前の五時ちょうどに死体を見つけたとしても、百谷さんは四時三十五分まで生きていたことになる。もちろんこの記述が〈完全幻覚〉という可能性もある。ただ、記述Bが〈事実幻覚〉だった場合、犯行は午後四時三十五分より後に行われたことになる」

それは何を意味するのか。記述Aが〈事実幻覚〉なら、犯行は午後四時よりも前に行われていたことになる。記述Bが〈事実幻覚〉なら、犯行は午後四時三十五分より後に行われたことになる。どちらも仮定だが、そこから推測できる事実が食い違っているのだ。

「記述AとB。少なくともどちらかは〈事実幻覚〉ではない。その記述は一人が〈完全幻覚〉を見て、もう一人が〈虚偽幻覚〉を書いた結果ということになる。

記述Aは滝野さんと釧さんの推理に含まれる。記述Bは泉田さんと釧さんの推理に含まれる。この滝野さん、釧さん、泉田さんの三人の中に、〈虚偽幻覚〉を書いた人物、すなわち犯人がいるんだ。言い換えれば、篤美さんは犯人じゃないってことになる」

岡下は思わず唾を呑んだ。何が〈事実幻覚〉かは分からないままなのに、篤美が犯人でないことだけが判明するとは妙な理屈だ。

「ちなみに記述AとBは、どちらか一方が〈事実幻覚〉かもしれないし、どちらも〈事実幻覚〉ではないかもしれない。後者の場合は、AとBの両方の記述をしている釧さんが犯人ってことになる。これが真相かどうかは後で検討する」

いろりは下唇を舐めると、泉田と釧のノートを閉じ、篤美と滝野のノートを開いた。

「さらにノートを見てみよう。篤美さんと滝野さんの推理には、キッチンの床に落ちていた砂糖が覚醒剤に変わったって記述がある。これを記述Cとしよう。

例によって、これが現実に基づく〈事実幻覚〉だったとする。もちろん砂糖が覚醒剤に変わることはない。探偵たちが白龍館へやってきた時点で、そこには覚醒剤が落ちてたんだ。キッチンという場所もあって、気づいた瞬間は砂糖のように見える。でも百谷が大麻を吸っていたことを考えれば、すぐに覚醒剤だと察しが付く。それで砂糖が覚醒剤へ変化したように感じたんだ。

ではなぜキッチンの床に覚醒剤が落ちていたのか。正気で覚醒剤をばら撒《ま》く人はいないから、百谷さんが覚醒剤を打ったときにこぼしたんだろう。事実、百谷さんの腕には、死亡する一、二日前にできたらしい注射痕があった。

すると一つ疑問が浮かぶ。なぜ一、二日前に床に落ちた覚醒剤が、篤美さんたちが死体を見つける十日の午後五時までそこに落ちたままだったのか。キャンディは午後四時に起動するように設定されてる。覚醒剤を打ったのが九日の四時以降だったとしても、十日の四時にキャンディがそれを吸い取らなかったのはなぜか。何かがキャンディを妨害したんだ。

この何かは、通路に倒れていた百谷さんの死体ではない。滝野さんが撮影した死体の写真を見る限り、キャンディが通るには十分な隙間があった。それは簡単に移動することができ、床に散らばった結晶を覆うほど大きさのあるものだ。キャンディを妨害したのはこれだと思う」

いろりがキャビネットを叩いた。床面の四隅にキャスターが付いていて、床から五センチほど浮いている。

「なぜこのキャビネットがキッチンに移動していたのか。ここには大麻の吸引具一式が置いてあった。百谷さんはこれを台車代わりにして、吸引具をキッチンへ運んだんだ。

わざわざキッチンへ移動したのは、換気扇の下で吸えば臭いが残らないから。記述Cが〈事実幻覚〉なら、百谷さんはキッチンで大麻を吸っていたことになる。

ところが篤美さんと泉田さんの推理には、白龍館に入ったとき、すぐに誰かが大麻を吸っていたことに気づいたと書いてある。これを記述Dとしよう」

いろりが挑発するように岡下を見る。そこから先は岡下にも想像がついた。

「これが〈事実幻覚〉だったとすると、なぜ二人はそこで大麻が吸われたことに気づいたのか。瓶は茶色く着色されていたから、口から覗かないと何が入っているか分からない。白川さんは手巻きの煙草を愛用していたけど、大麻は吸わなかった。巻き紙やグラインダーが目に入ったとしても、まずは煙草を連想するはずだ。

それでも大麻に気づいたとすれば、手掛かりは臭いだ。二人がやってきたとき、ラウンジには大麻の臭いが充満していたんだ。

よって記述Dが〈事実幻覚〉なら、百谷さんはラウンジで大麻を吸っていたことになる。記述Cと記述Dは両立しない。少なくともどちらかは〈事実幻覚〉ではないってこと。記述Cは篤美さんと滝野さんの推理に含まれる。記述Dは篤美さんと泉田さんの推理に含まれる。つまり篤美さん、滝野さん、泉田さんの三人の中に〈虚偽幻覚〉を書いた人物、すなわち犯人がいる。言い換えれば、釧さんは犯人ではない」

これで容疑者が二人減った。残りは滝野と泉田。どちらかが百谷を殺したのだ。

「ちなみに記述Cと記述Dは、どちらか一方が〈事実幻覚〉かもしれないし、どちらも〈事実幻覚〉ではないかもしれない。後者の場合は、CとDの両方の記述をしている篤美さんが犯人ってことになる」

「この調子で、さらに容疑者を減らしてくってこと？」

「いや。もう手掛かりは揃ってるよ」

いろりが唇の端を持ち上げる。すっかり名探偵だ。

	A	B	C	D
概要	死体から大麻	ポスターの女が喘ぐ	砂糖が覚醒剤に	大麻に気づく
記述者	滝野、釧	泉田、釧	篤美、滝野	篤美、泉田
パターン1	○	×	○	×
パターン2	○	×	×	○
パターン3	×	○	○	×
パターン4	×	○	×	○

「あらためて記述A、B、C、Dのパターンを整理してみよう。さっきも言った通り、AとBの両方の記述をしているのは釧さんだけ。釧さんが犯人だった場合は、AとBがどちらも現実に基づく〈事実幻覚〉ではない可能性がある。でもたった今、釧さんが犯人じゃないことは証明できた。よってこの可能性は消去できる。AとBのうちどちらか一つは〈事実幻覚〉だ。

同じことは記述CとDにも言える。CとDの両方の記述をしているのは篤美さんだけ。篤美さんが犯人だった場合は、CとDがどちらも〈事実幻覚〉ではない可能性がある。でも篤美さんが犯人じゃないことは証明済みだから、CとDのうちどちらか一つは〈事実幻覚〉だ。

以上のことを踏まえて、考えられる組み合わせを整理する。〈事実幻覚〉を○、そうじゃないものを×とすると、○と×の組み合わせはこのどれかだ」

いろりは篤美のノートを捲ると、空白のページに鉛筆を走らせた。

「四つもあるのか」

「でもよく見ると、ここにはおかしな組み合わせが多い。たとえばパターン1。これは記述AとCが〈事実幻覚〉だった場合の組み合わせだね。Aは百谷さんの死体から乾燥大麻が出てきたって記述。ここからは午後四時より前に百谷さんが殺されたという事実が導かれる。一方、Cはキッチンの砂糖が覚醒剤に変わったって記述。ここから午後四時の時点でキャビネットがキッチンにあったという事実が導かれる。これは明らかに両立しない。午後四時の時点でキッチンにキャビネットが、通路に百谷さんの死体があったとすれば、その後キャビネットがラウンジに戻っていた理由が説明できない。百谷さんがキャビネットを戻せないのはもちろん、午後四時半の地震の揺れでキャビネットが動いたとしても、通路に死体が倒れていたらラウンジには入れないからね」

「死体を二階へ運んだ後、四人の誰かがキャビネットを動かしたのかも」

「そしたら血痕に跡が付くはずでしょ。数人がかりで持ち上げれば大丈夫かもしれないけど、そんなことをする理由がない。よってパターン1は成立しない」

いろりは1の列に、鉛筆で二重線を引いた。

「あと三つか」

「次はもっと簡単だよ。パターン2はＡとＤが〈事実幻覚〉、ＢとＣが〈事実幻覚〉ではなかった場合の組み合わせだ。犯人はＢを書いた二人のどちらかであり、Ｃを書いた二人のどちらかでもある。Ｂを書いたのは泉田さんと釧さん。Ｃを書いたのは篤美さんと滝野さん。二つの条件に当てはまる人はいない。つまりパターン2は正解ではない」

いろりは2の列に二重線を加える。

「パターン3も同じ。これはＢとＣが〈事実幻覚〉、ＡとＤが〈事実幻覚〉ではなかった場合の組み合わせだ。犯人はＡを書いた二人のどちらかであり、Ｄを書いた二人のどちらかでもある。Ａを書いたのは滝野さんと釧さん。Ｄを書いたのは篤美さんと泉田さん。やっぱり二つの条件に当てはまる人はいない。パターン3も正解ではない」

いろりは3の列に二重線を加える。残りは一つだ。

「残りはパターン4だけ。BとDが〈事実幻覚〉、AとCが〈事実幻覚〉ではなかった場合の組み合わせだ。犯人はAとC、両方の記述を書いた人物。Aを書いたのは滝野さんと釧さん。Cを書いたのは篤美さんと滝野さん。これなら条件に当てはまる人がいる」

いろりは得意げに言葉を切る。

「百谷さんを殺した犯人は、滝野さんだよ」

蝶《ちょう》でも摑まえた子どものような顔だった。


車が砂利を撥《は》ねる音が聞こえた。

窓の外を見る。山道から出てきたジープが玄関の前に停車した。警察車両ではない。滝野か泉田あたりの同僚が、連絡が付かないのを不審に思って様子を見にきたのだろう。

「やばい。逃げなきゃ」

いろりが目を白黒させて立ち上がる。

「なんで？」

「あの人たち、警察呼ぶでしょ。あたし、おしっこ採られるとやばいんだよ」

いろりが引き戸を開け、階段を駆け上がる。ただのヤクルト依存症ではないようだ。岡下も後を追いかけた。

一階で呼び鈴が鳴る。いろりは左手の部屋に駆け込むと、バルコニーへ出て、柵に足を載せた。

「こら。危ないぞ」

「ちょっと隠れるだけ」

いろりは柵の上に立った。なびく髪を押さえ、ゆっくりと窪地を見回す。

「篤美の死体を見ただろ。あいつの二の舞になるだけだ」

「大丈夫。あたしは入り口を間違えないから」

いろりは振り向いて、部屋の壁を指した。

「ポスターを見て。下半分が隠れてるでしょ。他の客室も同じだった」

「何の話だ」

「白川さんがやましいものを隠すために家具の向きを変えたんだと思う。そのせいで篤美さんは、過去に死体が浮かんでいた窓の位置を間違えたんだ」

そこで悪戯《いたずら》っぽい笑みを浮かべ、

「本当の入り口はこっち」

宙へ飛んだ。

バルコニーへ出て、空き地を見下ろす。いろりはいない。ジープから出てきた男が、不審そうに窓を覗いている。

岡下はため息を吐いた。とんだ不良娘だが、姪っ子には違いない。岡下は柵に上り、息を止め、亜空間へ飛び込んだ。

参考文献

『広い宇宙に地球人しか見当たらない75の理由　フェルミのパラドックス』
スティーヴン・ウェッブ著　松浦俊輔訳（青土社）

初出

グルメ探偵が消えた　書下ろし
げろがげり、げりがげろ　「小説宝石」二〇二〇年一月号
隣の部屋の女　「小説宝石」二〇二〇年二月号
ちびまんとジャンボ　「小説宝石」二〇一八年二月号
ディティクティブ・オーバードーズ　「ジャーロ」二〇二一年一月号

白井智之（しらい・ともゆき）

1990年、千葉県印西市生まれ。東北大学法学部卒業。第34回横溝正史ミステリ大賞の最終候補作『人間の顔は食べづらい』で、2014年にデビュー。'15年に刊行した『東京結合人間』が第69回日本推理作家協会賞（長編及び連作短編集部門）候補、'16年に刊行した『おやすみ人面瘡』が第17回本格ミステリ大賞候補となる。著書に『少女を殺す100の方法』『お前の彼女は二階で茹で死に』『そして誰も死ななかった』『名探偵のはらわた』がある。

ミステリー・オーバードーズ

2021年5月30日　初版1刷発行

著　者　白井《しらい》智之《ともゆき》

発行者　鈴木広和

発行所　株式会社 光文社

〒112-8011　東京都文京区音羽1-16-6

電話　編　集　部　03-5395-8254

　　　書籍販売部　03-5395-8116

　　　業　務　部　03-5395-8125

URL　光　文　社　https://www.kobunsha.com/

組　版　萩原印刷

印刷所　萩原印刷

製本所　ナショナル製本

落丁・乱丁本は業務部へご連絡くだされば、お取り替えいたします。

ISBN978-4-334-91401-1